Das Buch

Kurz vor Weihnachten wird im Konstanzer Stadtgarten die Leiche einer jungen Frau gefunden. In ihrem weißen Nachthemd, den weit von sich gestreckten Armen und Beinen gleicht sie einem Schneeengel. Zudem ist sie voller Blut. Die Darstellung des Engels wirft Fragen auf. Warum wurde sie hier abgelegt und vor allem, wer hat sie derart bestialisch sterben lassen? Schnell scheint der Fall gelöst. Nur handelt es sich bei dem mutmaßlichen Täter auch um den richtigen?

Etwa zwei Wochen danach wird im Beichtstuhl einer Kirche der Leichnam einer Rentnerin gefunden. Genau wie die Tote im Stadtgarten ist auch sie nur mit weißer Nachtwäsche bekleidet. Wenig später schlägt der Täter ein drittes Mal zu. Erneut trifft es eine Frau und wieder trägt sie dasselbe Gewand.

Welches Schicksal verbindet die drei Opfer und warum findet man sie derart angezogen vor? Hat man es möglicherweise mit einem Ritualmord mit religiös angehauchtem Hintergrund zu tun?

Die Konstanzer Kripobeamten um Daniel Selzer jagen ein Phantom. Wer ist es, der die Frauen auf diese Weise ermordet und aus welchem Grund?

Die Autorin

Janette John ein Kind der Endsechziger, ist in Berlin aufgewachsen, hat dort studiert und ging danach beruflich ins Ausland. Nach ihrer Rückkehr war sie für ein paar Jahre in der Werbebranche tätig und etablierte sich schließlich im Vertriebswesen. Heute lebt sie mit ihrer Familie in Süddeutschland und verschwindet von Zeit zu Zeit in den Großstadttrubel ihrer Kindheit.

Von Janette John bisher erschienen:

Mit mörderischem Kalkül (Kripo Bodensee 1) * Per Deadline Mord (Kripo Bodensee 2) * Sein anderes Ich (Kripo Bodensee 3) * Kaum 24 Stunden (Kripo Bodensee 4) * Zeit voller Zorn (Kripo Bodensee 5) * Todesteufel (Kripo Bodensee 4 & 5)

JANETTE JOHN

TODESTEUFEL

BODENSEE-KRIMI

Zwei spektakuläre Fälle der Kripo Bodensee
in einem Band

Bibliografische Information der Deutschen Nationalbibliothek:
Die Deutsche Nationalbibliothek verzeichnet diese Publikation in
der Deutschen Nationalbibliografie; detaillierte bibliografische Daten
sind im Internet über www.dnb.de abrufbar.

1. Auflage, September 2017
- Sammelband -
auch als E-Book erhältlich
Copyright: © 2017 Janette John
Alle Rechte vorbehalten
Nachdruck, auch auszugsweise nicht gestattet
Cover: © Adobe Stock, © Lario Tus, © daboost
Grittany Design: www.grittany-design.de
Lektorat: Svenja Heinemann
Korrektorat/Lektorat: www.sks-heinen.de
Janette John
c/o BJ-Autorenservice.de
Gildehauser Weg 140a
48529 Nordhorn

Herstellung und Verlag:
BoD – Books on Demand, Norderstedt
Taschenbuch: ISBN 978-3-7448-2928-1

Mehr Infos zur Autorin unter
www.janettejohn.de

Es gibt zwei Möglichkeiten,
wie das Leid einen prägen kann.
Entweder es festig den Charakter
oder es zerstört das Wesen.
Janette John

Stell **DIR** vor, man demütigt Dich,
KEINER hilft Dir und
ALLE schauen zu!
Würde es **DICH** verändern?

»Zieh dich an!«, forderte Selzer, sich den Mantel schließend und streng Richtung Teeküche blickend, in der seine Kollegin hantierte.

Klingt fast wie Zieh dich aus! *Unter anderen Umständen durchaus vorstellbar. Denk an deine guten Vorsätze! Kein Verhältnis mit einem Kollegen!* »Wieso, was ist passiert?«, entgegnete Nadine scharf und lunzte hinter dem kleinen Mauervorsprung der Miniküche hervor.

»Ich habe einen merkwürdigen Anruf erhalten. Im Stadtgarten läge ein roter Schneeengel. Die Anruferin schien mir allerdings etwas verwirrt. Dennoch sollten wir der Sache nachgehen«, entgegnete Selzer hastig.

»Ach Daniel, das war sicher nur ein Versehen. Kurz vor Weihnachten sind die Leute alle ein wenig durch den Wind.« Widerwillig goss Nadine das Teewasser im Waschbecken aus und forderte fünf Minuten für das stille Örtchen. *Schneeengel? Mensch, diese Dinger haben wir als Kinder oft gemacht. Es braucht Schnee, warme Kleidung und fertig ist der Spaß. Aber wieso ist er rot? Oder war das nur einer von Daniels Scherzen, um mich aus dem Büro zu locken? Was ist schlimm daran, die Mittagspause lieber im Warmen zu verbringen als draußen in dieser lausigen Kälte?*

Etwas außer Puste kam Nadine zurück ins Büro.

Sie griff ihre Jacke und hetzte Selzer hinterher, der voller Ungeduld, auf seinem Schreibtisch sitzend, auf sie gewartet hatte.

Im Stechschritt preschte er voran. Nadine ihm nach.

»Mensch. Daniel, musst du so hetzen?«, schnaufte sie und bemühte sich um einen gleichmäßigen Schritt.

»Dir ist aber schon klar, dass wir in zwei Tagen Weihnachten haben, oder?«, erwiderte er und blickte Nadine von der Seite an. »Mein Flieger wartet nicht auf mich. Muss endlich mal raus aus dieser Kälte. Und in Thailand ist's herrlich warm um diese Jahreszeit«, sprach er und lief schnell weiter.

Thailand. Was Besseres fiel dir wohl nicht ein. Du, ein Sextourist? »Thailand? Ich dachte, du fliegst nach Berlin.«

»Nee, meine Schwester weilt mal wieder in New York und ich gehe mit meinen Freunden auf Entdeckertour nach Thailand.«

Entdeckertour, so nennt man das also heutzutage. Verstehe. Mann, ist die Welt ungerecht. Die Männer gehen auf Flirttour, und wir Frauen fahren brav zu den Eltern nach Norddeutschland.

Die beiden verließen das Gebäude und Selzer lief zielgesteuert auf seinen Dienstwagen zu, als Nadine unvermutet stoppte.

»He, das lohnt sich doch gar nicht. Zum Stadtgarten ist es nur ein Katzensprung. Komm, wir nehmen meinen Roller, das geht schneller. Außerdem herrscht Feierabendverkehr!« Sie wies mit der Hand hinüber zum Parkplatz mit den Kleinkrafträdern.

»*Roller?*«, wiederholte Daniel herausfordernd. »Weißt du, wann ich das letzte Mal auf so einem Teil gesessen habe? Das ist hundert Jahre her.«

Nadine ignorierte seinen Einwand und bewegte sich geradewegs auf ihren Viertakter zu. Sie hob dessen Sitzbank, zog einen zweiten Helm heraus und überreichte ihn Daniel. Widerwillig zog dieser die halbrunde Schüssel über seine Haarpracht, platzierte sich hinter seiner Kollegin, die sich unterdessen auf das Polster gesetzt hatte, und umschlang ihren schmalen Körper mit seinen muskulösen Armen.

Mit dem typischen Brummen eines Viertaktmotors verließ man den Innenhof des Polizeireviers und erreichte etwa eine viertel Stunde später den Stadtgarten, der vom vorweihnachtlichen Treiben des Weihnachtsmarktes geprägt war. Weihnachtslieder, vom Geruch gebrannter Mandeln geschwängerte Luft, Glühweinbuden, Bratwurststände, Nippes aller Art. Und jetzt zur Dämmerung kamen auch die Lichter des Marktes wunderbar zur Geltung.

Die beiden stiegen vom Roller und parkten diesen, entgegen den Regeln der Straßenverkehrsordnung, im Parkverbot.

»Na, wo ist denn dein Engel?«, bemerkte Nadine scherzhaft. »Meinst du etwa die kleinen Dinger dort oben?« Sie zeigte auf einen holzvertäfelten Stand, der mit Weihnachtsengeln und Holzspielzeugen bestückt war.

Daniel schaute sie zornig an, griff ihre Hand und zog sie mit sich.

»He, so nicht, mein Lieber. Ich bin nicht eine von deinen Errungenschaften!« Im gleichen Moment bereute sie auch schon wieder ihre freche Bemerkung und erinnerte sich an das erste Kennenlernen, wie er ihr seine Handynummer auf die Hand geschrieben hatte, nur um sie wiederzusehen. *Autsch! … Volltreffer! … Blöder hättest du dich nicht in die Nesseln …*

Doch nicht einmal ihren Gedanken zu Ende bringen könnend, fühlte sie auch schon warme, nach Pfefferminz schmeckende Lippen auf den ihren.

Erstaunt riss sie die Augen auf und schaute auf Daniels geschlossene, die sich genüsslich im Takt des

Kusses wogten. Nadine versuchte, ihn von sich zu drücken, aber gab sich schließlich dem Kuss hin. *Das geht nicht. Denk an deinen Vorsatz, nichts mit einem Mann aus dem Revier anzufangen.* Mit letzter Kraft, jedoch widerwillig, drückte sie ihn weg. »Spinnst du! Wie oft soll ich dir noch sagen, das mit uns wird nichts. Komm, zeig mir besser deinen Engel, bevor ich mich noch vergesse!«

»Keine Sorge, Nadine, das beruht auf Gegenseitigkeit. So eine Kratzbürste, wie du eine bist, fasse ich nicht mal mit der Beißzange an. Ich wollte nur sehen, ob du küssen kannst.«

»Und, kann ich?«, entgegnete sie überrascht und blickte ihn mit weit geöffneten Augen an.

»Geht so.«

»GEHT SO???« *Du Arsch – und ob ich küssen kann.*

Siehst du, meine Süße, das wollte ich doch nur hören. Irgendwann wirst du mich wollen. Ich habe Zeit, mein Kätzchen. Süffisant lächelte er sie an.

Mit einer gehörigen Portion Wut auf der einen Seite und einem erlangten Triumph auf der anderen begab man sich an jene Stelle des Stadtgartens, die von der verwirrten Anruferin genannt worden war. Wer hätte ahnen können, dass nur fünf Meter entfernt und im Schnee liegend der Tod lauerte?

Tatsächlich, da lag sie. Eine junge Frau, hübsch, mit brünettem langen Haar, barfüßig und nur mit einem weißen Nachthemd bekleidet, so als würde sie schlafen. Auf den ersten Blick glaubte man, sie hätte sich hingelegt und wäre erfroren. Merkwürdig war das blutgetränkte Nachthemd.

»Seltsam, findest du nicht? Wer tut denn so etwas? Und von selbst kam sie wohl nicht auf diese hirnrissige Idee«, bemerkte Nadine, die Hände vor Kälte reibend.

10

Selzer schaute sich um. Dieser Teil des Stadtgartens war aufgrund der Trennung zum Weihnachtsmarkt kaum beleuchtet, sodass es schwer werden würde, Zeugen zu finden. Zum Glück hatte die Zeugin namens Anja Hillmann, Mutter einer achtjährigen Tochter, etwas abseits auf die Polizei gewartet. In ihrer Schilderung erwähnte sie, dass ihre Tochter den WC-Wagen aufgesucht habe und kurz danach noch im Schnee spielen wolle. Bei dieser Gelegenheit sei sie dann auf die Frau im Schnee gestoßen. Frau Hillmann konnte glücklicherweise mit einer ausgedachten Geschichte aufwarten, sodass ihre Tochter nichts von der Tragik mitbekam.

»Gott wie furchtbar, eine Leiche in unserem Stadtgarten. Ist man nicht mal mehr in Konstanz vor Gewalt sicher?«, schimpfte die Mutter der Kleinen mit belegter Stimme und hielt ihr die Hände über die Ohren. »Wurde sie etwa ermordet?«, setzte die Frau ängstlich nach. »Ich habe noch nie eine Tote gesehen, wie schrecklich.«

Die Achtjährige wehrte sich energisch gegen die unliebsame Berührung und zog die Mutter am Mantel. »Gehen wir jetzt wieder auf den Weihnachtsmarkt?«, maulte sie und starrte die Mutter mit giftigem Blick an.

Frau Hillmann nickte ihr geistig abwesend zu. »Vielleicht komme ich besser zu Ihnen ins Büro. Wäre das für Sie in Ordnung?«, entschuldigte sie sich nervös bei Nadine, ergriff die Hand der Kleinen und schaute diese verständnisvoll an. »Ist schon gut, wir gehen gleich.«

»Ja, ja, gehen Sie nur!«, bestätigte Nadine, nahm noch die Personalien der Zeugin auf und griff dann zum Handy, um die Spurensicherung zu rufen.

Mutter und Tochter liefen Hand in Hand in Richtung Weihnachtsmarkt.

Als die beiden außer Reichweite waren, schaltete Selzer die Taschenlampenfunktion seines Smartphones an und strahlte auf die Tote. Um die Spuren nicht zu verfälschen, verschaffte er sich zunächst einen groben Überblick: *Augen geschlossen, lange braune Haare, kleine silberne Kette vermutlich mit winzigem Kreuz, billiges Nachthemd, wahrscheinlich überall erhältlich, Stichverletzung in der Magengegend, barfüßig, Lage gleicht einem Schneeengel.*

Nadine blickte zur Uhr. 17.30 Uhr und schon stockfinster.

»Was meinst du, woran könnte sie gestorben sein? Den Blutspuren nach an einer Stichverletzung!«, grübelte sie laut und sah mit traurigem Blick auf die Tote.

Daniel hob seinen Kopf und blickte hinauf zu seiner Kollegin.

»Möglich.« Er fühlte den Puls der Toten. »Sie ist bereits kalt, hat blau verfärbte Lippen, dazu die Außentemperaturen von unter null Grad und einer längeren Liegezeit von vermutlich ein paar Stunden. Sie dürfte nach meiner Schätzung irgendwann in den frühen Morgenstunden hier abgelegt worden sein.«

»Wie kommst du denn darauf? Sie könnte doch auch hier ermordet worden sein«, hinterfragte Nadine.

»Könnte schon. Aber unwahrscheinlich. Wenn jemand einen Menschen so ablegt, soll dieser gesehen werden. Hier will uns *jemand* etwas sagen. Nur was?«

»Nicht schlecht. Gut möglich.« *Wie nah Freud und Leid beieinanderliegen. Dort besinnliche Weihnachtsmusik und hier ein Bild des Grauens. So hatte ich mir aber die Vorweihnachtszeit nicht vorgestellt. Wohl keiner von uns.* Während Nadine angestrengt nachdachte, trafen die Kollegen der Spurensicherung am Tatort ein.

Kaum ein Passant hatte Kenntnis von dem Geschehen genommen, sodass man ohne Probleme mit der Auswertung des Tatorts beginnen konnte. Das übliche Prozedere wurde eingeleitet. Mit rot-weißer Signalfolie sperrte man die Fundstelle der Leiche ab. Fotos wurden geschossen und der Park nach möglichen Fußabdrücken abgesucht, was aufgrund von Schneeverwehungen sich als schwierig erwies. Man befragte die Passanten. Doch niemand hatte etwas gesehen, geschweige denn gehört. Es schien, als wäre die junge Frau geradewegs vom Himmel gefallen. Weder gab es Schleifspuren am Boden noch irgendwelche Hinweise, wie sie hier abgelegt worden war.

Inzwischen kamen die dunkel gekleideten Herren vom Beerdigungsinstitut hinzu und kümmerten sich nach Sichtung aller Spuren um den Abtransport der Leiche.

Derweil schaute Nadine sich die wenigen umherstehenden Leute an. Nicht selten befand sich unter den Schaulustigen, die ein solches Ereignis leider mit sich brachte, ein Tatverdächtiger. Doch kaum einer wohnte dem Geschehen bei. Lediglich ein älterer Mann mit Hund beobachtete aufmerksam das rege Treiben der weiß gekleideten Männer und Frauen, welche sich vom Schnee kaum mehr unterschieden.

Langsam, aber zielsicher ging Nadine auf den Mann zu, lächelte ihn verhalten an und sagte: »Guten Abend!«, sie zeigte ihren Ausweis. »Sagen Sie mal, ist Ihnen vielleicht irgendetwas aufgefallen?« Gleichzeitig versuchte die junge Kripobeamtin, den Mann in der Dunkelheit auszumachen. Seine Wollmütze hatte er bis über die Stirn gezogen, sodass seine buschig weißen Augenbrauen ihr ganz besonders ins Auge stachen. Ansonsten wirkte er unauffällig.

»*Aufgefallen?*«, wiederholte er einsilbig und mit tiefer Stimme. »Aufgefallen, nö eigentlich nichts«, er blickte hinab zu seinem Dackel. »Ist dir was aufgefallen, Fredo?« Doch Fredo wackelte nur mit dem Schwanz und bellte dazu. »Nö«, interpretierte der Alte sein Schwanzwedeln.

Nadine bedankte sich und war gerade im Begriff zu gehen, als der Alte sie noch einmal zu sich rief: »Ich weiß ja nicht, ob das für Sie wichtig ist. Aber wenn mich meine kleinen grauen Zellen nicht im Stich gelassen haben, lag heute Morgen dort noch eine Plane.« Er zeigte mit seinem Handschuh hinüber zu der Stelle, an der die Tote lag.

Nadine rieb ihre Hände und blickte in seine müden, halb geschlossenen Augen.

»Eine Plane, sagten Sie? Können Sie sie beschreiben? Größe? Farbe?«

»Ich würde sagen groß. Ich habe mir heute Morgen schon so meine Gedanken gemacht und mich gefragt, wieso *die* ihren Mist vom Weihnachtsmarkt jetzt schon im Stadtpark ablegen. Aber wer konnte denn so etwas Schlimmes ahnen? Wer? … Mhm, und die Farbe? Dunkel, würde ich sagen. Grau oder grün. Wissen Sie, ich sehe nicht mehr so gut. Tja, das Alter.«

»Können Sie sich noch an die Zeit erinnern?«

»Ja. Gegen sieben, das weiß ich noch genau, weil ich immer um dieselbe Zeit mit Fredo Gassi gehe.«

»Vielen Dank, Herr …?«

»Decker, wie der Dachdecker nur ohne Dach«, gab er scherzhaft zurück.

»Danke, falls wir noch Fragen haben, melden wir uns bei Ihnen. Sagen Sie mal«, hinterfragte Nadine, »wäre es möglich, dass die Frau heute Morgen schon hier gelegen hat?«

»Sie meinen unter der Plane?«, fragte der Alte und antwortete sogleich: »Das ist denkbar. Die Stelle könnte dieselbe sein.«

Nachdem Nadine seine Adresse notiert hatte, ging sie zurück zu Selzer und informierte ihn über das Gespräch.

»Kommt mir so vor, als sollte sie erst gegen Abend gefunden werden. Vielleicht, um Zeit zu gewinnen. Andererseits würde es meine Vermutung bestätigen, dass Fundort nicht gleich Tatort ist. Ich schätze, das wird heute eine lange Nacht«, bemerkte Selzer provokant.

Nadine schaute ihn verachtend an.

»Wie? Noch mal ins Büro?«, knurrte sie und kannte bereits seine Antwort. Doch was blieb ihr anderes übrig? Und die Vorstellung, Weihnachten im Büro zu verbringen, war ihr dann doch zuwider.

Zurück im Revier, etwa gegen 18.00 Uhr

»Ja Mutter«, trötete Hufnagel genervt in den Hörer. »Da weißt du mehr als ich. Von wem hast du das überhaupt?«, fragte er, den Blick seinen Kollegen Selzer und Andres zugewandt, welche gerade die Jacken auszogen.

Hufnagel legte wütend auf.

»Die macht mich noch mal wahnsinnig. Jetzt behauptet sie doch glatt, die junge Frau im Park sei ermordet worden.«

Nadine tat überrascht, begab sich an ihren Schreibtisch und meinte: »Stimmt. Richten wir uns auf eine lange Nacht ein. Woher weiß Charlotte das?«

Selzer prüfte inzwischen seine eingegangenen Mails auf dem Handy, schaute überrascht hoch und fragte irritiert nach: »Charlotte?«

»Ist 'ne lange Geschichte, erzähl ich dir irgendwann mal«, teilte Nadine mit.

Hufnagel rieb sich das Kinn. »Von einer Bekannten, die es wiederum von einer Freundin hat, und so weiter und so weiter. Sie kennen doch meine Mutter. Sie kann das Schnüffeln einfach nicht lassen«, brachte er fast entschuldigend hervor.

Hübner, der so tat, als würde er in einer Akte blättern, hörte gelassen dem Gespräch zu, das er mit einem tiefen Durchatmen als überflüssig einstufte.

»Also, wenn mal alle privaten Querelen erledigt sind, könnten wir uns dann wieder dem Fall zuwenden?«, gab er abschätzig von sich. »Ich habe keine Lust, die ganze Nacht hier zu verbringen.«

Daniel schaute zu Nadine und Nadine zu ihm. Hufnagel hingegen fühlte sich ertappt. Hübner hatte recht, aber was sollte er denn machen? Charlotte Kaufmann ließ es sich nun einmal nicht nehmen, ihre alte faltige Nase in jeden nur erdenklichen Kriminalfall zu stecken. Sie roch förmlich einen Mord. Andererseits war er froh, dass seine Mutter noch so aktiv war. Daher nahm er ihr Einmischen zähneknirschend hin.

»Gut, dann ran an die Arbeit«, sprach Selzer. »Gibt es inzwischen einen Hinweis zur Toten?«

»Endlich eine gute Frage«, mokierte sich Hübner. »Vor ein paar Stunden hat die Mutter einer Studentin bei den Kollegen angerufen und wollte eine Vermisstenanzeige aufgeben. Ihre Tochter sei heute Nacht nicht von einer Feier zurückgekehrt. Auf den Hinweis, dass die Polizei erst nach vierundzwanzig Stunden bei Jugendlichen etwas unternehmen könnte, brach sie in Tränen aus und meinte, dass ihre Tochter niemals ohne einen Anruf von zu Hause fernbleiben würde. Die Beschreibung würde auf unsere Tote passen«, erzählte er und fügte ein »Leider« an.

Schleimer, dachte Nadine und schaute verachtend zu Hübner. Dennoch gab sein Hinweis eine Richtung vor, und die brauchte man jetzt dringend.

»Gut, wo wohnt die Anruferin? ... In Allensbach.« *Das kleine Städtchen am See mit Sitz des Demoskopischen Institutes Allensbach.* »Wer fährt hin?«, erkundigte sich Selzer ruhig.

Verhaltenes Schweigen. Selzer durchbrach die peinliche Stille, indem er Frau Andres und Herrn Hübner mitteilte, dass die beiden der aufgebrachten Mutter noch heute Abend einen Besuch abstatten sollten. Vielleicht hatte ihre Tochter auch nur bei einer Freundin übernachtet und vergessen, die Mutter anzurufen. Man musste in solch einem Fall alle Möglichkeiten in Betracht ziehen, und im Regelfall klärte sich das schnell von selbst.

Um Zeit zu sparen, teilten sich die Kripobeamten die Arbeit auf. Selzer und Hufnagel wollten noch andere Vermisstenanzeigen sichten, die auf die Tote hätten passen können, während die anderen zwei, sichtbar pikiert, das Büro verließen.

Von unterwegs aus kündigte sich Nadine bei der Mutter der Studentin, Frau Sauer, an.

Als sie wenig später dann vor ihr stand, erschien diese bereits mit rot verheulten Augen sowie Taschentuch, ungekämmtem Haar, Jogginghose und legerem Shirt an der Eingangstür.

»Und?«, schniefte sie. »Haben Sie meine Tochter gefunden? Sie hat sich immer noch nicht gemeldet. Auch ihre Freundinnen wissen nichts. Gott, wo ist sie bloß?«, rief Frau Sauer und zitterte am ganzen Körper. Sie sah mitgenommen aus, und man sah ihr den wenigen Schlaf an, den ihr diese Situation abverlangt hatte.

»Jetzt beruhigen Sie sich erst mal, Frau Sauer! Können wir hereinkommen?«, fragte Nadine voller Mitgefühl und hasste schon jetzt den Fall.

»Ja, jjjaaa, natürlich«, stotterte Frau Sauer. »Das ist einfach zu viel für mich. Treten Sie ein!« Die etwa fünfzigjährige Frau winkte die Polizisten in ihre Wohnung.

Der Flur wirkte aufgrund der rosa geblümten Tapete kitschig, und man ahnte bereits, dass es sich um eine von Frauen bewohnte Wohnung handelte.

Na ja, nicht mein Ding, dachte Nadine. *Ich glaube, große Sprünge kann sich diese Familie nicht leisten.*

Im Wohnzimmer setzte sich der gleiche Einrichtungsstil fort. Ein weißes Sofa mit abgesetzten Swarovski-Imitaten, dazu ein Glastisch, eine weiße Fernsehwand mit großem LED-Fernseher sowie pinkfarbene Gardinen mit lauter kleinen Kunstblumen daran. Darüber hinaus roch es stark nach Tabak.

»Setzen Sie sich doch bitte!«, meinte Frau Sauer, zündete sich zitternd eine Zigarette an und setzte sich auf einen schäbig wirkenden Sessel. »Möchten Sie auch?

Ich kann mich so besser beruhigen«, kam es entschuldigend von ihr.

Andres und Hübner lehnten dankend ab und nahmen auf dem gegenüberliegenden Sofa Platz. Es quietschte ein wenig.

»Dann vielleicht ein paar Weihnachtsplätzchen, selbst gebacken«, fragte Frau Sauer weiter, ergriff die Kristallschale voller Gebäck und hielt sie den beiden hin.

Um nicht unhöflich zu erscheinen, nahm Nadine ein Zimt-Gipfel und bedankte sich. Hübner wollte nicht.

»Hätten Sie vielleicht ein aktuelles Foto Ihrer Tochter?«, erkundigte sich Nadine langsam kauend.

Frau Sauer legte ihre Zigarette in den Aschenbecher auf dem Glastisch und sprang gleich danach auf. Sie ging zur Fernsehwand, entnahm dem Regal ein Foto und überreichte es Nadine. Es zeigte das Bildnis einer jungen Brünetten mit ausdrucksvollen dunklen Augen sowie einer auffällig großen Nase. Außerdem wirkte sie grazil und lachte mit geraden weißen Zähnen in die Kamera.

Sie kommt wohl eher nach dem Vater, dachte Nadine. »Danke! Erzählen Sie uns etwas über Ihre Tochter! Wohin wollte sie gestern? Und mit wem war sie verabredet?«

Frau Sauer setzte sich erneut, nahm die Zigarette wieder an sich und drückte sich tiefer in den Sessel. Sie zog am Glimmstängel, inhalierte den Rauch und begann, langsam zu erzählen: »Gestern gab es wohl so eine Veranstaltung an der FH …«

Hübner unterbrach sie: »Sie meinen die Fachhochschule?«

Frau Sauer nickte verhalten und setzte ihre Ausführung fort: »Irgendeine Party zwischen den Prüfungen. Jeder brachte etwas zum Essen mit. Carmen hat sich extra ein tolles Rezept für einen Kuchen aus dem Internet herausgesucht. Schokoladenkuchen ...«

Hübner unterbrach sie erneut: »Aha, und wann sollte die Veranstaltung stattfinden?«

»Um acht.«

»Wie fuhr sie gewöhnlich zur FH?«, erkundigte sich Nadine.

»Mit dem Seehas.«

Klasse Zugverbindung, erinnert mich an die Berliner S-Bahn, grübelte Nadine. »War sie mit jemandem verabredet? Einem Freund oder einer Freundin vielleicht?«

»Ja, sie traf sich mit Sebastian, ihrem Freund. Die beiden sind schon seit Beginn des Studiums zusammen.«

»Und wie lange ist das jetzt genau?«, wollte Hübner wissen.

»Zwei Jahre, genau zwei waren es im Herbst.«

Da alles in der Wohnung auf einen Zweipersonenhaushalt schließen ließ, gestattete Nadine sich die Frage nach Carmen Sauers Vater.

»Ach, wir sind seit fünfzehn Jahren geschieden. Mein Ex kümmert sich aber liebevoll um Carmen, regelt alles Finanzielle und auch sonst steht er ihr mit Rat und Tat zur Seite«, erzählte Frau Sauer beinahe erleichtert und schien ein wenig in Erinnerungen zu schwelgen.

»Und wenn Ihre Tochter bei ihm die Nacht verbracht hat?«, fragte die Polizistin überlegt.

»Daran habe ich auch schon gedacht und gleich mit ihm telefoniert. Aber auch bei ihm ist sie nicht. Er telefoniert alle Freundinnen und Freunde ab. Müsste sich gleich melden«, dabei blickte Frau Sauer nervös zur

Uhr und kurz darauf auf ihr Handy, das auf dem Glastisch lag. »Warum ruft er nicht an? Oder sollte ich …?« Sie wirkte zusehends nervöser. Hektik machte sich breit. Inzwischen hatte sie die zweite Zigarette angezündet, um sie gleich wieder zitternd im Aschenbecher auszudrücken.

Endlich kam der ersehnte Anruf. Panisch packte Frau Sauer das Handy.

»Ja, und hast du sie gefunden? … Nicht? … Oh mein Gott, Michael, wo könnte sie nur sein? Das hat sie doch noch nie gemacht … Was sollen wir nur tun? … Zur Polizei? … Nein, die sitzt gerade bei mir … Sind gleich gekommen nach meinem Anruf … Okay, mache ich. Bis später!« Danach wandte sie sich wieder den Polizisten zu. »Mein Exmann meint, Sie sollten unbedingt mit Vanessa sprechen. Sie hat Carmen gestern noch gesehen. Wissen Sie, die beiden kennen sich seit dem Kindergarten und sind beste Freundinnen.«

»Gut, das machen wir. Könnten Sie uns bitte eine Liste aller Personen anfertigen, die möglicherweise gestern mit Ihrer Tochter zusammen waren, inklusive derer, die es nicht waren!«, forderte Nadine freundlich.

»Mache ich, geben Sie mir zehn Minuten!«

»Gerne, lassen Sie sich ruhig Zeit. Könnten wir in der Zwischenzeit mal einen Blick ins Zimmer Ihrer Tochter werfen?«

Frau Sauer nickte, erhob sich vom Sessel und zeigte kurz darauf den beiden das Jugendzimmer. Danach ging sie in die Küche.

Carmens Zimmer wirkte aufgeräumt und machte einen freundlichen Eindruck. Helle Ikea-Möbel mit pinkfarbenen Accessoires schmückten den kleinen schlauchartigen Raum. Alles hatte seinen Platz. Anscheinend war die Studentin eine Leseratte, denn sie besaß ein vollgestopftes Regal mit Büchern. Auch auf dem Schreibtisch vorm Fenster lagen Bücher sowie ein paar Schnellhefter.

Nadine schaute sich im vorderen Bereich des Zimmers um, während ihr Kollege den hinteren sichtete.

Carmen Sauer hatte anscheinend ein Faible für Romantik und zeigte dieses mit einem farbigen Tuch, das sie wie einen Himmel über das Bett geschwungen hatte. Zudem hing über ihrem Bett eine Pinnwand voller Postkarten und Fotos von Freunden, der Familie sowie zweier Mädchen und dem einer jungen Frau, welche von zwei Burschen umarmt wurde.

Nadine holte ihr Handy aus der Tasche und fotografierte ein paar der Fotos ab.

Hübner indessen zog seine Gummihandschuhe über, öffnete Schubladen und Schränke und suchte diskret nach Hinweisen für ein mögliches Verschwinden der jungen Frau. Doch nichts deutete auf ein geplantes Fernbleiben hin. Nach dem Zustand des Schreibtischs zu urteilen, befand sich die Studentin in den Prüfungsvorbereitungen. Alle Termine waren im Tischkalender notiert.

Frau Sauer betrat das Zimmer, bemerkte Hübners Handschuhe und starrte ihn mit weit aufgerissenen Augen an. Hübner erklärte sogleich sein Tun als *übliche Vorgehensweise*, um die Ärmste nicht unnötig zu beunruhigen.

Wortlos übergab Frau Sauer Nadine die gewünschte Namensliste. Danach brachte sie die Kripobeamten schluchzend zur Tür und flehte sie an, sich sofort zu melden, sobald sie etwas über ihre Tochter in Erfahrung brächten.

1. Stunden später

Zurück im Büro des Polizeireviers

»Mensch, Hübi, wenn ich mich nicht täusche, wissen wir jetzt, wer der tote Schneeengel ist«, presste Nadine entsetzt hervor.

»Du meinst …?«

Nadine senkte traurig den Kopf, hob ihn wieder und fügte dem ein leises »Ja« an.

»Wir sollten uns gleich noch zu dieser Vanessa aufmachen. Wenn wir den Fall noch vor Weihnachten zu den Akten legen wollen, sollten wir uns beeilen.«

»Vor Weihnachten? Du weißt aber schon, wann das ist?«, wollte Hübner wissen.

»Na klar, übermorgen.«

»Ganz genau, und ich habe noch nie von einer Turboaufklärung gehört, wie du sie anstreben willst. Das braucht Zeit. Natürlich wollen wir alle in die Ferien, aber das lässt sich nicht erzwingen.«

Red du nur. Ich schaff das schon. »Bist du dabei oder nicht? Ich fahre jedenfalls noch zu dieser Freundin.« Kaum dass sie Hübner von ihrem Vorhaben in Kenntnis gesetzt hatte, zückte sie auch schon ihr Handy und kündigte sich bei Carmens Freundin Vanessa an. Die junge Frau wohnte zum Glück in der Konstanzer Altstadt, im Stadtteil Paradies, sodass ein Besuch keinen großen Umweg bedeuten würde.

Das Jahrhundertwendehaus, in dem Vanessa wohnte, gehörte zum typischen Erscheinungsbild der Stadt. Außerdem zählte die Ecke zu den beliebtesten Wohngegenden überhaupt. Zum Leidwesen der Polizisten wohnte sie in der oberen Etage. Einen Fahrstuhl gab es nicht, was Nadine im Gegensatz zu Hübner nicht weiter störte, da sie diese engen Dinger ohnehin nicht ausstehen konnte.

Völlig außer Puste klingelte Nadine bei Familie Kübel und wartete geduldig auf das Öffnen der Tür. Doch statt Vanessa stand ein junger Mann mit Lockenkopf in der Tür.

»Vanessssaaa!«, rief er, den Blick in die Wohnung gewandt. »Dein Besuch«, gleichzeitig bat er die Beamten, näher zu treten. »Meine Frau kommt gleich, sie war nur noch schnell unter der Dusche.«

Im selben Moment kam eine junge zierliche Frau in weißem Bademantel und Frotteeturban auf die zwei Beamten zu.

»Entschuldigen Sie bitte meinen Aufzug. Aber ich bin gerade aus der Klinik gekommen und hab's leider nicht schneller geschafft. Wie kann ich Ihnen helfen? Geht's um Carmen?«, fragte sie besorgt und bat die beiden in die Wohnküche.

Nadine nickte stumm. »Wann haben Sie Ihre Freundin denn das letzte Mal gesehen?«

»Gestern, kurz vor dem Fest. Später haben wir noch mal eine WhatsApp geschrieben, seitdem nichts mehr«, entgegnete die junge Frau im Bademantel.

Hübner mischte sich ein. »War irgendetwas anders?«

Vanessa Kübel musterte Hübner scharf. »Nein, sie war wie sonst auch. Hat sich aber tierisch auf das Fest gefreut. Es war gewissermaßen das Bergfest zwischen den Prüfungen. Die haben jetzt ganz schönen Stress, sag ich Ihnen.« Während sie sprach, fühlte sie die Blicke Hübners auf ihrem Bademantel wandern und in Höhe ihrer Oberweite kleben. Unruhig hielt Frau Kübel den

Mantel am Hals geschlossen. Seine Blicke waren ihr unangenehm.

»*DIE?*«, wiederholte Nadine fragend und bemerkte gleichwohl Hübners anzügliche Art, was sie ihm mit einem gehörigen Ellenbogenstoß kundtat.

»Aua«, maulte er kurz und wusste sofort, was seine Kollegin damit bezweckte.

»Na, die Studenten«, antwortete Frau Kübel und bedankte sich bei Nadine mit einem diskreten Kopfnicken.

»Ach so … Sagen Sie mal, auf dem Foto«, die Polizistin zog ihr Handy hervor, entsperrte es und zeigte die Fotos von Carmen Sauers Pinnwand, »das sind doch Sie beide, oder?«

Frau Kübel begann lautstark zu lachen. Es war ein herzliches und offenes Lachen. »Das hat sie noch? Ja, da waren wir gerade zur Schule gekommen.«

»Und wer ist das?«, fragte Nadine weiter und deutete auf das Foto daneben.

»Das? Der eine ist Sebastian, Carmens Freund. Die beiden sind seit zwei Jahren zusammen, kennen sich aber schon vom Abi, so wie wir auch.« Sie meinte damit ihren Ehemann, Patrick Kübel. »Der andere heißt wohl David und muss auch ein Student sein.«

»Hatte sie was mit dem?«, wollte Hübner wissen und schaute sich neugierig in der Küche um. Kleine Blumentöpfe mit Kräutern sowie eine Vielzahl von Gewürzen, große und kleine Pfeffermühlen und etliche Flaschen mit Speiseöl säumten den Bereich um das Ceranfeld. Man spürte, hier wurde gerne gekocht.

Vanessa schaute entsetzt. *Typisch Mann. Na ja, seine Blicke sagen wohl alles.* »Blödsinn. Sie liebt Sebastian. Die beiden wollen doch nach dem Studium ein Jahr ins Ausland. Nee, nee, das hätte sie mir erzählt.«

»Vielen Dank, Frau Kübel«, antwortete Nadine und reichte ihr zum Abschied die Hand, während Hübner die Verabschiedung nur gestikulierte.

»Ich mache mir Sorgen. Wo könnte Carmen nur stecken? Ihr muss etwas zugestoßen sein. Sie würde niemals ohne eine Nachricht verschwinden«, waren die letzten Worte von Frau Kübel, bevor sie die Wohnungstür wieder schloss.

Bedrückt verließen die beiden Kripobeamten das Haus und fühlten, dass die Tote vom Stadtgarten mit großer Wahrscheinlichkeit die gesuchte Studentin war. Näheres jedoch würde die Identifizierung ergeben.

»Für heute reicht's mir. Feierabend! Soll ich dich noch heimfahren?«, fragte Nadine ihren Kollegen der Freundlichkeit halber und hoffte, dass er Nein sagen würde.

»Nee, lass mal. Von hier aus komme ich gut heim. Außerdem brauche ich noch etwas Luft.« Er sog förmlich die kalte Abendluft in sich auf, als wollte er seine gesamte Lunge damit befüllen. »Komische Sache. Da wird eine junge Frau derart zur Schau gestellt. Bloß wozu das Ganze?«, sagte er mehr zu sich als zu ihr.

Nadine schaute zu Hübner und legte ihren Kopf ein wenig schief.

»Vielleicht symbolisiert sie in den Augen des Mörders etwas, das nur er genauer weiß. Spinnen wir den Faden doch mal weiter! Er stellt sie als Engel dar. Und wenn sie das Gegenteil war? Ein Teufel womöglich, eine Frau der Sünde? Manche Leute haben da so ihre eigenen

Moralvorstellungen, wie eine junge Frau zu sein hat«, überlegte sie.

»Du meinst, eine, die mit Männern nur spielt?«, vermutete Hübner.

»Oder einem das Herz gebrochen hat. Verschmähte Liebe oder so«, entgegnete Nadine fröstelnd. »Du, lass uns gehen. Mir ist kalt.«

»Denkbar. Dann bis morgen«, sagte Hübner und gab Nadine zum Abschied die Hand.

Hübi, du kannst ja auch anders. Manchmal bist du ein richtiger Kotzbrocken, sinnierte Nadine und blickte ihrem Kollegen noch eine Weile nach, bis auch sie in der Dunkelheit verschwand.

Am nächsten Morgen erwachte Nadine früher als gewöhnlich. Normalerweise hatte sie noch genügend Zeit bis zu ihrem Dienstantritt. Jedoch weiterschlafen wollte sie nicht. Müde nahm sie ihr Handy und schaute auf den Kalender. *23. Dezember – Geburtstag Caro* – ihre Freundin. Darunter entdeckte sie einen kurzfristig eingetragenen Termin für 9:00 Uhr von Selzer. *Dringende Dienstbesprechung* mit dem Vermerk: *Bitte seien Sie pünktlich!* Für einen Moment haderte Nadine mit sich. Sollte sie sich anziehen und frühstücken oder eine Runde joggen? Sie entschloss sich fürs Joggen, preschte hoch, zog ihren Schlafanzug aus und kramte aus der Schublade ihre Joggingkleidung hervor. Danach ging sie noch zum Schuhschrank und entnahm die Laufschuhe.

Wenig später stand sie vor ihrem Haus, schaute auf die Straße und überlegte, welche Laufstrecke sie einschlagen sollte. Sie entschied sich für den Weg in Richtung Hochschule, den sie gewöhnlich nie lief. Stattdessen bevorzugte sie einen entlang des

Bodenseeufers, dessen Wasser zu jeder Jahreszeit einen ganz besonderen Glanz verströmte. Das Joggen verkörperte für die Endzwanzigerin Freischaufeln von unliebsamen Gedanken sowie Sammeln von neuen Ideen. Nach jedem Lauf fühlte sie sich besser denn je und lebendiger als zuvor. Nur manchmal musste sie sich regelrecht aufraffen. Heute aber nicht. Leichtfüßig lief sie *Zur Laube*, ignorierte den Schnee, passierte den Bereich der Laube und rannte weiter entlang der Schottenstraße bis zum Gelände der Hochschule, die unter anderem für ihre Fachbereiche Architektur, Bauingenieurwesen, Maschinenbau und Informatik bekannt war.

Da sie nun schon einmal hier war, nutzte Nadine die Gelegenheit und schaute sich ein wenig auf dem Campus um. Noch war wenig los zu dieser frühen Stunde. Das Gelände lag unmittelbar am Rheinufer und verkörperte eine Mischung aus Alt- und Neubau sowie Vergangenheit und Gegenwart. Der Innenhof war geprägt von kleinen Bäumen, überdachten Fahrradständern und Bänken zum Verweilen.

Neugierig betrat Nadine das Schulgelände und schlenderte an den großen Informationswänden vorbei. Einige von ihnen waren gespickt mit Unterrichtsplänen und Workshop-Aushängen, andere mit WG-Gesuchen und Jobangeboten. Die junge Polizistin überflog die Aushänge, bis sie plötzlich von einer unfreundlichen Männerstimme gestört wurde.

»Suchen Sie was?«

Nadine wandte sich dem Sprecher zu.

Direkt neben ihr stand ein großgewachsener Mann mittleren Alters mit dichtem silbergrauem Haar, spitz verlaufender Nase und buschigen Augenbrauen.

»Nein, nn…ein …nein …«, begann sie zunächst, »…ich schaue mich nur ein bisschen um«, antwortete sie routiniert.

»In diesem Aufzug?«, unkte der Silberhaarige und besah sich die junge Frau von oben bis unten.

Nadine fühlte sich unwohl, entschuldigte sich und begründete ihr Erscheinen, indem sie ihm sagte, dass sie von der Kripo Konstanz sei und wichtigen Ermittlungen nachgehe. Obwohl sie keinen Ausweis mit sich führte, erkundigte sie sich nach seinem Namen. Bereitwillig stellte der Mann sich als Klaus Mannteufel vor und erzählte, dass er hier als Hausmeister arbeite. Auf die Frage hin, ob ihm gestern irgendetwas aufgefallen sei, erwähnte er eine größere Feier, bei der sich ein paar betrunkene Studenten geschlagen hätten. Darüber hinaus sprach er von einem Pärchen, das in seinen Augen völlig über die Stränge geschlagen habe. Ansonsten tat er die Feier als nichts Besonderes ab.

»Kennen Sie ihre Namen?« *Komisch, er fragt nicht einmal, worum es geht.*

Mannteufel presste seine fleischigen Lippen übereinander und verneinte, während Nadine ihn genauer anschaute. Sein aschfahles, blässliches Gesicht mit kleinen unmerklichen Narben ließen ihn ungepflegt erscheinen. Dennoch verwies er die junge Frau aufs Sekretariat und meinte, dass man ihr dort sicher gerne behilflich sein würde. Bei über fünftausend Studenten könne er sich nicht jedes Gesicht merken und schon gar nicht irgendwelche Namen. Seine Aufgabe sei es, sich um verstopfte Toiletten, zerstörte Fahrradständer oder mutwillig zertretene Mülleimer zu kümmern und nicht um das Seelenheil Einzelner, bemerkte er zynisch.

»Dürfte ich Sie dann jetzt bitten, ins Sekretariat zu gehen oder das Haus zu verlassen! Der Schulbetrieb geht gleich los und …« Dabei beließ er es und führte seinen Gedanken nicht weiter aus.

Nadine entschuldigte sich noch einmal und beschloss zu gehen. *Ich glaube, dem geht das hier ganz schön auf die Nerven. Fühlt sich wahrscheinlich unterbezahlt.* Danach joggte sie wieder nach Hause und ließ ihren Gedanken bei kalter Luft freien Lauf.

Daheim sendete Nadine zunächst ihrer Freundin Caro liebe Grüße zum Geburtstag, noch ehe sie sich unter die Dusche begab und für den Dienstalltag kleidete. Bei Weihnachtsmusik und Werbespots aus dem Radio genoss sie ihre Tasse Kaffee und machte sich dann auf ins Büro, das sie kurz nach Hufnagel betrat.

»Warum hat Selzer eine Dienstbesprechung einberufen?«, wollte Hufnagel wissen. »Und dazu auch noch dringend?«, waren die Begrüßungsworte ihres ehemaligen Chefs gegen 8.30 Uhr.

Nadine konnte sich ebenso wenig einen Reim darauf machen, jedoch sah sie aber in der kurzen Zeit, die ihnen für eine Aufklärung blieb, einen möglichen Grund für Selzers rasches Handeln.

»Gut, lassen wir uns eben überraschen«, meinte Hufnagel schlecht gelaunt und bemerkte außerdem: »Na, verbringen wir halt unser Weihnachtsfest im Büro. Werde ich wohl Christinchen nachher mal anrufen und ihr die freudige Nachricht unterbreiten.«

»Quatsch, ich habe keine Zeit. Mein Zug geht morgen früh in Richtung Norden. Der Flieger ist gebucht, und meine Mutter freut sich schon auf mich. Und erst mein Vater, den ich endlich nach einem Jahr mal wieder sehen werde. Nee, nee Herr Kollege, ich bin dann mal weg.«

Hübner kam hinzu und schien in Hektik.

»Morgen«, brummte er laut und wirkte fahrig. »Oh Mann, alle Jahre wieder. Und alle Jahre wieder diese Hektik. Meine Jüngste will eine Playstation vier. Wissen Sie, was die kostet? Vorstellungen haben die jungen Leute. Hätte ich meine Eltern danach gefragt, hätte es gleich eine Ohrfeige gegeben. Zu meiner Zeit spielte man noch mit Lego.«

Nadine Andres und ihr älterer Kollege schauten einander an und ein jeder war froh, zum einen, dass die Kinder groß waren, und zum anderen, dass es noch keine gab.

»Wissen Sie, was das mit dieser Dienstbesprechung auf sich hat? Reicht es nicht, dass wir einen Mord aufzuklären haben? Und dann noch eine Besprechung! Mensch uns rennt die Zeit davon … Und ich, ich habe nun wirklich keine Lust auf Feiertage im Büro. Leute, ich habe Familie«, schimpfte Hübner und blickte auf seine Armbanduhr.

Jetzt kam auch Selzer mit einem grauen Aktenordner herein. Wohl auch ihm schien die vorweihnachtliche Zeit mehr auszumachen, als ihm lieb war.

»Fangen wir gleich an!«, begann er, warf die Akte auf den Schreibtisch und zerrte seinen dunklen Parka vom Oberkörper, um diesen dann über der Stuhllehne abzulegen. »Die Kollegen in der Rechtsmedizin waren so freundlich, eine Nachtschicht einzulegen, damit wir heute Morgen ihre Ergebnisse auf dem Tisch liegen haben.« Er nahm die Akte erneut an sich und öffnete sie, danach lehnte er sich gegen seinen Schreibtisch. »Also, ich hab die Unterlagen schon mal kurz überflogen … Die Tote ist etwa zwanzig und starb gestern zwischen 23.00 und 24.00 Uhr. Sie hat eine Platzwunde im Hinterhauptbereich unterhalb der Hutkrempenlinie, die vermutlich von einer Sturzverletzung stammt …«

Nadine unterbrach ihn. »Schläge auf den Hinterkopf?«

Selzer las weiter. »Nein, dann gäbe es mehrere gleich alte Platzwunden oberhalb der Hutkrempe. Schläge schließen wir mal aus. Laut Autopsiebericht ist sie auf eine glatte Oberfläche gefallen. Ihr Kopf weist weder Rückstände von einem Tatwerkzeug, wie einem Messer oder hölzernem Gegenstand, etwa einem Stamm oder einer Glasflasche auf. Ihre Haare wurden auch nicht glatt durchtrennt, gequetscht oder rechtwinklig gebogen, wie es bei solchen Tatwerkzeugen passieren würde.«

»Dann wurde sie also nicht erschlagen«, resümierte Nadine und rieb sich mit der Hand übers Kinn.

Selzer schüttelte dezent den Kopf, denn er kannte bereits den Tathergang von seiner vorangegangenen Recherche. Nur zu gerne hätte er seiner Kollegin recht gegeben, denn ihre Einschätzung der Tat hätte einen weit weniger grausamen Tod für die junge Frau bedeutet als das, was er nun zu offenbaren hatte. Wie ein Hund schaute er seine Mitarbeiterin an, traurig und sensibel zugleich und erklärte, dass das Opfer nach dem Fallen zunächst bewusstlos gewesen, aber nicht unmittelbar daran gestorben sei. Laut Rechtsmedizin habe sie noch gelebt. Erst ein Stich in die Magengegend, ausgeführt mit einem Messer oder gar Dolch, führte letztendlich zum Tod, den sie mit unvorstellbarem Schmerz erlebt haben musste. Man hatte sie bei lebendigem Leib ausbluten lassen. Qualvoll. Sekunde für Sekunde. Was war das nur für ein Mensch, der sie wie ein Tier hatte sterben lassen? Wer war zu solch einer grausamen Tat fähig? Wer?

»Hass!«, fiel Hufnagel einsilbig ein. »Wurde sie missbraucht?«

»Nein. Man fand zwar Spuren von Sperma in ihrer Vagina, aber ohne jedwede Gewaltanwendung. Sie hatte noch Stunden vor ihrem Tod Sex. Nach meiner Einschätzung handelt es sich bei dem Täter um jemanden aus dem engeren Umfeld, vielleicht einen Liebhaber oder Freund. Einen, der genau wusste, was er tat. Außerdem wirft die Darstellung eines Schneeengels Fragen auf. Wieso hat er sie gerade so abgelegt? Vermutlich war die Tat geplant. Übrigens trug die Tote um ihren Hals ein kleines silbernes Kreuz.« Selzer wies auf das Asservat, welches in einer kleinen Plastiktüte verwahrt war, und reichte die Kette seinen Kollegen zum Sichten.

»Weiß man etwas über ihr Nachthemd?«, fragte Hübner neugierig nach.

»Nicht viel. Es ist einer dieser Billigartikel, die man gerade zur Fastnacht überall erhalten kann«, entgegnete Selzer scharf.

»Aber es ist noch keine Fastnacht!«, wandte Nadine ein. »Entweder besaß der Täter oder das Opfer das Nachthemd bereits, oder man musste es erst kaufen. Vielleicht kann sich jemand an den Käufer erinnern, zumal jetzt vor Weihnachten eher alle mit ihren Weihnachtserledigungen beschäftigt sind.«

Selzer stimmte seiner Kollegin zu und bat sie auch gleich, mit dem Überprüfen infrage kommender Geschäfte zu beginnen. Nadine traute ihren Ohren kaum. Was sollte das? Wusste sie doch, dass eine solche

34

Arbeit Tage dauern würde und alles andere als interessant war.

»Wissen wir inzwischen, wer die Tote ist?«, erkundigte sich Hufnagel und kam endlich zum Punkt, während Frau Andres und Herr Hübner längst eine Vorahnung hatten.

Selzer nahm die Fotos aus der Akte und reichte sie reihum.

Mürrisch nahm Nadine eines der Bilder an sich und erkannte sofort die Übereinstimmung mit dem Foto der Studentin, welches die Mutter ihr tags zuvor geliehen hatte. Ja, sie war es. Carmen Sauer. Während die eine Carmen lächelte, lag über der anderen der fahle Tod. Doch wer sollte den Eltern jetzt die Todesnachricht überbringen? Sie oder einer der Kollegen? Allerdings, würde es ein Verwandter tun, würde die Nachricht zwar keine andere sein, aber vielleicht der Überbringer sie einfühlsamer übermitteln können. *Mhm, und wenn man mit dem Vater von Carmen spricht?*, überlegt Nadine und gab ihren Gedanken an die Kollegen weiter.

»Keine schlechte Idee, Nadine. Traust du dir das zu?«, fragte Selzer nach.

»Es wäre in dieser Form das erste Mal. Vielleicht könnte mich Herr Hufnagel begleiten. Mit ihm an der Seite wird's einfacher.«

Hufnagel stimmte ihr mit einem Kopfnicken zu, wenngleich er sich eine weitaus schönere Beschäftigung hätte vorstellen können. Unter Innendienst verstand er etwas anderes. Jedoch seiner Kollegin wollte und konnte er diesen Gefallen nicht abschlagen.

»Gut, aber …«, Selzer stockte, »… ich fände es besser, wenn dich Herr Hübner begleiten würde.«

DER, wieso der? Aber maulen half nichts. Nadine

ordnete sich seiner Anweisung unter. Sie hätte ihn dafür würgen können. Doch er war der Chef.

»Okay, während ihr euch darum kümmert, wird Herr Hufnagel mit mir die Telefonliste der Mutter abarbeiten. Freunde, Bekannte, Angehörige«, schlug Selzer vor, trat vom Schreibtisch weg und öffnete das Fenster. »Nur ganz kurz«, entschuldigte er sich, den Blick Nadine zugewandt und wusste sofort, dass sie sein Lüften nicht billigte. Wie immer fror sie, wie auch jetzt.

Nadine zog ihr Handy aus der Tasche und leitete das Foto, das sie in Carmens Zimmer geschossen hatte, kommentarlos an Selzer weiter. Das leise Klingelsurren signalisierte, dass es angekommen war.

»Daniel, das Foto zeigt die Tote neben ihrem Freund Sebastian, links von ihr. Der Rechte, das ist ein Bekannter. Beide sind Studenten. Konzentriert euch auf die! Immerhin hatte sie kurz vor ihrem Tod noch Sex. Wenn ihr mich fragt, war Carmen Sauer beiden Typen zugewandt. Ist nur so eine weibliche Intuition, mehr nicht.« Nadine bemühte sich, ihre schlechte Laune herunterzuspielen, was ihr schwerfiel.

Der Begriff der *weiblichen Intuition* war Hübner förmlich aufs Gesicht gemeißelt. Für ihn gab es nur Fakten und keine Gefühle. Entgeistert schaute er seine Kollegin an, was diese nur mit einem dezenten Lippenhochziehen abtat.

»Machen wir, Nadine, machen wir«, entgegnete Selzer und zweifelte gerade an seiner Kompetenz als Chef.

Nachdem Nadine Michael Sauer, den Vater der Toten, angerufen und ihn um einen sofortigen Besuch gebeten hatte, zogen Hübner und sie ihre Jacken über und verschwanden wenig später aus dem Büro.

Michael Sauer hatte sich nach Jahren im Außendienst mit einer kleinen Finanzdienstleistung selbstständig gemacht und arbeitete jetzt für eine bekannte Bausparkasse als Vertriebsberater. Sein Unternehmen florierte und er schrieb seit zwei Jahren schwarze Zahlen. Herr Sauer residierte mit seinem Büro sowie zwei Angestellten in einem Eckhaus in der Bodanstraße, zentral gelegen, mit nur wenigen Gehminuten zum Bahnhof sowie in die Schweiz.

Als Nadine die alte Glastür aus den späten Siebzigerjahren öffnete und ein leises Glöckchen ihre Ankunft mitteilte, kam ihr auch schon ein Mann mittleren Alters, dunkelhaarig, hochgewachsen und bekleidet mit einem weißen Hemd sowie Krawatte, entgegen. Mit dem Blick einer Frau scannte Nadine ihn von oben bis unten. Sein Hemd schien nicht mehr das Neueste zu sein, wie auch die Krawatte, an der ein paar Fäden gezogen waren.

»Ich nehme an Frau Andres?«, erkundigte sich Herr Sauer unsicher. Man sah ihm bereits eine gewisse Angst vor einer eventuellen Hiobsbotschaft an. Seine Augen waren dunkel unterlaufen, anscheinend hatte er schlecht geschlafen, außerdem wirkte er unruhig.

»Ja, Herr Sauer?«, fragte wiederum Nadine.

Sauer nickte langsam. Sehr langsam, fast abgehackt. Sein Blick war starr und auf Nadine konzentriert.

»Gehen wir doch in mein Büro!«

Sauer ging voran.

Frau Andres und Herr Hübner folgten ihm über eine kurze grau melierte Teppichstrecke, die teilweise mit rot-weißem Band beklebt war.

»Bitte passen Sie auf, wohin Sie treten! Wir hatten hier kürzlich einen Wasserschaden, sodass sich der

Teppich gewellt hat«, sprach Herr Sauer, den Blick den Polizisten zugewandt.

Unfallfrei erreichte man Sauers Büro, in welchem gelbe Werbeschilder hingen und die neuesten Bausparangebote sowie günstige Darlehen anpriesen.

Mhm, vielleicht sollte ich mich auch mal mit Eigentum befassen, dachte Nadine, während Hübner seine Schäfchen längst ins Trockene gebracht hatte und bereits seit über zehn Jahren eine Eigentumswohnung besaß. *Werbt ihr nur, das habe ich längst hinter mir. Meine Wohnung gehört schon lange mir*, waren seine Gedanken zum Thema Finanzierung.

Sauer nahm auf seinem hochlehnigen Stuhl Platz, ihm gegenüber die beiden anderen.

Nadine wartete, bis er seine richtige Position gefunden hatte, und begann dann langsam zu sprechen: »Wir haben Ihre Tochter gefunden. Es tut mir sehr leid … sie, sie …«, die junge Polizistin stoppte, hoffte, nicht weitersprechen zu müssen, und presste Luft in ihre Lunge. »Sie ist tot … wir haben Ihre Tochter gestern im Stadtpark gefunden.« Endlich war es raus. Nadine fühlte sich hundsmiserabel, eine derartig grauenhafte Nachricht überbringen zu müssen. Jetzt war der Moment gekommen, in dem sie ihren Beruf abgrundtief hasste. Die Situationen, die einem seinen Beruf als den richtigen wiesen oder das Lächeln in anderen Gesichtern, welche sagten: »Beneidenswert, Ihr Beruf.« Nichts dergleichen traf in dieser Sekunde zu. Nichts. Nicht einmal auch nur andeutungsweise.

Sauers Blick erstarrte. Fror ein und sein Gesicht wurde augenblicklich zu einer Totenmaske.

»TOT??? … Tot? … ABER??? … Aber wie, wie ist …?«

Er rang nach Luft.

Suchte nach Worten.

Den richtigen.

Jedoch, es gab sie nicht. Dieser Mann hatte seine Tochter verloren. Die Einzige. Und jetzt saß er auf seinem Stuhl und fühlte sich hilflos.

Doch Nadine hatte Sauer nicht nur den Tod seiner Tochter zu überbringen, sie musste ihm auch noch mitteilen, dass sie ermordet worden war, und das auf eine der grausamsten Weisen überhaupt. Ihr Tod war qualvoll gewesen und hatte schreckliche Minuten gedauert. Sie hatte unendlich gelitten und sich dabei ganz sicher nach ihren Eltern gesehnt. Aber sie war alleine gestorben, im Nirgendwo. War es draußen an der frischen Luft gewesen? Oder in einem schäbigen Kellerloch? Vielleicht hatte der Mörder sie sogar beim Sterben beobachtet. Doch was hatte ihn dazu gebracht, sie derart leiden zu lassen?

Nadine erzählte Herrn Sauer alles, was sie wusste, und ließ kaum etwas aus. Lediglich den Part des Ausblutens behielt sie vorerst für sich.

Sauer verabschiedete sich mit Tränen in den Augen und versprach, seiner Exfrau die Nachricht über den Tod der gemeinsamen Tochter zu überbringen. Er hielt es für angemessen, wenn er das tat, statt die Polizei. Darüber hinaus wollte er seine Tochter noch einmal sehen und hatte dazu die schwere Aufgabe, sie zu identifizieren.

Nach reiflicher Überlegung beschloss er, seine Exfrau in Allensbach aufzusuchen und gar nicht erst mit ihr zu telefonieren. In dieser schweren Stunde wollte er an ihrer Seite sein, wie damals, als er sie hochschwanger ins Krankenhaus begleitet hatte. Ihr Glück war zu jener

Zeit kaum in Worte zu fassen gewesen, und jetzt wollte er das Leid ebenso mit ihr teilen.

2. Freitag, 23. Dezember

Nadine trat gegen 12.00 Uhr schweigend ins Büro, zog nachdenklich die Jacke aus und hängte sie in den Kleiderschrank. Eigentlich war ihr nach Ruhe. Viel lieber wollte sie alleine sein. Niemanden sehen. Doch die Zeit schritt unaufhaltsam voran und mit ihr die Suche nach Carmens Mörder.

Der Schnee fiel gegen die Fensterscheibe und rieselte leise auf den Asphalt. Eigentlich ein Grund zur Freude, prognostizierte er doch eine weiße Weihnacht. Aber für die Studentin Carmen Sauer gab es dieses Fest nicht mehr. Wahrscheinlich hatte sie die Adventstage noch mit ihrer Mutter zelebriert und wahrscheinlich stammten die gebackenen Kekse, welche Frau Sauer den beiden Polizisten angeboten hatte, auch von ihr.

Jeden Tag verschwinden Menschen, während sich ihre Verwandten irgendwelche Erklärungen zusammenreimen, wo sie sein könnten. Zumindest bleibt ihnen ein Fünkchen Hoffnung, welche Nadine Carmens Eltern nur zu gerne gewünscht hätte. Aber in ihrem Fall gab es diese nicht.

Nadine kämpfte mit den Tränen und sagte kein Wort.

»Was ist los?«, fragte Selzer und hatte sofort ihre Melancholie bemerkt. »War es so schlimm?«

Nadine würgte sich ein dumpfes *Mhm* aus dem Mund.

»Ja, keine schöne Sache, aber leider unsere Aufgabe. Ich will nicht sagen, dass das mit den Jahren besser wird. Das wird es nicht. Jedoch man lernt, damit zu leben. Bis heute gehen mir bestimmte Fälle noch an die Nieren«, antwortete Daniel, als wäre er ein alter Polizist und schon immer bei der Kripo gewesen. Dennoch war sein Erfahrungsschatz immens.

Auch Hübner war ruhiger denn je und hatte nicht wie sonst eine blöde Bemerkung auf den Lippen. Ihn hatte die Sache ebenso berührt, zumal er selbst Vater von zwei Mädchen war.

»Okay Leute, wir müssen dennoch weitermachen. Nehmen Sie sich bitte einen Kaffee! Wo stehen wir mit den Ermittlungen?«, wollte Selzer wissen. »Herr Hufnagel, wollen Sie beginnen?«

Hufnagel nickte ihm zu, erhob sich vom Stuhl und schritt zur Glaswand. Ein paar Fotos der Ermordeten waren dort angepinnt sowie Bilder aus ihrem Jugendzimmer.

Rudolf Hufnagel stellte sich mit dem Rücken zur Wand und blickte zu den Kollegen. Eigentlich war er kein großer Redner, aber hier im kleinen Kreis hatte er weit weniger Berührungsängste. Und langsam gewöhnte er sich sogar an die vier Personen in *seinem* Büro, obwohl er es seit einem Jahr nicht mehr sein Eigen nennen durfte.

»Ich habe inzwischen Kontakt zu einer Mitstudentin von Carmen Sauer aufnehmen können. Sie hat die Party vorgestern gefilmt«, begann Hufnagel. »Die KTU wertet das Video gerade noch aus. Bislang können wir davon ausgehen, dass sich zum möglichen Tatzeitpunkt fast alle Studenten in der Mensa aufgehalten haben. Etwa gegen 22.00 Uhr hat Frau Sauer mit einem jungen Mann, vermutlich ihrem Freund, den Raum verlassen. Eine Stunde später kam er alleine zurück. Ein anderer Student ist ihnen etwa eine halbe Stunde nach dem Gehen gefolgt. Zwischenzeitlich kennen wir auch seinen Namen: David Moser.«

Nadine mischte sich in seine Ausführung.

»*David?* Ich glaube, diesen Namen erwähnte auch Vanessa Kübel. Herr Hübner fragte Frau Kübel, ob Carmen Sauer etwas mit diesem David hätte. Sie verneinte. Auszuschließen ist das nicht. Wurde er schon nach seinem Alibi befragt?«, erkundigte sich Nadine, ihren heißen Kaffee schlürfend.

»Nein, noch nicht. Sollten wir aber, zumal die Ferien morgen beginnen«, meinte Hufnagel richtig.

Nadine schaute nachdenklich. »Wissen wir, ob einer der Lehrer anwesend war? Ach, das hatte ich vergessen zu erwähnen. Mit dem Hausmeister, einem Herrn Mannteufel, habe ich bereits gesprochen. Nicht gerade *everybody's darling*, ein Sturkopf, den nichts weiter interessiert außer Abflüsse. Und helfen konnte der auch nicht.«

***

Herr Sauer war inzwischen nach Allensbach gefahren und zitterte bereits beim Betätigen der Türklingel. Er kannte das Geräusch noch von früher, als die Familie glücklich vereint hier schöne Zeiten verlebt hatte. Jedoch seine ständige Unzufriedenheit, der übermäßige Alkoholkonsum, seine ewigen Nörgeleien an allem, was seine Ehefrau für ihn tat, tun sollte oder hätte wissen sollen, ließ die Familie zerbrechen. Solange er die traute Zweisamkeit mit seiner Frau zelebrieren konnte, war das Leben der Eheleute in Ordnung. Als dann die gemeinsame Tochter geboren wurde und die volle Aufmerksamkeit der Mutter benötigte, wurde das Leben auf eine harte Zerreißprobe gestellt. Sich zu teilen, vermochte Karin Sauer nicht, und entschied sich schlussendlich für die Tochter. Allmählich kehrte Frieden ein, und Herr Sauer sah Carmen nun vierzehntägig an den Wochenenden. Er liebte seine Prinzessin, verwöhnte sie, aber kontrollierte auch ihren Umgang.

Wie fremdgesteuert drückte Michael Sauer die Klingel.

Karin, seine geschiedene Ehefrau, öffnete rasch die Tür, in der Hoffnung, die verlorene Tochter zu sehen.

»Du??? Hast du Carmen gefunden? Wo ist sie?«, fragte Karin Sauer mit schwacher Stimme und schob sich an ihm vorbei, um in den Hausflur zu treten, in dem es nach Frittiertem roch.

»Sie ist nicht hier, Karin. Komm, lass uns reingehen. Ich muss mit dir reden«, er nahm ihre Hand und zog sie in den Flur, schloss die Wohnungstür und schaute sie aus traurigen Augen an.

»Was ist los, Michael? Was?« Sie spürte wohl, dass das, was sie jetzt zu hören bekommen würde, ihr Leben von Grund auf verändern würde. Der Überlebensmechanismus, den man den Menschen zusprach, setzte sich langsam bei ihr in Gang. Doch davon ahnte sie noch nichts. Im Gegenteil, sie wollte jetzt nichts weiter hören.

Karin Sauer riss sich von ihm los und ging durch den langen, schmalen Flur, während zwischen ihren Beinen ihr rabenschwarzer Kater schnurrte. Sein Schwanz war hochgestellt und er schmiegte sich an ihre Wade.

»Komm, Peterle, dein Fressen steht in der Küche.« Sie gab dem Kater einen Klaps aufs Hinterteil, hörte sein Miauen und sah ihm nachdenklich nach, wie er anmutig zur Küche lief.

Michael folgte ihr traurig. *Den ollen Kater hat sie noch. Mensch, der dürfte jetzt auch schon bald siebzehn sein.* Erneut nahm er seine Exfrau bei der Hand, zog sie an sich und legte seine Arme fest um ihre Schultern.

»Micha, was soll das? Wieso umarmst du mich?«, zeterte sie.

Herr Sauer schwieg für einige Sekunden, bis er langsam zu flüstern begann: »Carmen ... Carmen ... sie ... sie ist tot.«

Frau Sauer drückte ihn mit Gewalt von sich und schaute voller Entsetzen in seine Augen.

»Tot? Was für ein Unsinn! ... NEIN, NIEMALS. Carmen ist nicht tot! Sie ist ausgerissen, weil du sie ständig verfolgt hast mit deinen Ängsten. Musstest sie immer beobachten, sie konnte nicht mal alleine mit dem Seehas fahren, ohne dass du unsere Tochter begleiten wolltest. Sie ist zwanzig!!! Und kein Kind mehr. Auch ihre Freunde waren dir nicht recht. Jeden hast du vergrault. Wolltest Carmen nur für dich haben. So wie du mich damals nur für dich wolltest. Du bist krank, hörst du! Du bist krank.«

»Beruhige dich! Schimpf mit mir, wenn es dir dann besser geht.« Sauer bekam feuchte Augen, die sich zunehmend verwässerten. Tränen flossen. Er schluchzte. Laut und stark. Rang nach Luft, bis Karin seine Worte endlich begriff.

Sie wusste nicht, was ihr geschah. Es war kein Scherz. Auch wenn Michael gerne mal einen solchen auf Kosten anderer machte. Allmählich gewann sein Satz an Bedeutung, grausam, wie er schlimmer nicht sein konnte.

»Wie meinst du das, unsere Tochter ist tot?«, hinterfragte Karin Sauer mit bebender Stimme. »Hatte sie einen Unfall? Aber, aber warum? Gestern war sie doch noch hier, hier auf unserem Sofa. Wir haben geredet ... Geredet über ihre Prüfungen, dass sie bald fertig sei und die Nase vom Lernen gestrichen voll hätte. Es war doch erst gestern ... gestern ... Hörst DU! ... Gestern. Nein! ... Sag, dass es nicht wahr ist! Sag es!« Karin riss die Augen auf, packte ihn am Arm und suchte gleichzeitig seine Nähe. Erst jetzt begriff sie die Tragik der Situation. Erst jetzt. Ihre Tochter war tot. Sie würde nie mehr hierher zurückkehren. Wie aus dem Nichts schossen die Tränen aus ihren Augen. Wut machte sich in ihr breit. Dem folgte die Gewissheit, dass es keinen Anruf von der Tochter mehr geben würde. Die Stimme ihres einzigen Kindes. »Wo ist sie? Ich will sie sehen! Sofort! Ich muss zu ihr. Hast DU gehört? ... Zu ihr!«

»Ja, aber wäre es nicht besser, ich gehe alleine? Sie hatte keinen Unfall. Unsere Tochter wurde ermordet«, antwortete er leise.

»WAS? ERMORDET? WER? ... Aber warum?«, schrie Frau Sauer ihren Exmann an. Sie war außer sich. Mord war ein Wort, das sie vom Fernsehen her kannte, aber sonst nicht. Hitze stieg in ihr hoch. Dem folgte ein Frösteln, das sie am ganzen Körper erzittern ließ. Das Gefühl übermannte sie und riss sie in die Tiefe ihrer Seele, in den dunkelsten Abgrund ihres Daseins. »Nein, wir gehen gemeinsam!«, schluchzte sie und schnappte nach Luft.

***

Etwa gegen 13.00 Uhr im Polizeirevier

Das Telefon von Nadine klingelte, und die traurige Stimme von Herrn Sauer war zu hören: »Frau Andres, wir möchten unsere Tochter jetzt sehen. Geht das?«

»Ja, Herr Sauer, selbstverständlich. Würde es Ihnen in einer Stunde passen? Ich würde Sie gerne begleiten. Ihre Tochter liegt in der Pathologie des Konstanzer Klinikums. Sagen wir um 14.00 Uhr?«

Herr Sauer bestätigte den Termin mit einem tief ausladenden Seufzer.

Die Kollegen von Nadine hatten das Gespräch mit angehört und billigten ihre Entscheidung mit einem heftigen Kopfnicken.

»Mach das!«, pflichtete ihr Selzer bei und bat Hufnagel statt ihrer um das Nachfragen in den Geschäften bezüglich des gesuchten Nachthemdes. Er dagegen wollte sich um die Studenten David und Sebastian kümmern. Da die beiden im selben Studentenwohnheim wohnten, sollte sich die Befragung leichter gestalten. Ein Beamter würde genügen. Hübner hingegen wurde der Telefondienst auferlegt, was dieser mit einem lauten Brummen missbilligte.

Daniel und Nadine verließen gemeinsam das Büro, verabschiedeten sich vor dem Polizeirevier und liefen ein jeder in eine andere Richtung.

Da Selzer sich inzwischen mit seiner neuen Heimat vertraut gemacht hatte und darüber hinaus sportlich war, hatte er beschlossen, nur noch mit dem Fahrrad zu fahren. Auch kleinere Dienstwege erledigte er per Drahtesel, weil die Stadt abends kaum mehr passierbar war. Parkplätze gab es ohnehin nur wenige.

Er radelte davon, derweil seine Kollegin ihren Roller bestieg und zum Krankenhaus fuhr. Da sie zu früh dort ankam, wollte sie die verbleibende Zeit noch für einen Kaffee und ein Zu-sich-finden nutzen. Sie ahnte wohl, wie schwer die kommende Stunde werden würde, und suchte dafür Kraft.

Auch Herr und Frau Sauer dachten wie Nadine Andres und wollten so schnell wie möglich zu ihrer Tochter. Arm in Arm kamen sie durch die Glastür des Krankenhauses und hielten sich wie zwei Strauchelnde aneinander fest. Jeder hatte Angst, den anderen zu verlieren.

Nachdem man ihnen an der Rezeption den Weg gewiesen hatte, nahmen sie den Fahrstuhl und fuhren Richtung Pathologie. Dieser Bereich des Krankenhauses wirkte weder angsteinflößend noch dunkel und unterschied sich kaum mehr von den anderen Abteilungen. Nur der stechende Geruch in diesem Trakt erinnerte an den Tod. Da Nadine noch nicht anwesend war, nahm das geschiedene Paar auf einer Holzbank im Flur Platz und wartete stumm auf die Polizistin. Ihre Gesichter waren bleich, gezeichnet vom Kummer und müde.

Wenig später kam Nadine langsam um die Ecke und schien ein wenig irritiert. Sie blickte auf ihre anthrazitfarbene Armbanduhr und strich dann nervös eine blonde lange Haarsträhne hinter ihr Ohr.

»Habe ich mich verspätet?«, fragte sie und reichte mit ernster Miene beiden die Hand. »Dann tut es mir leid.«

»Nein, wir sind zu früh«, gab Herr Sauer ermattet zu und half Karin beim Aufstehen.

Nadine schritt langsam voran, derweil ihr die beiden wortlos folgten.

Kurz vor der Leichenhalle stoppte Nadine und erklärte, dass das, was sie jetzt zu sehen bekämen, nicht mehr viel mit ihrer Tochter zu tun hätte. Sie sei gerade obduziert worden, und darüber hinaus hätte sie eine

Stichwunde in der Magengegend. Außerdem erkundigte sie sich, ob nicht nur einer der Identifizierung beiwohnen wolle.

Da das Paar der Tochter noch ein letztes Lebewohl mit auf den Weg geben wollte, ging man zu dritt in die Halle.

Eine Rechtsmedizinerin in grüner Kleidung empfing die drei und bat diese an den hintersten Tisch. Ihr Vorgesetzter, Doktor Ron Hendrick, ließ sie verlauten, weile bereits im Urlaub.

Mit weichen Knien folgte man ihr. Frau Sauer hielt krampfhaft ihre Handtasche vor ihren Oberkörper, als wollte sie sich vor dem Kommenden schützen, während die Ärztin das Laken zurückzog.

Tatsächlich, die Tote war Carmen, ihre Tochter. Mit weißem Gesicht, geschlossenen Augen und erschlafften Gesichtszügen lag sie im Licht der Deckenlampe vor ihren Eltern.

Erschrocken tat die Mutter einen Schritt zurück, während der Vater ein Stoßgebet entsandte.

Für eine Weile schwiegen alle. Kein Wort, kein Räuspern, kein Gemurmel.

Karin Sauer ging langsam auf den Metalltisch zu und starrte dann auf das leblose Gesicht der Tochter. Gerade eben war sie noch geboren worden, hatte ihre ersten Schritte getan, die ersten Worte gebrabbelt, die Einschulung und Pubertät hinter sich gelassen. Eine Zeit, in der sie wie viele andere ihres Alters gezickt und die Eltern abgrundtief doof gefunden hatte. Erst in den letzten Jahren war das Verhältnis zwischen ihr und der Mutter besser geworden. Sie waren wie Freundinnen, erzählten sich vieles, aber leider nicht alles.

Frau Sauer warf ihrem Exmann einen verwirrten Blick zu, streckte die Hand nach der Tochter aus und berührte behutsam ihre Wange. So als wollte sie sie wecken und ihr sagen, sie habe mal wieder verschlafen und müsse gleich zur Schule.

Für einen kurzen Moment verharrte Frau Sauer in dieser Starre. Sie wirkte wie eingefroren, als würde das Leben, gleich einem Luftzug, langsam aus ihr entweichen.

Michael trat an Karin heran und berührte ebenfalls seine Tochter. Ihre Haut war so kalt. Herr Sauer erschrak, damit hatte er nicht gerechnet. »Sie ist ohne Leben. Mein Kind ... Gott, ich liebe dich!« Seine Worte waren voller Wärme und man fühlte sein Leid.

»Lassen Sie sich ruhig Zeit!«, bat Nadine und war gleichfalls berührt vom Schicksal dieser jungen Frau. Warum hatte man sie so bestialisch ermordet? Warum?

»Dürfte ich noch einmal ihren Körper sehen?«, war die Frage der Mutter, dabei blickte sie voller Kummer auf Nadine.

Die Rechtsmedizinerin erfüllte ihr den Wunsch, zog das Laken vollends herunter. Das Licht der Deckenleuchte strahlte auf die Tote und spiegelte sich im weißen Fleisch. Die Verstorbene besaß eine große T-förmige Narbe auf dem Bauch, die die Mutter aufschrecken ließ.

Die Ärztin beruhigte Frau Sauer und versuchte ihr in kurzen und einfühlsamen Sätzen, den Grund für die Narbe zu erklären. Sie sagte, dass man bei der inneren Leichenbeschau die Bauchhöhle öffnen müsse, um das Ausmaß der Stichverletzung zu diagnostizieren. Als die Medizinerin allerdings ihre Ausführung fortsetzen wollte, unterbrach Nadine sie mit einem unmerklichen

Kopfschütteln, denn jetzt war nicht der richtige Zeitpunkt, um über die Stichverletzung zu sprechen. Die Polizistin wollte der Mutter weitere Details ersparen.

Herr Sauer zeigte sich ebenso schockiert wie seine Exfrau, versuchte sich jedoch zu beherrschen. Er kämpfte mit den Tränen, unterdessen Karin Sauer die Hände um ihren Körper geschlungen hatte und nach Halt suchte. Es gelang ihr nicht. Sie begann zu taumeln, schwankte und sackte in sich zusammen, bis sie langsam zu Boden glitt.

Michael Sauer kam ihr sofort zur Hilfe und versuchte, sie wieder aufzurichten. Vergeblich, sie wollte es nicht.

»Komm, Karin, lass uns gehen! Bitte! Du machst dich nur fertig.«

Karin schaute ihn wütend an und begann zu schreien: »Aber wieso? Sie hat doch niemandem etwas getan. Wieso? Ich verstehe das nicht. Wiesooo?«, rief sie unter Tränen und erlitt beinahe einen Nervenzusammenbruch. Sie zitterte, schaute wirr umher, als suchte sie nach etwas, bis ihr plötzlich jemand seine Hand entgegenstreckte.

Nadine stellte sich der gebückten Frau zur Seite, umklammerte sie mit den Armen und hievte sie behutsam nach oben. »Kommen Sie, ich bringe Sie hier raus!«

Doch Karin Sauer wehrte auch sie ab, entzog sich der Umklammerung und wollte noch einmal ans Totenbett ihrer Tochter. Unter keinen Umständen konnte sie Carmen hier alleine zurücklassen. Frau Sauer konnte und wollte nicht begreifen, dass ihre Tochter tot war und nie wieder zu ihr zurückkehren würde. All das war so unfassbar, dass sie erneut zu schwanken begann.

Geistesgegenwärtig ergriffen Nadine Andres und Michael Sauer ihren Arm und brachten sie zu einem der Stühle an der Wand.

Die Ärztin kam hinzu.

»Darf ich Ihnen vielleicht etwas zur Beruhigung geben, Frau Sauer?«, erkundigte sie sich freundlich und reichte Karin Sauer eine Tablette mit einem Glas Wasser.

Wortlos nahm sie ihr die kleine, runde Tablette von der Hand, streckte die Zunge aus und legte sie obenauf. Dann goss sie das Wasser teilnahmslos nach.

***

Zur gleichen Zeit etwa gegen 14.00 Uhr im Studentenwohnheim

Selzer war inzwischen im Albertus-Magnus-Haus, dem Studentenwohnheim von David und Sebastian angekommen. Die direkt am Seerhein gelegene Unterkunft für Studierende der Hochschule und Universität war ein schlichter Bau ohne Schnörkel und wirkte für einen Außenstehenden ein wenig wie ein Hotel. Eigentlich war es das auch, mit dem Unterschied, dass man hier Studenten beherbergte statt Touristen. Die Lage zum See und zur Stadt war gerade für junge Leute attraktiv, genau wie die Freizeitmöglichkeiten, die die Stadt ohnehin zu bieten hatte.

Ohne Umschweife ging Selzer ins Haus, fragte ein paar Studentinnen nach den beiden jungen Männern und wurde nach einigen Anläufen fündig. Die zwei bewohnten je ein Einzelzimmer im Westflügel.

Als Erstes nahm Selzer sich Sebastian, den Freund von Carmen, zur Brust, der ihn nach dreimaligem Klopfen sofort in sein Zimmer bat.

Sein Studentenappartement war kaum größer als zwölf Quadratmeter, besaß ein Bett, einen Schreibtisch sowie ein Regal. Schlicht und zweckmäßig, mehr war es nicht. Andererseits wirkte es, gerade für einen jungen Mann, äußerst aufgeräumt.

»Hey, ich bin Daniel Selzer«, begrüßte der Polizist den auf dem Bett sitzenden jungen Mann und wollte wohl durch seine eher saloppe Begrüßung ein wenig vom hiesigen Studentenflair einheimsen.

Sebastian erhob sich und schaute den Fremden verwundert an, hatte er ihn doch für einen Kommilitonen gehalten.

»Wohnst du hier?«, fragte der schmächtig wirkende Student seinen Besucher und schaute ihn skeptisch von oben bis unten an.

Selzer zückte seinen Polizeiausweis, um das Missverständnis aufzuklären.

»Kommst du wegen Carmen? Ich begreif das nicht. Wir haben uns doch am Abend noch gesehen, geküsst und … und dann war sie auf einmal verschwunden. Fort«, sagte Sebastian mit leerem Blick.

»Bleiben wir besser beim SIE!«, meinte Selzer und fragte den jungen Mann nach seinem Nachnamen.

»Gut, Herr Florens, erzählen Sie mal der Reihe nach. Was ist genau passiert? Von wann bis wann waren Sie mit Ihrer Freundin zusammen?«

Florens setzte sich nachdenklich auf sein gemachtes Bett, beugte sich leicht nach vorne und presste die Ellenbogen auf die Knie. Sein Gesicht legte er in die geöffneten Hände und er begann langsam zu erzählen:

»Wir hatten Bergfest. Etliche Prüfungen waren geschafft und das wollten wir ausgiebig feiern. Anfänglich hatten wir dafür keine Bleibe, aber der Hausmeister, Herr Mannteufel war so nett, uns die Mensa für diesen Abend zur Verfügung zu stellen. Normalerweise ist es verboten. Aber wir hatten einfach Glück. Na ja, später waren einige von uns betrunken, andere tanzten, und Carmen und ich verzogen uns auf die Toilette, wenn sie verstehen, was ich meine ...«

»Hatten Sie dort Sex?«

»Ja, Carmen mochte solche erotischen Spielchen. Mein Ding war das nicht. Aber ihr zuliebe bin ich halt mitgegangen. Na ja, und dementsprechend war es dann auch. ... Sie war stinksauer und hat mich einfach in der Toilette stehen lassen. Ich bin ihr dann noch nach. Aber sie war weg, wie vom Erdboden verschluckt. Das Letzte, was ich dann hörte, war, dass sie ermordet wurde. Gott, hätte ich doch nur ...« *Aber warum? Sie hatte doch ihr ganzes Leben noch vor sich.* »Wissen Sie schon, wer es war?«

Armes Schwein. Erst Versagensängste und jetzt macht er sich auch noch Vorwürfe, sie nicht beschützt zu haben. Andererseits macht er auf mich nicht gerade den Eindruck, als würde der Tod ihm nahegehen. »Nein! Aber wir finden den Mörder. Haben Sie eine Idee, wer mit ihr danach zusammen gewesen sein könnte?«

Florens schüttelte nachdenklich den Kopf.

»Vielleicht David?«, fragte Selzer.

In diesem Moment spürte der blonde und schlanke Student eine eisige Kälte, die Stirn und Kopf umhüllte.

»Wie kommen Sie auf David?«, fragte er beunruhigt nach.

»Ich nahm an, Sie, Carmen und er kannten sich? Zumindest gibt es ein Foto mit ihnen drei. Darauf sehen Sie nicht gerade unglücklich aus«, behauptete Selzer.

Ein leichtes Lächeln umspielte Florens' Mund.

»Ach, das. Das stammt vom letzten Sommer. Wir drei waren Helfer beim Konstanzer Seenachtsfest. Es war nur ein Schnappschuss, mehr nicht«, tat er das Foto mit einem Händeabwinken ab. »Hat Carmen das etwa immer noch über ihrem Bett hängen?«

Selzer betrachtete den jungen Mann genauer und spürte dessen Zweifel. *Warum hat seine Freundin das Foto aufbewahrt, wenn sie doch mit Sebastian liiert war?* Ganz unberechtigt waren seine Gedanken nicht. *Und dieser David war auch auf der Party. Irgendetwas passt hier nicht.*

»Wann kehrten Sie denn von Ihrem erotischen Toilettengang zurück?«, erkundigte sich Selzer.

»Viertel nach elf.«

Selzer schaute skeptisch. »Und das wissen Sie so genau?«

»Ja, der Hausmeister ist mir genau um diese Zeit auf dem Flur entgegengekommen. Als ich ihm dort im Dunkeln begegnete, erschrak ich fürchterlich. Ich nahm an, wir Studenten wären alleine im Haus. Dabei fiel mein Blick wohl hoch zur Uhr. Dann bin ich wieder zu den anderen.«

»Ich nehme an, das können *die anderen* bezeugen?«

»Ja klar«, druckste Florens verhalten und zeigte dies mit einem ruckartigen Nicken. »Mit Sicherheit.«

»Gut, wir werden das überprüfen. Ach noch was: Ich muss Sie bitten, in der Stadt zu bleiben.«

»Kein Problem. Ich bin hier zu Hause. Die meiste Zeit erreichen Sie mich im Wohnheim. Wissen Sie, der Kontakt zu meinen Eltern ist nicht gerade der beste. Sie sind speziell. Meine Mutter leidet unter Depressionen und mein Vater ist ständig auf Achse. Nicht gerade eine Vorzeigefamilie.«

Selzer hörte ihm aufmerksam zu und entgegnete: »Wer hat das heutzutage schon.« Er verabschiedete sich und begab sich auf die Suche nach David, dem anderen Studenten.

3. Am frühen Nachmittag

Um keine Zeit am Freitagnachmittag zu verlieren, teilten sich Hufnagel und Hübner die Arbeit auf. Hufnagel klingelte sämtliche Konstanzer Geschäfte mit einschlägiger Fastnachtsbekleidung ab. Mit dem Ergebnis, dass die meisten Läden noch keinen Fastnachtsbedarf im Dezember führten. Somit war man genauso weit wie am Anfang.

Hübner dagegen versuchte es außerhalb von Konstanz. Etwa nach zehn vergeblichen Telefonaten und zwei großen Tassen Kaffee konnte sich die ältere Inhaberin eines alt eingesessenen Radolfzeller Spielwarenladens an einen größeren Einkauf von Nachthemden erinnern. Allerdings lag dieser bereits ein dreiviertel Jahr zurück. Sie erwähnte, dass ein Posten in dieser Größenordnung für ihr Geschäft eher unüblich war.

Hübner schaltete die Freisprechanlage an, damit Hufnagel mithören konnte.

»Können Sie sich noch an Einzelheiten entsinnen?«, fragte Hübner, aufs Telefon blickend, die Frau, die sich ihm als Isolde Paul vorgestellt hatte.

Man vernahm das Blättern von Papier. »Ja, einen kleinen Moment bitte, ich habe mir den Verkauf notiert.« Erneut raschelte es im Hintergrund. »Aha, hier steht's. Achtundzwanzigster Januar. Der junge Mann hatte Glück, dass wir noch Nachthemden hatten. Eine Woche später war schon der Hemdglonkerumzug. Normalerweise verkaufen wir die Weißware immer recht schnell«, antwortete sie langsam und überlegt.

»Sie sagten, ein junger Mann?«, fragte Hübner nach.

»Richtig, ein junger Mann. In den vierzig Jahren, in denen ich das Geschäft betreibe, merkt man sich die Gesichter der Leute. Viele von ihnen sind Stammkunden und kommen schon seit klein auf zu mir«, erzählte die alte Dame voller Stolz, und man spürte ihr langsam aufkommendes Mitteilungsbedürfnis, wäre Hübner ihr nicht mit einer weiteren Frage ins Wort gefallen. »Kennen Sie seinen Namen?«

»Nein, wo denken Sie hin. Aber ich kann mich gut an sein Gesicht erinnern. Er trug einen kleinen Ohrring, wie viele junge Leute. Kein Radolfzeller, wenn Sie mich fragen.«

»Danke, Frau Paul. Sie haben mir sehr geholfen«, beendete Hübner das Gespräch, obwohl man genau spürte, dass die Dame gerne noch weitergeredet hätte. Anscheinend hatte sie dazu kaum noch Gelegenheit.

Hübner schaltete die Freisprechanlage wieder aus und legte den Hörer auf das Telefon.

»Ohrring? Mensch, das trägt inzwischen nun wirklich jeder Zweite«, knurrte er vor sich hin.

Hufnagel schaute nachdenklich zu Hübner auf dessen Schreibtisch.

»In Konstanz ist der Umzug erst am Donnerstag. Die Radolfzeller kochen da schon immer ihr eigenes Süppchen.«

Hübner war es völlig egal, wann der Hemdglonker stattgefunden hatte. Als Fastnachtsmuffel konnte er mit den weiß gekleideten Geistern, wie er sie nannte, ohnehin nichts anfangen. Er war froh, wenn der Spuk nach einer Woche wieder sein Ende nahm, obgleich seine Kinder die Fastnacht mochten.

»Ich weiß, ich weiß, für Sie ist die *fünfte Jahreszeit* eher eine Qual. Aber für unsereiner, der damit aufgewachsen ist, bedeutet sie Tradition, Umzüge und Bälle. Und als Trompeter im Fanfarenzug bin ich dann immer auf Achse. Mir gefällt's«, brummte Hufnagel.

Hübner schenkte Hufnagel einen verachtenden Blick.

»Lassen Sie mich damit in Ruhe! Ich mag's nicht. Basta! Schauen wir lieber, dass wir den Burschen finden, den die alte Dame erwähnt hat«, meinte Hübner abfällig.

Mann, dieser Kerl könnte sich auch mal einen netteren Umgangston zulegen. Möcht nicht wissen, wie's bei dem daheim zugeht, dachte Hufnagel und schüttelte kurz den Kopf.

Hübner hatte es nicht bemerkt.

***

Nach einer Viertelstunde hatte Selzer endlich das Zimmer von David Moser gefunden. Nachdem er mehrmals vergebens an dessen Tür geklopft hatte, drückte er vorsichtig die Klinke herunter und steckte den Kopf durch den Türspalt.

Im Zimmer saß, hinter seinem Schreibtisch, ein junger Kerl. Er telefonierte. Seine Hemdsärmel waren aufgerollt, und die linke Hand presste den Hörer gegen sein Ohr.

»… ich weiß … ich kann dir auch nicht erklären, wie es passiert ist. Plötzlich …« In diesem Moment bemerkte der junge Mann den ungebetenen Gast an der Tür stehen und beendete das Telefonat. »Du, ich melde mich wieder. Da ist jemand.« Nervös legte er auf und sagte: »Hallo? Können Sie nicht anklopfen?« Gleichzeitig erhob er sich und ein etwa zwei Meter großer Mann mit breiten Schultern, kurzem Haar, aufgeknöpftem Hemd und mit ausgebildeter Brustmuskulatur posierte vor Selzer.

Selzer schluckte, trat näher, entschuldigte sich für die Störung und wies sich aus. Außerdem fragte er den großen Mann nach seinem Namen.

Der Student holte seine Geldbörse aus der Jeanshosentasche, entnahm seinen Personalausweis und zeigte ihn unaufgefordert vor. »Polizei? Sie kommen wegen Carmen, oder? Schrecklich, wer tut denn so etwas?«, während er sprach, verstaute er die Geldbörse wieder in der Hose.

»Kann man wohl sagen. Sie wissen, was passiert ist?«, hinterfragte Selzer geschickt.

»Man sagt, sie wäre ermordet worden.«

»So, sagt man das? Ja, stimmt. Wo waren Sie Mittwochnacht?«

»*Mittwochnacht?*«, wiederholte Moser, als hätte er die Frage nicht verstanden. »Zu Hause, habe geschlafen.«

»Und das kann jemand bezeugen?«

»Nee, ich schlafe meistens alleine, es sei denn …«

»Es sei denn?«, fragte Selzer.

»Es sei denn, eine Freundin schläft bei mir.«

»Vielleicht Carmen Sauer?«, stocherte Selzer nach und versuchte, den jungen Mann einzuschätzen. Er wirkte überheblich, was er seinem Bodybuilderaussehen zuwies. *Dieser Typ fackelt nicht lange. Ganz anders als Florens. Ein bisschen kann ich den sogar verstehen.* »Hatten Sie ein Verhältnis mit Carmen Sauer?«

»Mit Carmen? Ja, manchmal. Wenn ich Lust auf sie hatte. Das Flittchen schmiss sich mir förmlich an den Hals, obwohl sie einen Kerl hat. Ein Weichei, sag ich Ihnen.«

»Flittchen?«, kam es von Selzer.

»Ja, die hat mit den Kerlen doch nur gespielt. Und Sebastian hat das nicht mal gemerkt.«

»Nun, eine sehr harte Einschätzung, die Sie da treffen. Wie kommen Sie zu dieser Behauptung?«

»Ich könnte Ihnen mindestens vier Männer allein hier im Haus nennen, mit denen Carmen im Bett war. Und glauben Sie mir, ich lüge nicht. Man soll über Tote nicht schlecht reden. Wissen Sie, Carmen war die Sorte Frau, die ständig Bestätigung brauchte. Sie wollte hervorstechen, egal, wie. Sei es mit Kleidung oder einem stark geschminkten Gesicht. Dass die Kerle auf die flogen, versteht sich dann wohl von selbst.«

Versteht sich von selbst? Na, mein Typ wäre das nicht. Hört sich ein bisschen nach Tussi an. »Mhm. Es gibt eine Videoaufzeichnung, die Sie in der Mordnacht in der FH zeigt«, erklärte Selzer mit fixiertem Blick auf Moser.

»Dann wird's wohl stimmen«, antwortete Moser ohne Zögern. »Carmen rief etwa gegen halb zwölf an und wollte mich sehen.«

»Und Sie fuhren gleich zur FH?«

»Na klar, warum denn nicht? Ich traf sie für eine Nummer und bin dann wieder fort. 'Ne halbe Stunde, länger war's nicht.«

»So einfach war das?«

»Ja! Wie sollte es sonst sein? Ich mach da kein großes Aufheben. Wir wussten beide, was wir wollten. In dieser Beziehung war sie Klasse.«

»Wo genau trafen Sie beide sich? Ich nehme an, bezeugen kann das niemand, oder?«

»Im Untergeschoss, dort gibt es einen kleinen Abstellkeller für ausgediente Möbel. Bezeugen, doch klar!« Moser zog sein Handy aus der Hosentasche, entsperrte es und zeigte ein Foto der beiden auf einer Matratze liegend. Sie waren nackt und schienen Spaß zu haben.

Ekelhaft. Und das zeigt der bestimmt jetzt überall rum. »Das beweist nur, dass Sie mit der Toten zusammen waren, mehr nicht. Anscheinend waren Sie der Letzte, der Frau Sauer lebend gesehen hat. Ist Ihnen irgendetwas aufgefallen? Wurden Sie vielleicht beobachtet?«

Moser verneinte vehement. »Sieht schlecht aus für mich, oder?«

»Ja! Frau Sauer ist gestürzt, daran aber nicht gestorben.« Selzer machte eine Pause. »Sie wurde erstochen.«

»Erstochen?« Moser kam ins Grübeln. *Dann war noch einer nach mir da. Bloß wer?*

»Was studieren Sie eigentlich?«, fragte Selzer und holte Moser wieder gedanklich zum Gespräch zurück.

»Jura.«

»Na, dann kennen Sie sich bestens mit den Gesetzen aus«, bemerkte Selzer und bat Moser, seine Aussage unverzüglich zu Protokoll zu geben. Am besten gleich noch heute. »Andererseits, sollten Sie jetzt Zeit haben, kommen Sie doch gleich mit mir mit.«

Aufgrund Mosers Aussage telefonierte Selzer mit der Spurensicherung und bat die Kollegen unverzüglich zur Fachhochschule, um Spuren im benannten Abstellkeller zu nehmen.

***

Inzwischen waren die Kollegen der Spurensicherung in weißen Anzügen sowie Handschuhen auf dem Hochschulgelände eingetroffen. Sie hatten es groß-räumig mit rot-weißem Absperrband gesäumt und begannen mit der Durchsuchung der Räumlichkeiten. Zum Glück waren kurz vor den Ferien kaum noch

Schaulustige auf dem Campus, sodass sie ungestört ihre Arbeit verrichten konnten.

Als Erstes konzentrierte man sich auf die Bereiche von Mensa und Keller, die Selzer den Kollegen als möglichen Tatort benannt hatte. Außerdem untersuchte man alle erdenklichen Fluchtwege, Plätze und Ausgänge, die der Täter in der Mordnacht genommen haben könnte. Tatsächlich, im Keller wurde man fündig. Man fand etliche Fingerabdrücke, die allerdings von zig Personen hätten stammen können. Außerdem entdeckte man ein paar dunkle lange Haare und Reste von Blut. Die Haare wurden in eine Beweismitteltüte gelegt und beschriftet. Aufgrund der Todesursache fokussierte man sich auf ein Messer, suchte es in der Mensaküche, in Mülltüten und Containern sowie Abfalleimern.

Ein junger Beamter fand das Beweisstück schließlich unweit des Rheinufers in einem dort befestigten Mülleimer. Es war in Zeitungspapier gewickelt und fiel ihm direkt vor die Füße, als er den Mülleimer leeren wollte. Der Beamte tütete das Messer ein und legte das Beweismittel zu den anderen Asservaten. Der Rest war Sache der KTU.

Man setzte Nadine Andres sofort davon in Kenntnis, da man Selzer nicht erreichte.

In der Regel benötigten die Kollegen für einen Tatort wie diesen mehrere Tage. Aufgrund des bevorstehenden Weihnachtsfestes sputete man sich jedoch und machte seine Arbeit eher flüchtig. Die Ferien lockten.

∗∗∗

Wieder im Revier gegen 16.00 Uhr
Selzer bat Hübner, statt seiner die Aussage von David

Moser zu protokollieren, da Nadine dringend mit ihm sprechen wollte. Ohne es zu wissen, tat seine Kollegin ihm damit sogar einen Gefallen. Selzer war ein Mann der Tat, und jedweder Papierkram war ihm ein Graus. Doch leider gehörte dieser zum Alltag eines Polizisten.

Nadine forderte Daniel auf einen Kaffee in den Flur. Sie strich mit ihren schmalen Fingern über ihre juckende Nase und blickte erwartungsvoll auf ihren Chef.

»Die Kollegen der SpuSi haben mit großer Wahrscheinlichkeit die Tatwaffe gefunden«, erklärte sie ihm ruhig und war froh, dass der Fall endlich eine weisende Richtung nahm.

Selzer hob nachdenklich die Augenbrauen und schaute streng.

»Wo genau?« Er hörte Nadine bei ihrer Schilderung aufmerksam zu. Gleichzeitig ließ er seinen Blick über den langen Gang schweifen und ergänzte: »Gut, dann nehmen wir die Fingerabdrücke von Moser. Er hat für die Tatzeit kein Alibi und war der Letzte, der die Tote lebend gesehen hat. Die beiden hatten laut seiner Aussage ein Stelldichein im Keller. Ach, und noch etwas, wenn ich seiner Aussage Glauben schenke, dann war unsere Tote nicht gerade ein Kind von Traurigkeit. Wir sollten ihr näheres Umfeld betrachten und uns auf ältere Liebhaber, abgewiesene und eifersüchtige konzentrieren. Vielleicht liegt ihre Ermordung hier irgendwo begründet.«

Nadine schaute skeptisch und überflog die Anzeigentafel des Kaffeeautomaten. Heute war ihr nach Cappuccino.

»Bist du da nicht etwas voreilig?« Sie nahm einen großen Schluck Kaffee. »Nur weil so ein Angeber dir eine Geschichte auftischt, muss sie noch lange nicht stimmen. Außerdem sind die Kerle schnell mal dabei, einer Frau, gerade wenn sie gut aussieht, eine Lüge anzudichten. Ist doch immer dasselbe. Eine Frau, die sich amüsiert, ist gleich ein Flittchen, und ein Mann, der genau dasselbe tut, wird als Liebessuchender gepriesen«, sprach sie erregt, drückte leicht den Plastikbecher zusammen und marschierte los. Wut kochte in ihr hoch. »Kommst du?«, rief sie Selzer mit Rückwärtsblick entgegen.

»Mensch, Nadine, so kenne ich dich gar nicht.« Selzer bemühte sich um einen schnelleren Schritt.

»Tja, siehst du mal«, knurrte sie und lief weiter. »Manchmal seid ihr Kerle einfach zum Kotzen.«

Noch immer den Kaffeebecher haltend, stürzte Nadine ins Büro, warf Hübner einen verachtenden Blick zu und maulte ihm entgegen: »Kannst du bitte auch noch die Fingerabdrücke von Herrn Moser nehmen? Danke!« Erregt setzte sie sich auf ihren Schreibtischstuhl, trank ihren Kaffee aus und musste erst einmal wieder herunterkommen. Der anschließende Blick aus dem Fenster, der ein wenig Sonne verhieß, half ihr dabei.

Was ist denn in DIE gefahren? »Okay, mach ich«, antwortete Hübner, augenscheinlich bei der Arbeit gestört, und wandte sich wieder Herrn Moser zu.

Tief durchatmen! AUS – EIN – AUS … Wenn das so einfach wäre! Mensch, ich will morgen nach Norddeutschland fahren und bis dato haben wir noch keinen Mörder. Da freut man sich und dann kommt so was, dachte Nadine und versuchte, sich zu beruhigen. Aus der Ferne vernahm sie ihren Namen. Sie zuckte zusammen und kehrte langsam wieder in die Realität zurück. »Nadiiiine???«, hörte sie Selzers Stimme rufen. »Willst du oder soll ich?«

Erschrocken starrte Nadine Daniel an. *Hä, was will der von mir?*

»Gehst du zur KTU oder soll ich?«, präzisierte er seine Frage und hielt ihr die Tüte mit dem gefundenen Messer vors Gesicht.

Endlich verstand Nadine sein Anliegen und ergriff die Tüte. »Ich geh schon.«

Schröder, der mit Leib und Seele in der KTU arbeitete, genoss gerade seinen Schokoriegel und kaute genüsslich vor sich hin.

»Ah, gut, dass ich dich noch antreffe«, polterte Nadine durch die Tür und hielt ihm baumelnd die Tüte mit dem Messer vor die Nase.

»Wieso nicht? Ich bin sogar auch morgen noch da, Nadine«, entgegnete er barsch, geradeso, als wäre es selbstverständlich, an Heiligabend zu arbeiten.

»Schön für dich! ICH nicht. Kannst du mir das bitte überprüfen und mit den Fingerabdrücken von David Moser abgleichen? Und am besten noch heute Vormittag!«

Schröder schaute sie nachdenklich an, zog den linken Hemdsärmel hoch und blickte auf seine Armbanduhr.

»Nadine, wir haben bereits Nachmittag!«, erklärte er fachmännisch.

»Schröder, das sollte ein Scherz sein. Also, machst du's?« Nadine klang genervt.

Schröder nahm die Brille vom Kopf, rieb seine Augen und setzte das ein wenig zu groß geratene Teil wieder auf. »Ja, ich melde mich. Sind die Fingerabdrücke erfasst?«

Nadine nickte und zog die Tür hinter sich ins Schloss.

Schröder machte sich sofort an die Arbeit und schaute Mosers Fingerabdrücke mittels Scanner an. Als Erstes untersuchte er die einzelnen Abdrücke nach anatomischen Merkmalen wie Unterbrechungen der Strukturen, sogenannten Papillarlinien, Gabelungen oder Verästelungen und entdeckte dabei eine kleine Narbe am linken Zeigefinger. Und genau dieselbe Narbe besaß der gefundene Fingerabdruck auf dem Messer. Allerdings stimmte den jungen Mann der KTU das Ergebnis nicht zufrieden. Etwas missfiel ihm. *Wieso lässt der Mörder seine Fingerabdrücke so offensichtlich auf der Tatwaffe zurück? Und wenn jemand die Oberfläche vorher gesäubert hat und die Fingerabdrücke ...?*

Schröder wusste, dass man Fingerabdrücke auch isolieren konnte und, dass die fettige Mischung aus Schweiß und Hautpartikeln keinen Strom leitete und somit als Isolator wirkte. Daher tauchte er das Messer in ein Polymerbad und verwendete es als Elektrode. Im Anschluss setzte er das Bad unter einige Volt starken Strom und beobachtete das Ergebnis. Aufgrund der Spannung verfärbte sich das Polymer in ein leichtes Grün und zeigte unter dem bereits bekannten Fingerabdruck einen weiteren, nicht identifizierbaren Daumen. Anscheinend hatte jemand das Messer gereinigt und dabei das kleine Indiz übersehen. *Hat mich meine Spürnase also nicht im Stich gelassen.*

Schröder rief Nadine an, die sogleich zu ihm eilte.

»Und, was hast du herausgefunden?«, fragte sie ungeduldig.

»Nun, ich bin zwar kein ausgebildeter Daktyloskop, aber wenn wir diesen Aspekt mal außer Acht lassen, habe ich doch etwas Bemerkenswertes gefunden«, sagte er langsam und es schien, als wollte er seine Kollegin auf die Folter spannen.

»Daktylo… was?«

»Daktyloskopie, meine Liebe, ist altgriechisch und setzt sich aus dem Wort dáktylos zu Deutsch *Finger* und *skopiá* zu Deutsch *Ausschauen* zusammen. Oder einfach gesagt, *Fingerabdruckverfahren.*«

»Jetzt erzähl schon, wir haben keine Zeit, Schröder!«, nörgelte Nadine.

»Die Fingerabdrücke von Moser stimmen mit denen auf dem Messer überein, aber …«, unterbrach er sich.

Nadine rückte an Schröders Tisch heran und begann, mit den Fingerspitzen darauf zu trommeln. Moser hatte ein Motiv für den Mord. Sie musste es nur noch beweisen. Der Jurastudent war auf die junge Frau nicht gut zu sprechen, und vielleicht lag hier das Tatmotiv begründet. *Aber deshalb einen Mord begehen?*

»Also haben wir den Mörder von Carmen Sauer! Mann, das ging aber schnell. Kann ich morgen in die Ferien«, rief sie erfreut und wollte gerade gehen, als sie Schröder mit einem »Moment bitte« zurückbeorderte.

»Nicht so voreilig, meine Liebe. Es gibt einen weiteren Fingerabdruck auf dem Messer, der nicht von Moser stammt. Nach meiner Meinung wäre es verfrüht, ihn für den Täter zu halten«, gab er ernsthaft zu bedenken.

»Das ist jetzt aber nicht dein Ernst, oder?«, widersprach Nadine. Das Lächeln verschwand von ihrem Gesicht. Sie musterte Schröder mit prüfendem Blick.

Doch Schröders Gesichtsausdruck ließ keinen Zweifel offen.

Nadine kehrte ihm den Rücken zu und verschwand mit einem Schmollmund. *Wäre auch zu schön gewesen, um wahr zu sein. Na, den Burschen knöpf ich mir vor. So einfach kommt Moser mir nicht davon.*

Wütend preschte Nadine ins Büro, ging zu Hübner an den Tisch und knallte ihre Hände gegen die Tischplatte. Mit bösem Blick starrte sie auf Moser, der gerade mit übereinandergeschlagenen Armen gelangweilt vor ihrem Kollegen saß. *Dir wird die Laune gleich vergehen.*

»So, Herr Moser, langsam wird's Zeit für eine Erklärung! Die Kollegen der KTU haben Sie gerade als Täter identifiziert«, flunkerte sie, ohne rot zu werden. »Nun erzählen Sie mal der Reihe nach!«

Mosers Blick entglitt. Die Arme lösten sich und fielen auf seine Schenkel. Außerdem setzte er sich aufrecht.

»Sind Sie von allen guten Geistern verlassen? Ich habe Carmen nicht ermordet. Ja, ich war mit ihr zusammen, mehr aber nicht. Mit ihrem Tod habe ich nichts zu tun. Wie kommen Sie überhaupt darauf, dass ich sie ermordet hätte?«, versuchte er, sich zu rechtfertigen.

»Auf der Tatwaffe befinden sich Ihre Fingerabdrücke«, erklärte Nadine. Sie nahm die Hände von Hübners Schreibtisch und stellte sich herausfordernd vor Moser.

»Ich verstehe Sie nicht«, entgegnete der Student.

»SIE verstehen mich nicht?«, rief Nadine laut und verschränkte die Arme vor der Brust. Gleichzeitig hörte sie mit einem Ohr, wie Selzer ins Büro kam. »Dann helfe ich Ihnen mal auf die Sprünge.«

Selzer ging zum Fenster, lehnte sich mit dem Rücken gegen das Fensterbrett und hörte dem Gespräch aufmerksam zu.

»Könnte ich bitte ein Glas Wasser haben?«, fragte Moser und man spürte, wie seine kleinen grauen Zellen zu arbeiten begannen.

Um sich wieder zu beruhigen, ging Nadine hinüber zur Miniküche und befüllte ein Glas mit Leitungswasser. Danach reichte sie es Moser. »Also, Sie studieren doch Jura. Dann wissen Sie auch, dass man mit einem Schuldgeständnis besser davonkommt«, gab sie ruhig zu bedenken.

»Das ist mir bekannt. Aber ich kann nicht zugeben, was ich nicht begangen habe«, entgegnete er barsch. »Sie erwähnten eine Tatwaffe. Was genau soll das gewesen sein?«

Selzer räusperte sich und rief Moser vom Fenster aus zu: »Passen Sie auf, ich gebe Ihnen genau eine halbe Stunde Bedenkzeit. Entweder Sie arbeiten mit uns zusammen oder ich lasse Sie vorläufig verhaften. Über die Feiertage ist das eine unschöne Sache, glauben Sie mir.«

4. Noch am selben Abend

Inzwischen begann es zu dämmern. Die Straßenlaternen gingen an und verströmten diffuses Licht. Fernab des Feierabendverkehrs, der längst begonnen hatte, war es im Konstanzer Polizeirevier in diversen Etagen noch hell. Hier dachte anscheinend niemand an den morgigen Heiligabend, obwohl man ihn längst herbeigesehnt hatte. Auf den Schreibtischen der Kripobeamten lagen die Akten zu einem ungeklärten Mordfall, den es zu lösen galt. Erst dann konnte man an Weihnachten denken.

Nadine sah ihre Ferien bereits davonschwimmen. Sie wollte an die Ostseeküste zu ihrem Vater, der noch immer auf Fehmarn, ihrer alten Heimat, wohnte. Gleichzeitig freute sich die junge Frau auf ein paar Tage mit ihren Freundinnen fernab des Trubels. Endlich wieder Heimatluft schmecken, salzig und voller Wind. Selbst das helle Kreischen der Möwen sehnte sie herbei.

Man führte Moser in ein spartanisch eingerichtetes Besprechungszimmer mit einem Tisch sowie vier Stühlen. Das Mikrofon auf dem Tisch wirkte geradezu verloren.

Nadine folgte Moser wenig später. Sie setzte sich ihm gegenüber, legte die Tüte mit der Mordwaffe auf den Tisch und beobachtete die fragenden Blicke des jungen Mannes. *Sieht so ein Mörder aus? Andererseits würde ich den Fall gerne abschließen wollen. Mhm, schauen wir mal, was er zu erzählen hat.*

Selzer kam hinzu und nahm neben seiner Kollegin Platz.

»Und, ist Ihnen noch etwas eingefallen?«, fragte er, während seine grau-blauen Augen zunächst auf die Messerklinge wanderten und dann zu Moser.

»Ich nehme an, das ist die Waffe, oder?«, hinterfragte Moser schluckend.

Selzer nickte kurz. »Ist sie.«

Dem folgte eine kurze Zeit des Schweigens, bis Moser das Gespräch stockend begann: »Wurde sie etwa damit ermordet?«, fragte er vorsichtig nach.

Selzer nickte erneut und untermalte seine Bewegung mit einem dezenten Augenaufschlag.

»Ich kann mir beim besten Willen nicht erklären, wie meine Fingerabdrücke auf das Messer gekommen sein könnten. Ich sehe es zum ersten Mal, glauben Sie mir. Dennoch sprechen hier wohl Fakten. Anderseits, wäre ich Sie, würde ich mich auch für den Mörder halten«, sprach Moser überlegt.

Selzer hegte Sympathie für den jungen Mann. Etwas ließ ihn zweifeln. Allerdings hatte er recht. Die Faktenlage war eine andere. »Nehmen wir mal an, ich glaube Ihnen. Haben Sie eine Erklärung, warum das Messer Ihre Handschrift trägt?«, fügte Selzer nachdenklich hinzu.

Nadine schwenkte ihren Kopf nach links zu Selzer und warf ihm ein verachtendes Kopfschütteln zu. *He, was machst du da? ER ist unser Mörder.*

»Herr Moser, Sie sagten, Sie wären mit der jungen Frau im Keller gewesen; hätten sich geliebt. Was geschah danach?«, versuchte Selzer zu analysieren.

Moser legte die Arme auf den Tisch und faltete die Hände ineinander.

»Später wollte ich den Keller mit Carmen verlassen, aber sie fand das wohl nicht so gut und meinte, dass es besser wäre, wenn man uns nicht zusammen sehen würde. Immerhin hatte sie einen Freund. Also ging ich alleine und begab mich zum Haupteingang der Hochschule … Moment, da fällt mir noch etwas ein. Diesmal war die Tür verschlossen. Daher setzte ich mich vor den Eingang und checkte meine Mails.«

»Und dann?«, bohrte Selzer weiter.

»Dann … warten Sie! … Ah, genau … dann kam irgendwann der Hausmeister und öffnete mir. Ne, stimmt gar nicht. Er öffnete erst danach«, antwortete Moser grübelnd.

»Wie danach?«, fragte Nadine interessiert nach.

»Jetzt entsinne ich mich wieder. Ich war wohl etwas betrunken gewesen. Irgendetwas fiel mir vor die Füße. Ich hob es auf und legte es in einen Korb.«

»Korb?«, erkundigte sich Selzer misstrauisch. »Wissen Sie noch, was es war?«

Moser schüttelte den Kopf. »Keine Ahnung. Ich erinnere mich nicht mehr. Nur, dass ich danach frische Luft gerochen habe und nach Hause bin. Aber wie ich da ankam, entzieht sich meiner Kenntnis. Ich habe in dieser Nacht einiges vergessen. Sieht nicht gut aus für mich, stimmt's?«

»Nee, nicht wirklich, Herr Moser. Es wäre von Vorteil, wenn Sie sich an mehr Details erinnern würden. Ansonsten …«, klärte ihn Nadine halbherzig auf.

Der Student stellte die Ellenbogen auf den Tisch, legte die Stirn auf die flachen Hände und zermarterte sich das Hirn, was sich an jenem Abend ereignet hatte. Er musste sich erinnern, und zwar sofort. Was war ihm vor die Füße gefallen? Es glänzte und fühlte sich kalt an. Wie Metall. *Vielleicht, aber nein und wenn doch? Ja, na klar, es war ein Messer.* Ein scharfes, wie er sich bruchstückhaft erinnerte.

Moser ließ die Hände langsam über Nase und Mund gleiten und formte sie zum Gebet. »Ich entsinne mich, ein Messer berührt zu haben. Ich hob es vom Boden auf und legte es auf ein blau kariertes Tuch ... könnte ein Handtuch gewesen sein.«

»Woher haben Sie denn auf einmal *diese* Erkenntnis?«, hinterfragte Nadine argwöhnisch.

David Moser faltete die Hände ineinander und zog scharf Luft ein. »Nicht auf einmal. Es war so, wie ich es sage. Woher hätte ich denn ahnen können, dass das mal von Wichtigkeit ist?«

»Gut, aber wieso haben Sie es aufgehoben und nicht der Hausmeister?«, erkundigte sich Nadine skeptisch.

»Wieso? Weil es mir vor die Füße gefallen war. Nein, stimmt gar nicht ...«, gab er grübelnd von sich, »... zuerst lag es weiter weg und dann direkt vor mir.«

»Hoben Sie es sofort auf?«

»Nein, ich spielte auf meinem Handy, habe gar nicht bemerkt, dass es zwischen meinen Füßen lag. Erst als der Hausmeister mich darum gebeten hatte, hob ich es auf. Er faselte was von vieler Arbeit und Rückenschmerzen. So genau habe ich dem nicht zugehört. Ich war einfach nur müde.«

»Klingt zwar etwas abenteuerlich, aber durchaus nachvollziehbar«, sagte Selzer.

Vielleicht hatte Schröder mit dem zweiten Fingerabdruck recht. Wir sollten Mannteufel überprüfen. »Wir werden der Sache nachgehen, Herr Moser«, entschied Nadine und stand unvermittelt auf. Sie atmete tief durch und lief ein paar Schritte durch den Raum. *Das würde bedeuten, dass Mannteufel wusste, dass die beiden Studenten im Keller gewesen waren. Aber woher? Vielleicht hatte er sie belauscht. Und weshalb war der Hausmeister zur selben Zeit am Eingang wie Moser? Zufall? Na ja, ein bisschen zu viel das Ganze. Oder war er ihm gefolgt? Klingt alles ein wenig abstrus. Und wenn … nee … geht schon mal gar nicht. Datenschutz und so. Und wenn doch? … Ich muss noch mal in die FH. Am besten mit Daniel.*

»Vorerst behalten wir Sie hier«, sprach Selzer und fügte an: »Leider. Im Moment sind Sie unser Hauptverdächtiger. Und die Indizien sprechen allesamt gegen Sie.«

Selzer ließ Moser wieder in seine Zelle bringen und ging mit Nadine Richtung Büro. Unterwegs unterhielten sich beide über dessen merkwürdige Erklärung der Fingerabdrücke auf der Tatwaffe.

»Glaubst du ihm?«, erkundigte sich Nadine und grüßte einen vorbeilaufenden uniformierten Polizisten.

»Tja, was soll ich sagen, klingt ein wenig konstruiert. Weißt du, was ich mich die ganze Zeit frage?«, antwortete Daniel, stoppte und schaute seiner Kollegin in ihre kastanienbraunen Augen.

»Was?«

»Wie konnte Mannteufel wissen, dass die beiden im Keller waren und Moser anschließend gehen wollte?«, dabei schritt er langsam weiter.

»Hier beißt sich die Katze in den Schwanz. Ich habe da so eine Idee, Daniel. Doch dafür müssten wir noch mal in die Hochschule.«

»Ich glaube, unsere Ideen decken sich. Okay, holen wir unsere Jacken!«, meinte Selzer und schielte hoch zur Deckenuhr. »Wann willst du morgen nach Hamburg fahren?«

»Irgendwann am Vormittag. Allerdings habe ich schon mit meinem Vater gesprochen, dass es wohl später werden kann. Mach dir keine Sorgen wegen deines Fliegers! Das passt schon, ich bin auf alle Fälle noch bis Mittag hier. Und wenn's gar nicht geht, fahre ich halt einen Tag später.«

»Echt? Danke, bist ein wirklich feiner Kerl. Hast was bei mir offen.« Ohne darüber nachzudenken, drückte Daniel Nadine einen dezenten Kuss auf die Wange, der ihr wiederum die Röte ins Gesicht steigen ließ. Ihr wurde heiß und ein leichtes Zittern durchströmte ihren Körper. Normalerweise hätte sie Daniel jetzt wieder mit einem blöden Spruch abfertigen müssen, doch dieses Mal versagte ihre Stimme. Stattdessen sog sie seine feinherbe Aftershave-Note in sich auf, schloss für Sekunden die Augen und ließ es geschehen. *Wenn er das noch öfters tut, dann ...*

»Feiner Kerl. Schon vergessen, ich bin eine Frau?«, musste sie ihm dennoch unter die Nase reiben, nur damit er nicht Oberwasser bekam und sich einbildete, Nadine würde sich für ein Techtelmechtel erweichen lassen. *Immer schön auf Abstand halten*, war ihre Devise.

Hübner und Hufnagel waren noch im Büro als Andres und Selzer das selbige betraten. Rasch zogen sie ihre Jacken über und schauten zu den anderen, denen man die Unlust bereits ansah, jetzt noch zu arbeiten.

Gerade als Daniel mit Nadine das Büro verlassen hatte, ertönte der laute Klingelton von Hufnagels Handy. Auf dem Display las er *Mutter*.

»Mutter, was gibt's?«, fragte er hörbar genervt.

»Nichts, mein Junge, nichts. Klingst gestresst. Seid ihr in eurem Mordfall weitergekommen? Ich wollte nur mal nachfragen, weil mich alle im Heim nerven. Die haben Angst, gerade vor dem Fest …«

Hufnagel unterbrach sie. »Mutter, nein! Wir sind *nicht* weitergekommen.« Seine Stimme wurde energischer. Wenn Rudi ehrlich war, reichte es schon, das Weihnachtsfest aus den Augen zu verlieren, aber es jetzt auch noch vor seiner Mutter verteidigen zu müssen, darauf hatte er keine Lust. Außerdem schritt die Zeit voran.

Hübner schaute zu Hufnagel und formte mit den Lippen *Mütter*, gleichfalls bekam er ein zähneknirschendes Nicken durch den Raum geschickt.

»Mutter, ich kann dir nichts sagen, das weißt du doch!«, schnaubte Hufnagel in den Hörer und schaute überrascht zur Tür, die gerade zugeschlagen worden war. Hübner hatte anscheinend dem Gespräch nicht mehr zuhören wollen und das Büro verlassen. »Nun«, begann Hufnagel in einem ruhigeren Ton, »wir haben inzwischen die Tatwaffe gefunden und die Fingerabdrücke stimmen mit denen des mutmaßlichen Täters überein. Opfer und Täter hatten im Keller der FH Sex. Wir vermuten eine Beziehungstat.« Im Anschluss berichtete Rudi alles, was er über den Fall wusste. An Schweigepflicht dachte er in Anbetracht der kurzen Zeit, die noch blieb, nicht. Jetzt war ihm alles egal. Er wollte nach Hause und endlich die Tage mit seiner Frau genießen. Auch hatte sich Hufnagels Tochter Daniela angekündigt, auf sie freute er sich am meisten. *Dienst ist Dienst und Schnaps ist Schnaps!*

»Junge, ihr müsst unbedingt den zweiten Fingerabdruck zuordnen. Andererseits klingt das schon ein wenig merkwürdig mit dem Messer. Mir gefällt der Hausmeister nicht. Hat er denn ein Motiv?«, hinterfragte

Charlotte Kaufmann und dachte an ihren verstorbenen Mann, und was dieser wohl in einer solchen Situation getan hätte.

»Nein, hatte er nicht. Und ältere Männer haben nun einmal mehr Schmerzen als jüngere. Vielleicht hatte er wirklich Rückenschmerzen und bat deshalb Moser, ihm das Messer aufzuheben. Schau mich an, mal schmerzt der Rücken, neuerdings sogar die Füße, dann wieder das Herz. So ist's halt im Alter.«

»Ja mein Junge, du bist auch schon sooo alt. Wundert mich, dass du überhaupt noch aus dem Haus gehst«, scherzte seine Mutter.

»Mach dich ruhig lustig über mich. Triff lieber Frau Schulz und berede mit ihr deine Weisheiten!« Ein tiefes Schnaufen war zu hören.

»Würde ich ja, aber die Gute ist nach Berlin gefahren. Freunde besuchen. Sie war der Meinung, über die Feiertage passiert hier eh nichts, außer einem Weihnachtsbaumbrand oder irgendwelchen Familienstreitigkeiten. Maria kommt erst nach dem Fest zurück. Silvester feiern wir dann zusammen.«

»Na, dann sehen wir dich, so Gott will, morgen zum Essen«, bemerkte der Sohn zynisch und legte auf.

Hufnagel und seine Mutter kamen unabhängig voneinander ins Grübeln. Während sie daran dachte, mit ihrer Bekannten in Berlin zu telefonieren, überlegte er, inwiefern der Hausmeister der Fachhochschule ein Motiv gehabt haben könnte. Daher schaute Hufnagel in seinem Computer nach, ob Mannteufel in irgendeiner Weise bereits straffällig geworden war. Doch Mannteufel war ein unbeschriebenes Blatt.

Keine Akte.

Keine Verfehlungen.

Keine nennenswerten Strafzettel.

Nichts, dieser Mann war *sauber*.

Charlotte wählte sofort Marias Nummer in Berlin und genoss die *Berliner Klappe* ihrer Bekannten.

»Mensch, Frau Schulz, Sie fort und ein dicker Mordfall hier«, kam es sogleich von Frau Kaufmann.

»Charlotte, och schön, Sie zu hören«, polterte Frau Schulz ihr entgegen und vermisste eine nette Begrüßung. »Na, fehle ick Ihnen schon? Ick sag Ihnen, Berlin tut sooo jut. Viele Leute zwar, aber endlich mal wieder U-Bahn fahren. Leider sind zwei meiner besten Kumpels jestorben. Aber so ist dit halt in unserem Alter … Mord sagten Sie? Mensch, heißes Pflaster dit Konstanz. Und ick bin nicht da. Wirklich schade, aber so schnell lösen die den Fall ohnehin nicht. Ohne uns alten Weiber bekommse dit doch nicht auf die Reihe … Charlotte, ick muss zum Tanztee und will ein bisgen schwofen.« Ohne ein weiteres Wort legte Frau Schulz auf.

Charlotte war beleidigt. Eigentlich hatte sie von ihrer Freundin ein bisschen mehr Zeit erwartet. Das kurze Abfertigen war Charlotte gerade von ihr nicht gewöhnt. *Schwofen? Meint Maria das Tanzbein schwingen? Hach, keine schlechte Idee.*

∗∗∗

Unterdessen erreichten Selzer und Andres das Gelände der Hochschule.

Die Schule wirkte verwaist. Nur ein paar Studenten irrten umher und hatten wohl in letzter Sekunde noch etwas zu erledigen. Man spürte, dass der Schulbetrieb langsam seinem Ende entgegensah.

Eine kleine Putzkolonne hatte nun die Räumlichkeiten in der Hand und tat dies mit lautem Gekreische kund. Zwei Frauen mit Kopftuch, zwei ohne und ein schmal gewachsener Mann, kaum größer als eins sechzig, unterhielten sich in gebrochenem Deutsch über die Aufteilung der Arbeit. Anscheinend hatte der Mann hier das Kommando, zumindest befehligte er seine Angestellten in militärischem Ton und schien seine Rolle als Anführer zu genießen. Den beiden Polizisten schenkte er nur ein verachtendes Lächeln und signalisierte deutlich, wer jetzt der Herr im Hause war.

Nadine schlenderte mit Daniel über den langen Gang und schaute sich die Anschläge an den Wänden an.

Neugierig blieb sie vor einer der großen Pinnwände stehen und blickte auf die angeschlagene Tabelle. Auf ihr standen all die Namen der Studenten, die im Februar eine Prüfung abzulegen hatten. Auch die von Carmen Sauer und Sebastian Florens waren darunter. Plötzlich wurde Nadine stutzig. Sie ging näher an die Tafel heran und schüttelte dezent den Kopf.

»Daniel, sieh mal!«, rief sie unüberhörbar.

Selzer, der schon vorgelaufen war und einige der Räume näher betrachtete, kam wieder zurück.

»Was gibt's?«

»Lies selber!«, forderte Nadine einsilbig. Sie presste ihren rechten Zeigefinger auf das weiße Papier.

»Leander Mannteufel«, entzifferte Selzer und las noch einmal den Namen. Diesmal etwas lauter. »Vielleicht der Sohn oder ein anderer Verwandter«, setzte er grübelnd nach.

»Möglich. Und wenn's sein Sohn ist? Könnte doch sein, oder?«

»Nicht auszuschließen. Vom Alter wäre es denkbar. Wir sollten ihn danach befragen. Schauen wir mal, ob er noch im Haus ist!«, antwortete Selzer besonnen.

Doch kaum dass er seinen Satz beendet hatte, lief Mannteufel mit einer Rohrzange bewaffnet den beiden entgegen. »Sie schon wieder«, bemerkte dieser abfällig. »Noch was vergessen?«

Nadine musterte den Hausmeister für einen kurzen Augenblick und hätte ihn am liebsten mit Fragen bombardiert, stattdessen verschanzte sie die Hände in ihren Jackentaschen und schaute gelangweilt umher.

»Nö, nichts vergessen. Übrigens haben wir den Mörder von Frau Sauer verhaftet. Zwar hat er den Mord noch nicht gestanden, aber das ist nur noch eine Frage der Zeit«, erwähnte sie beiläufig und ließ den Blick auf Mannteufel ruhen. »Ist sicher nicht einfach, hier zu studieren. Viel Arbeit nehme ich an.«

»Na ja, von nichts kommt nichts«, entgegnete Mannteufel kaltschnäuzig. »Aus denen soll schließlich mal was werden. Nur dass die Mädels immer besser sein müssen als die Jungen, werde ich wohl nie verstehen.«

»Tja, vielleicht lernen sie einfach mehr. Sagen Sie mal, hier steht ein Leander Mannteufel«, dabei drehte Nadine ihren Kopf zur Pinnwand und wies mit dem Zeigefinger auf die gemeinte Stelle. »Ihr Sohn?«

Mannteufel stimmte ihr mit einem Kopfnicken zu und begann, ein wenig über ihn zu erzählen. Dass Leander jemals studieren würde, habe er nie für möglich gehalten. Anfangs habe er seinen Eltern nur Kummer bereitet, habe erst spät begonnen mit dem Laufen. Auch im Kindergarten habe er sich nicht so integrieren können, wie man es für ein Kind seines Alters erwartet hätte. Sprachstörungen sowie motorische Störungen des Bewegungsapparates seien aufgetreten. Das Selbstvertrauen seines Sohnes habe darunter gelitten und das habe bis in die Schulzeit angehalten. Lernstörungen seien anfangs die Folge. Kinder hätten den Jungen gehänselt und zum Außenseiter erklärt. Langsam sei es besser geworden und Leander habe schulische Erfolge vorzuweisen. Und tatsächlich habe er sein Abitur ablegen können und sogar einen Studienplatz ergattert. Leicht habe man es mit Leander nie, erklärte Mannteufel den Polizisten und erzählte, dass er auch hier ein Auge auf den Jungen habe, um ihn vor unliebsamen Begegnungen zu schützen. Meist gelang es dem Vater wohl ganz gut.

»Respekt, Herr Mannteufel. Ohne Sie wäre Ihr Junge wohl nie so weit gekommen.«

Mannteufel schaute die junge Frau mit einem für ihn seltenen Lächeln an. »Kann schon sein. Er ist unser einziges Kind. Meine Aufgabe ist es, ihn zu beschützen.«

»Haben sich seine Störungen, sagen wir mal, verwachsen?«, hinterfragte Selzer neugierig.

Mannteufel schluckte. »Wie Sie das sagen! Nicht ganz. Im Kopf ist er klar. Nur manchmal zuckt seine linke Hand. Mal kommen die Zuckungen und mal gehen sie.«

»Ach, bevor ich es vergesse. Kennen Sie einen David Moser?«, fragte Nadine.

»Moser, David? Sagt mir nichts. Studiert er hier?«

»Nein, an der Uni«, funkte Selzer dazwischen. »Er war am Tag des Mordes hier im Hause und erwähnte, dass er Ihnen begegnet sei.«

»Mir? Wissen Sie, wie viele Studenten hier aus- und eingehen?«

»Am Tag der Party waren die Leute doch überschaubar. Mehr als dreißig dürften es nicht gewesen sein«, meinte Nadine entwaffnend.

»Wo genau soll mir dieser Moser denn begegnet sein?«

»An der Eingangstür. Sie haben ihn herausgelassen, sagte er.«

»Ach der! Ja, das ist richtig. So ein Großer, Kräftiger. Erinnerte mich an einen Zuhälter mit seinen dicken Muskeln. Sein Pullover hat sie so richtig zur Geltung gebracht. Ein Angeber sag ich Ihnen. DER war's also? Stimmt, der ist früher gegangen als die anderen.«

»Ja, DER war's. Wieso haben Sie ihn ein Messer aufheben lassen?«, erkundigte sich Selzer.

»Das habe ich doch gar nicht. Ich war wegen dieser Party ständig am Rennen. Wollte doch das ganze Geschirr nicht erst am nächsten Tag wegräumen müssen. Also bin ich immer hin und her zwischen Mensa und Küche. Irgendwie habe ich dann von einem der Studenten gehört, dass jemand an der Tür stehe und gehen wolle. Na ja, und in der Hektik muss ich wohl den Besteckkorb mitgenommen haben. Der fiel dann zu Boden. Da ich es im Kreuz habe, bat ich den Jungen um seine Hilfe.«

»Danke, Herr Mannteufel. Könnten wir noch einmal in den Keller?«, fragte Nadine.

Mannteufel bejahte kurz mit einem hörbaren Brummen und sagte: »Sie kennen ja den Weg.« Er verabschiedete sich und lief den Gang weiter. In Höhe der Herrentoilette bog er rechts ab.

5. Showdown

Nadine und Daniel gingen noch einmal in den Keller und durchsuchten ihn gründlich. Irgendetwas hatten sie übersehen. Ein Gedanke durchzuckte Nadine, dass es vielleicht nicht Moser gewesen war, der den Mord begangen hatte. Doch wem war ein derart brutaler Mord zuzutrauen? Jemanden zu erstechen, war eine Sache. Ihn wie ein Tier ausbluten zu lassen, eine andere. Hatte man es womöglich mit einem Ritualmord mit religiös angehauchtem Hintergrund zu tun? Oder wollte der Mörder die junge Frau nur langsam sterben lassen? War es Hass, und wenn ja, warum?

»Ich komme mir wie ein Idiot vor«, sagte Nadine, als die beiden den Keller verließen.

»Das Gefühl kenne ich«, erwiderte Selzer resigniert.

»Das kann doch kein Zufall sein, dass Mannteufel über jeden Schritt, den Moser an jenem Abend tat, Bescheid wusste. Eigentlich hatte ich gehofft, hier eine Kamera vorzufinden«, meinte Nadine enttäuscht.

»Ich weiß, aber ich nehme an, man darf das aus datenschutzrechtlichen Gründen nicht.« Selzer schloss langsam die Metalltür und ließ seine Augen auf ihr wandern. »Seltsam!«, bemerkte er, als er darauf einen Spion entdeckte. Normalerweise kannte Daniel sie aus Wohnhäusern, nicht aber in einem Keller. Wortlos zog der junge Mann Nadine am Ärmel und wies auf das zehn Cent große Teil in Augenhöhe.

»Ein Spion?«, hinterfragte Nadine.

Selzer schüttelte den Kopf und formte mit Daumen und Zeigefinger beider Hände ein Rechteck, welches

Nadine als Symbol deutete. »Eine Kamera?«, fügte sie flüsternd an.

Ihr Kollege nickte, ballte eine Faust mit aufgerichtetem Daumen und zeigte sie Nadine.

»Ich fühle mich irgendwie beobachtet. Lass uns gehen!«, forderte Nadine ihren Kollegen auf, der seinerseits den Blick gen Decke schweifen ließ, um nach weiteren Kameras Ausschau zu halten. Doch vergeblich. Erst über dem Haupteingang der Hochschule wurde er fündig und blickte hinauf zu einer Videokamera, die hier wohl offiziell installiert worden war.

Die beiden verließen das Gelände.

Unterdessen verschanzten sich Hübner und Hufnagel hinter ihren Computern und recherchierten alles, was es über den Studenten David Moser zu lesen gab. Zum Glück war das Internet ein fleißiger Diener. Dank Facebook und Instagram kamen sie schnell hinter einige pikante Details des jungen Mannes.

Moser liebte ausschweifende Feste. Postete regelmäßige Schnappschüsse auf seinem Facebook-Account und kommentierte sie. Er gehörte nicht gerade zur Sorte *everybody's darling*. Einige seiner Exfreundinnen, die es wohl zu Hauf gab, beschwerten sich dort. Immer wieder wurde der Student als Hallodri oder Frauenheld betitelt, was er sogleich mit *freiheitsliebend* abschmetterte.

Hübner scrollte über die Fotos und entdeckte schließlich ein Bild aufgenommen im Februar, auf dem Moser inmitten einer kleinen Gruppe weiß gekleideter sowie geschminkter Personen stand.

»Kommen Sie bitte mal!«, forderte Hübner seinen Kollegen auf, der seinerseits in seinen Computer vertieft war und zunächst irritiert zusammenzuckte. »Oh sorry, habe ich Sie etwa gestört?«, klang es entschuldigend.

Tatsächlich, das hatte er. Hufnagel war in Anbetracht der vorangeschrittenen Zeit nicht mehr so aufnahmefähig wie Hübner. Um sich die Zeit zu vertreiben, hatte er sich im Internet das Weihnachtsfernsehprogramm angeschaut. Schnell schloss Hufnagel die Seite, erhob sich behäbig vom Stuhl und ging zu Hübner.

»Schauen Sie! Ich würde sagen, das Nachthemd unserer Toten. Nur dass diese Nachthemdenträger *hier* noch leben.« Hübner wies mit dem Finger auf seinen Bildschirm.

»Gut möglich, Herr Kollege«, entgegnete Hufnagel.

Im gleichen Moment ertönte das laute Klingeln von Hübners Telefon mit einer für ihn unbekannten Nummer.

Hübner nahm ab.

»Herr Hübner?«, ertönte die Stimme einer älteren Frau.

»Ja, mit wem spreche ich?«, entgegnete der Polizist schroff. Achselzuckend blickte er seinen Kollegen an.

»Na, mit Frau Paul. Mir ist da noch etwas eingefallen. Sie wollten doch wissen, wie der junge Mann hieß.«

Langsam wusste Hübner, wer sie war. *Die Dame aus Radolfzell.*

»Ach, Sie sind es! Wie ist denn sein Name?«

»David Moser. Er hat damals bei mir zwölf Nachthemden gekauft und wollte dafür eine Quittung. Natürlich bewahre ich so etwas immer auf. Sie wissen ja, das Finanzamt ...«

Hübner nickte. »Ja, ich weiß. Die Quittung, kann ich die haben?«, fragte er nach.

Frau Paul verstummte für ein paar Sekunden und ließ sich mit der Antwort Zeit. »Ja, warum eigentlich nicht. Wenn Sie sie mir wiederbringen, gerne.«

»Gut, dann hole ich sie mir gleich ab«, entgegnete Hübner entschlossen und setzte vorsorglich nach: »Nur wenn's Ihnen recht ist.«

»Jetzt noch? Junger Mann, morgen ist Weihnachten, eigentlich wollte ich ...«, sie stockte, »... na gut, wenn's denn hilft. Aber dann kommen Sie bitte sofort!«

Hübner versprach es, druckte das Foto von Mosers Gruppe aus und verschwand mit einem raschen »Dann bis später« aus dem Büro.

Hufnagel schaute ihm böse nach. *Dann bis später.* »Wohl kaum. Irgendwann ist Feierabend. Ich rufe jetzt Selzer an und sag es ihm«, sprach er entschlossen zu sich. Andererseits übermannte Hufnagel das schlechte Gewissen, jetzt, wo jede Hand gebraucht wurde.

Etwa eine halbe Stunde später klopfte Hübner an die Glastür des kleinen Spielwarengeschäftes von Frau Paul.

Leicht gekrümmt, sich am Gehstock stützend, kam die alte Dame aus einem der Nebenzimmer heraus. Langsam näherte sie sich der Eingangstür, öffnete sie und begrüßte den Polizisten mit einem Händedruck. »Treten Sie ein!«

Hübner schaute sich im Geschäft um. Anscheinend war sie gerade dabei, das Inventar aufzulösen. Überall standen Kisten. Einige waren offen, andere geschlossen. Die Wände säumten leere Regale, davor standen Kisten mit Bekleidung sowie Wäschekörbe voll mit Plüschtieren.

»Jaja«, hauchte die alte Dame, »so ist das nach vierzig Jahren. Meine Kinder wollten kein Spielwarengeschäft und so musste ich alles für kleines Geld verkaufen. All die vielen schönen Sachen. All die schönen Sachen ... Ich bin zu alt, kann nicht mehr. Glauben Sie mir, das hat wehgetan.« Sie lief zu einem längeren Holztisch, holte aus einer der Schubladen ein schwarzes Lederbuch heraus und zog den Quittungsblock hervor. »Hier steht sein Name! Er hat damals je drei Hemden in S, M, L und XL gekauft. Die waren sooo billig. Ein richtiges Schnäppchen, sag ich Ihnen. Ein richtiges Schnäppchen.«

Hübner seinerseits reichte Frau Paul das Foto von Moser. »Ist das der junge Mann?«

Frau Paul nahm es an sich, blinzelte, als hätte sie Probleme mit dem Sehen und hielt es dicht vor die Augen.

»Ja, das ist er. Kann mich noch gut an ihn erinnern, der sah aus wie ein Riese. Schauen Sie mal, er trägt sogar das Nachthemd!«, sagte sie erfreut und fügte an: »Die anderen auch.« Sie meinte die Leute um Moser herum.

»Sind Sie sicher?«

»Ja, sehen Sie doch, die kleinen Biesen entlang der Knopfleiste! Die gab's nur bei mir. Die Hemdglonkerhemden von heute sind nicht mehr so aufwendig verarbeitet. Sonst wären sie zu teuer.«

»Biesen?«

»Kennen Sie nicht? Das sind die kleinen Fältchen hier«, die alte Dame zeigte stolz auf die zierlichen Nähte seitlich der Knopfleiste, welche deutlich auf dem Foto zu sehen waren. Ihr Händezittern ließ sich nicht mehr vermeiden.

»Danke, Frau Paul. Sie haben mir sehr geholfen. Ich bringe Ihnen die Quittung nach den Feiertagen zurück. Frohes Fest.«

»Das wünsche ich Ihnen auch«, antwortete die Seniorin, schloss tief seufzend die Ladentür und schritt bedächtig zurück in ihr Geschäft.

Nach einer weiteren halben Stunde stand Hübner wieder im Büro. Inzwischen hatten sich dort auch die anderen eingefunden. Sie saßen an ihren Schreibtischen.

»Guten Abend«, knurrte Hübner.

»Guten Abend«, wiederholten die anderen im Chor.

Um keine Zeit zu verlieren, legte Hübner sofort los und erzählte von der alten Dame mit den Nachthemden. Nadine wähnte sich aufgrund seiner Informationen bereits daheim. Sie war müde, erschöpft und hatte den ganzen Tag kaum etwas gegessen. Außerdem plagte sie ein latentes Schwindelgefühl, das einfach nicht weichen wollte. Sie schob es auf den Stress der letzten Tage, die Übermüdung und fortwährende Unzufriedenheit mit ihrem Liebesleben. Einen Arzt aufzusuchen, dafür blieb keine Zeit. Und eine Krankschreibung, jetzt vor Weihnachten, ging schon mal gar nicht. Also hieß es durchhalten, die Zähne zusammenbeißen und die Stunde X für den Urlaub herbeisehnen.

»Angenommen, er hat die Nachthemden gekauft, wovon wir ausgehen können, sollten wir ihn danach befragen. Vielleicht legt er jetzt ein Geständnis ab«, murmelte die Polizistin erschöpft und stützte den Kopf in die rechte Hand. Es sah beinahe so aus, als wollte sie jeden Moment einschlafen.

»Müde?«, fragte Selzer.

»Geht so. Lange halte ich das nicht mehr aus. Habt ihr mal auf die Uhr geschaut?«, meinte Nadine.

Selzers Uhr zeigte ein paar Minuten nach acht. »Passt auf, wir holen uns Moser noch mal zum Gespräch und gehen dann heim. Für heute habe ich die Nase voll. Einverstanden?«

Alle stimmten ihrem Chef mit einem Kopfnicken zu.

»Also, Herr Moser, jetzt wäre wohl die Wahrheit angebracht«, stocherte Nadine. »Laut dieser Quittung haben Sie am achtundzwanzigsten Januar zwölf Nachthemden in Radolfzell erworben. Die Verkäuferin hat Sie wiedererkannt. Außerdem steht zweifelsfrei fest, dass die Tote eines dieser Nachthemden in Größe S getragen hat. Die KTU hat's bestätigt.«

Moser sah auf die Quittung, die ihm Frau Andres zittrig vor die Augen hielt.

»Sie zittern«, meinte er und schaute der jungen Frau in die Augen, die ihrerseits auf ihre Hand starrte. »Aber das macht mich noch lange nicht zum Mörder. Es gibt viele Nachthemden, warum soll sie ausgerechnet eins von meinen getragen haben? Ich habe zwar zwölf gekauft, aber drei wurden gestohlen.«

»*Geklaut!?*«, wiederholte Nadine ungläubig. »Was Besseres fällt Ihnen wohl nicht ein? Wem haben Sie die Nachthemden gegeben? Name, Anschrift!« Ihr Ton klang zunehmend gereizter und verschärfte sich.

Moser schlug die Arme ineinander und presste sich gegen die Stuhllehne.

»Das ist ein knappes Jahr her. Ich weiß es nicht mehr. Es waren Leute aus der Uni. Aber keiner von denen trug S, das waren alles Männer etwa so groß wie ich. Mir ist das erst gar nicht aufgefallen. Erst als mich eine Bekannte fragte, ob ich ihr ein Hemd leihen könne, bemerkte ich den Verlust. Letztendlich war es mir egal«, tat er den Diebstahl ab.

Nach dem Verhör führte man Moser wieder in die Zelle.

»So Herrschaften«, resümierte Nadine, »wir haben einen Tag vor Heiligabend. Jeder hat noch etwas vor. Andererseits haben wir einen ungeklärten Mord. Wenn ihr mich fragt, sprechen alle Indizien gegen Moser. Und die Sache mit den Nachthemden stinkt nun wirklich zum Himmel. Das mit dem untergeschobenen Messer klingt ebenfalls unglaubwürdig. Daher schlage ich einen Cut vor.« Für einen kurzen Moment genoss sie die fragenden Blicke ihrer Kollegen, die wohl auf eine Erklärung hofften.

Nadine ging zur Miniküche, entnahm dem Kühlschrank eine Flasche Sekt, die dort schon seit Längerem gestanden hatte. Wortlos stellte sie die Flasche auf den Besprechungstisch und holte Gläser aus dem Schrank. »Wir gönnen uns jetzt ein Gläschen zum Jahresausklang!«

Selzer lächelte und öffnete den Verschluss mit einem hörbaren Plopp.

Kurz darauf prostete man sich im Stehen zu und genoss die kleine Unterbrechung.

»Was wäre, wenn Moser den Mord nicht begangen hat?«, sinnierte Hufnagel. »Mhm, wenn ich so darüber nachdenke, würde ich meinen, dass wir uns mit dem Opfer zu wenig auseinandergesetzt haben. Gut, ihren Freund Sebastian können wir als Tatverdächtigen ausschließen. Aber wir sollten uns noch mal mit dieser Vanessa unterhalten, die weiß ganz sicher mehr, als sie uns bisher hat glauben lassen. Beste Freundinnen erzählen sich doch sonst alles. Wenn ich an meinen gestrigen Besuch im Müller-Drogeriemarkt zurückdenke, was gab es da nicht alles für Mädchen zu kaufen. Beste Freundinnen-Hefte, Poesiealben und Tassen. Alles in Pink und Rosa. Mit Sicherheit wussten die beiden Mädels alles voneinander und das seit ihrer Kindheit.« Hufnagel nahm einen Schluck Sekt und ließ seine Gedanken in die Vergangenheit schweifen. *Wo ist eigentlich Danielas Poesiealbum? Sie war immer so stolz auf das kleine Büchlein mit dem Pferd obendrauf. Es war ihr Heiligtum. Keiner durfte darin blättern. Nur sie.* Hufnagel bekam ein versöhnliches Gesicht. Der Gedanke an seine Tochter stimmte ihn milde.

Seine Kollegin konnte sich ein Schmunzeln nicht verkneifen. *Hufnagel und stöbern?*

»Okay, was soll's, schlagen wir uns eben die Nacht um die Ohren«, bemerkte Nadine. »Wer begleitet mich?« Ein prüfender Blick machte die Runde.

»Ich komme mit«, meinte Selzer und erklärte: »Vorschlag: Da wir beide morgen verreisen wollen, übernehmen wir das jetzt, während Sie beide«, seine Augen wanderten zu Hübner, dann zu Hufnagel, »nach Hause gehen können und morgen dafür Bereitschaft schieben. Sollten wir die Sache heute noch klären können, haben Sie morgen frei! Wenn nicht, werden Sie Ihren Beruf verfluchen. DEAL?«

»Deal!«, ertönte es gemeinschaftlich.

»Gut, wir halten Sie auf dem Laufenden«, versprach Selzer sichtlich zufrieden und machte sich mit Nadine zur besten Freundin von Carmen Sauer, Vanessa Kübel, auf. Die Tatsache, dass sie in der Nähe wohnte, machte es einfacher.

»Darf ich Ihnen meinen Kollegen vorstellen?« Nadine Andres deutete auf Selzer, der von ihr abgewandt aus dem Flurfenster schaute. Er mochte diese alten Häuser aus der Jahrhundertwende ihrer Geschichte wegen und gönnte sich einen Blick hinaus auf den Innenhof. Ein großer Kastanienbaum stand in dessen Mitte. Um ihn herum eine Reihe Plastikcontainer, für Rest- und Biomüll sowie Papier. Etwas weiter hinten, auf einem Stück Wiese, befand sich ein winziger Spielplatz. »Daniel Selzer, mein Chef und leitender Ermittler der Mordkommission.« Selzer drehte sich den Frauen zu und begrüßte Frau Kübel. »Wir hätten noch ein paar Fragen an Sie. Dürfen wir hereinkommen?«

Frau Kübel hatte zu dieser späten Stunde anscheinend nicht mehr mit Besuch gerechnet und zeigte sich in Wohlfühlkleidung. Ein bequemes Shirt samt legerer Hose war die Antwort der OP-Schwester auf einen stressigen Tag.

Ungern ließ die junge Frau die Beamten in die Wohnung.

Kurz darauf ging man ins modern eingerichtete Wohnzimmer und setzte sich auf die bequeme Sitzgruppe. Daniel Selzer und Nadine Andres auf das Sofa. Vanessa Kübel ihnen gegenüber auf den Sessel.

Selzer musterte die junge Frau und fand sie sympathisch. An ihrem schlanken Körper wirkte die lässige Kleidung geradewegs schick. Sie verlieh ihr eine gewisse Sportlichkeit, die der athletische Selzer bei einer Frau durchaus zu schätzen wusste.

Nadine entging der genüssliche Blick Selzers nicht. Sie ignorierte ihn.

»Bei unserem letzten Besuch erwähnten Sie, dass Ihre Freundin keinen Liebhaber hätte. Inzwischen hat sich das Gegenteil herausgestellt. Wieso lügen Sie uns an?«, konfrontierte die Kripobeamtin Frau Kübel.

Die junge Frau fühlte sich sichtlich unwohl und schob sich unruhig auf dem Sessel umher.

»Carmen ist ... ähm ... war meine beste Freundin. Hätten Sie Ihre Freundin mit so etwas angeschwärzt?«, entgegnete sie und schaute Nadine fragend an.

»Nein, hätte ich nicht. Aber meine Freundin ist auch nicht ermordet worden«, gab Nadine barsch den Schlag zurück. »Hören Sie, Frau Kübel, Ihre Freundin wurde grausam getötet. Ihr Mörder hat sie bewusst verbluten lassen und wollte mit der Zurschaustellung eines Engels ein Zeichen setzen. Unsere Aufgabe ist es, herauszufinden, warum. Ich schließe einen nächsten Mord nicht aus, es sei denn, wir kennen das Motiv.« *Nächster Mord, na ja, eine kleine Notlüge wird sie hoffentlich zum Reden bringen.* Und die Polizistin sollte recht behalten.

Selzer übernahm das Gespräch. »Denken Sie nach! Ist Ihnen in letzter Zeit etwas Ungewöhnliches an Ihrer Freundin aufgefallen?«

Frau Kübel verlagerte ihr Gewicht und setzte sich gerade in den Sessel.

»*Aufgefallen?* Das eher nicht. Aber sie war nicht die, für die man sie hielt. Früher oder später werden Sie es sowieso herausfinden«, begann Vanessa und schien nachzudenken. »Carmen war kein Unschuldslamm, wie alle glaubten. Von Treue hielt sie eher wenig, meinte, sie wäre nicht mehr zeitgemäß, und prahlte ständig mit ihren Bettgeschichten. Sebastian war für sie nur noch ein Alibi, mehr nicht. Manchmal nahm sie sogar Geld für Sex. Wissen Sie, die Eltern waren nicht gerade wohlhabend. Und ihre Mutter hatte selbst kaum Bares.«

»Na ja, aber deshalb die Freundin ermorden?«, überlegte Nadine. »Dann wären aber eine Menge Leute tot.« Sie blickte erwartungsvoll auf Vanessa und hob die Augenbrauen.

»Und sonst, was fällt Ihnen sonst noch ein?«, bohrte Selzer weiter.

»Ich kenne Carmen, seit wir Kinder waren. Nein, einfach war sie nie. Selbst im Kindergarten musste sie die Kinder piesacken und hänseln. Carmen war ein süßes Ding mit ihren großen Locken und den dunklen Augen. Schon damals waren die Jungen hinter ihr her. Irgendwie gab es wegen ihr immer Stress. Aber mir gegenüber war sie stets liebevoll«, erzählte die junge Frau traurig. Frau Kübel wirkte mit dem, was sie sagte, glaubhaft und man sah ihr den Verlust ihrer Freundin an.

»Was fällt Ihnen zu David Moser ein?«, fragte Selzer ruhig.

»David? David war einer ihrer Liebhaber. Die zwei trafen sich in letzter Zeit häufig. Aber selbst den konnte sie nicht in Ruhe lassen. Nannte ihn immer Popeye, seiner großen Muskeln wegen. Carmen fand ihn doof ...«

Nadine unterbrach die junge Frau. »*Popeye?* Die Comicfigur?«

»Ja DIE!«

»Und wie reagierte er?«, stocherte Nadine nach.

»*Wie?* Keine Ahnung. Aber ich glaube, der hat ihr wohl manchmal eine gescheuert. Aber gesagt hat sie nichts. Als Krankenschwester bin ich einiges gewöhnt und ungewöhnliche blaue Flecken erkenne ich sofort.«

»Würden Sie Herrn Moser einen Mord zutrauen?«, hinterfragte Selzer und blickte auf seine Uhr. Inzwischen war es 21.30 Uhr.

»Ja, dem schon. Wissen Sie, Carmen und er nahmen sich nicht viel. Waren beide vom gleichen Kaliber. David zettelte immer mal wieder eine Schlägerei im Studentenwohnheim an, die dann aber vertuscht wurde. Die Eltern regelten das jedes Mal mit Geld. Reiches Elternhaus. Sie wissen schon!«

Die beiden Polizisten gaben sich mit Frau Kübels Aussage zufrieden und verabschiedeten sich.

»Was hältst du von einem Absacker?«, fragte Nadine ihren Kollegen und stellte vor Kälte den Kragen ihrer Jacke aufrecht. Mit einer leichten Kopfbewegung schmiegte sie sich in das warme Material.

Selzer schaute erschrocken.

»Geht's dir nicht gut, Nadine? Seit wann willst du mit mir was trinken gehen?«

»Willst du oder willst du nicht? Ich frage nur einmal, Daniel.«

Selzer willigte ein, und die beiden begaben sich in Richtung Hieronymusgasse, um im K9, einem alt eingesessenen Konstanzer In-Lokal, den erwähnten Absacker zu nehmen.

»Das heißt, wir sind am Ziel angekommen und Moser ist unser Täter«, erklärte Nadine den Mord an Carmen Sauer für gelöst.

Selzer nickte. Falls er tatsächlich der Schlüssel zu allem war, hatte Moser die Studentin getötet und sie im Stadtgarten zur Schau gestellt. Die Indizien sprachen eindeutig dafür. Das Katz-und-Maus-Spiel hatte ein Ende. Womöglich hatten die reichen Eltern Mosers einen Verteidigungsplan erarbeitet und mögliche Antworten dem Sohn zurechtgelegt.

Die Faktenlage jedoch sprach eindeutig gegen den Studenten.

Erstens: Das Nachthemd, das die Tote getragen hatte, stammte zweifelsohne aus dem Radolfzeller Verkauf.

Zweitens: Die Fingerabdrücke auf der Tatwaffe waren ebenfalls von David Moser.

Selzer und Andres einigten sich, Hübner und Hufnagel sogleich in Kenntnis zu setzen. Sie schickten ihnen eine WhatsApp, statt zu telefonieren, um die Leute im Lokal nicht unnötig zu beunruhigen. Danach machten sich die beiden das letzte Mal für dieses Jahr ins Büro auf, ordneten ihre Unterlagen, sichteten die angekommenen Mails und erklärten David Moser vorerst zum mutmaßlichen Mörder. Aufgrund des dringenden Tatverdachts behielt man den Verdächtigen weiterhin in U-Haft. Alles Weitere folgte dann im nächsten Jahr.

Nachdem die zwei Kripobeamten alles zu ihrer Zufriedenheit erledigt hatten, schnappten sie die Jacken und verließen raschen Schrittes das Polizeirevier. Vorm Haus schenkte Nadine ihrem Kollegen noch eine flüchtige Umarmung, wünschte ihm einen schönen Urlaub und presste einen sanften Kuss auf seine rechte Wange. Selzers männlich herber Duft blieb wie eine Klette an ihr kleben und begleitete sie bis zum Parkplatz.

Der Geruch verschwand, genau wie Selzer, während Nadine mit einem unguten Gefühl ihren Roller startete. *Und wenn? ... Ach was, Moser ist der Mörder ...!?*

6. Irgendwo in der Stadt

Das ständige Dunkel eines Wintermorgens, die Tristesse machten Herrn Tal auch noch nach Jahren zu schaffen. Er litt unter der Finsternis, benötigte Zeit, um sich an sie zu gewöhnen. Mit müden Augen presste er die flache Hand gegen die Schlafzimmerfensterscheibe, sinnierte in die Schwärze, die sich davonschlich und das spärliche Licht des aufkommenden Tages hindurchließ.

Ein paar glückliche Gedanken schwirrten ihm durch den Kopf. Er dachte an die letzten Monate, als Katharina und er ihrer beinahe vierzigjährigen Ehe Auftrieb verschafft hatten, indem sie sich dem Schwarzwaldverein e. V. Konstanz anschlossen. Früher waren sie oftmals wandern gewesen. Doch Familie und Beruf ließen ihr Hobby allmählich einschlafen. Unzufriedenheit machte sich in ihm breit. Seit der Pensionierung wurde er zerstreuter, langweilte sich und wusste nicht, wie er den Tag herumbringen sollte, während seine Frau ihre Zeit als Seniorin genoss. So hatte er sich das Rentnerdasein nicht ausgemalt. Bis zu seinem Bandscheibenvorfall hatte er aktiv Fußball gespielt. Danach war es damit vorbei. Was hatte er für Pläne gehabt. Mit Katharina die Welt ansehen und mehr Zeit mit ihr verbringen. Genauso hatte er sich die Rente vorgestellt und jetzt herrschte nur Langeweile.

Katharina, seine Frau, stand unterdessen auf und wusste, dass er in diesen Minuten für sich sein wollte. Lautlos huschte sie ins Bad. Mit müden Augen schaute sie in den Spiegel, zog ein paar Grimassen und bändigte ihr strubblig silbergraues Haar. Sie streifte ihre Kittelschürze über und ging in die Küche, um die

Kaffeemaschine anzustellen. Den ersten Kaffee trank sie für gewöhnlich ohne Partner und kritzelte ein paar Notizen mit Dingen, die sie erledigen wollte, auf einen Block.

»Oh, heute ist Nikolaus!«, stellte sie erschrocken fest. Sie besann sich jener Zeit, in der die Töchter Kinder waren und gleich nach dem Aufstehen zu ihren Stiefelchen gerannt kamen, um nachzusehen, was der Nikolaus gebracht hatte. Ein Lächeln legte sich auf ihre Lippen. Für Sekunden war sie glücklich und seufzte vor sich hin, derweil sie ihren beleibten Mann den Flur entlangschlurfen hörte.

Der Blick durch die Küchentür mit dem alltäglichen »Guten Morgen« läutete für das Rentnerpaar einen neuen Tag ein.

Kurz darauf vernahm Frau Tal ein ihr bekanntes Geräusch. Die Wohnungstür fiel ins Schloss und sie wusste, dass Wolfgang im Begriff war, die Tageszeitung aus dem Briefkasten zu holen.

Im Anschluss setzte er sich im Jogginganzug zu ihr, schnaufte hörbar durch, um zu signalisieren, dass das Treppensteigen anstrengend gewesen war. Jetzt konnte der Tag für ihn beginnen. Den Politikteil der Zeitung blätterte er für gewöhnlich durch. Auch der Rest interessierte ihn nur wenig und verhalf zu keiner Besserung seiner ohnehin angespannten Laune. Erst beim Lokalteil begann Herr Tal akribisch zu lesen. Entweder weil ihm die Personen geläufig waren oder weil er zumindest schon einmal von ihnen gehört hatte.

»Hase, heute ist Nikolaus! Weißt du noch, wie sich die Mädels immer darauf gefreut haben?«, fragte Katharina und wollte losplaudern.

Wolfgang war jedoch ein Morgenmuffel und nicht aufgelegt zum Reden. Er senkte den Blick auf den Küchentisch und beobachtete lieber die Fliege, anstelle mit ihr zu reden. *Nikolaus, Kinderkram. Wie kommt sie jetzt darauf? Na ja, sich eine Kleinigkeit schenken, ist nicht verkehrt.* »Jaja, die Kinder. Das war eine besondere Zeit und anstrengend«, gab er fast zwanghaft von sich, nur damit er etwas sagte.

Viel Gesprächsstoff hatten die beiden ohnehin nicht mehr. Lediglich die Frage des wöchentlichen Einkaufens gehörte zu den Highlights ihrer Gesprächskultur. Doch Wolfgang mochte Katharina wie eh und je. Nach all den Jahren hatte sie nicht an Attraktivität verloren. Ihre burschikose, selbstsichere Art, die sie in ihrem Beruf als Erzieherin täglich unter Beweis zu stellen hatte, waren der Auslöser gewesen, um sich in die zierliche Frau mit Bubikopf zu verlieben. Böse Zungen jedoch dichteten ihr die berühmten Haare auf den Zähnen an. Im Kindergarten, in dem sie über zwanzig Jahre tätig gewesen war, führte sie ein hartes Regime. Nicht nur Lob, sondern auch Tadel hatte ihr die Arbeit eingebracht. Katharina Tal beharrte auf ihre Meinung, ließ sich durch nichts beirren. Ihrer Ansicht nach brauchte es eine strenge Hand. Disziplin war die Lösung aller Erziehungsprobleme. Selbst die eigenen Kinder konnten davon ein Lied singen. Wolfgang, der sich aus der Kindererziehung herausgehalten hatte, bereute heute diesen Schritt. Die Töchter besuchten sie nur noch selten, weil ihnen das ständige Maßregeln der Mutter missfiel.

»Wolfgang!«, hörte er seine Frau rufen und war gedanklich sofort bei ihr. Frau Tal hasste es, wenn man ihr keine Beachtung schenkte. »Hörst du mir überhaupt zu?«, setzte sie fordernd nach.

Tal nickte und schenkte der Gattin ein aufgesetztes Lächeln, wie er es kürzlich in einer Fernsehsendung gesehen hatte. Man befeuchtete die oberen Zähne mit der Zunge und präsentierte das Gebiss. *Was will sie denn schon wieder?*

»Heute ist heiliger Nikolaus«, erklärte Katharina schulmeisterhaft.

Wolfgang schaute sie fragend an. *Na und? Was geht das mich an?*

»Ach Wolfi. Du wirst vergesslich. Hast du etwa die Lesung in Sankt Gebhard verschwitzt? Das hatten wir alles besprochen. Erinnerst du dich?«

Wie Tal ihre Schuldzuweisungen hasste. Klar erinnerte er sich. Das ständige In-die-Kirche-Gehen mochte er ohnehin nicht. Sonn- und Feiertags erschienen ihm ausreichend. Und jetzt auch noch dienstags, einem stinknormalen Wochentag.

»Muss ich da mit?«, fragte er trotzig nach. »Das schaffst du doch ohne mich.« Für gewöhnlich lenkte sie jetzt ein.

Frau Tal schaute ihren Mann aus schmalen Augen an, gab ihm zu verstehen, dass sie dessen Wunsch missbilligte. Andererseits sah sie ihre Vorteile. So konnte sie nach dem Gottesdienst einen Spaziergang tätigen, ohne das ständige Gemaule des Gatten ertragen zu müssen.

»Bleib daheim!«, knurrte sie. »Nur glaub nicht, dass ich sofort nach Hause komme. Frau Maier hat mich zu einem Glas Sekt eingeladen«, flunkerte sie und tat beleidigt.

Wolfgang gab sich geschlagen, drückte sich gegen die

Stuhllehne und blätterte erneut in der Zeitung, unterdessen er sich mit der flachen Hand über die verschwitzte Stirn fuhr. *Soll sie gehen. Kann ich mir in Ruhe das Fußballspiel anschauen.*

Den Rest des Tages sprachen die Eheleute kaum ein Wort miteinander. Katharina erledigte ihre täglichen Kleinigkeiten im Haushalt, wusch Wäsche oder telefonierte ausgiebig mit ihrer Freundin Hella, die es vor ein paar Jahren nach Köln der Liebe wegen verschlagen hatte. Sie konnte sich wahrlich nicht beklagen. Ihr Leben als Rentnerin war ausgefüllt. Hatte sie nichts zu tun, ging sie ins Fitnessstudio. Ihr Mann verspürte dazu keine Lust. Der saß daheim, trotzte vor sich hin.

Gegen Abend verabschiedeten sich die Eheleute mit einem lieblos flüchtigen Kuss und der aufgesetzten Floskel: »Viel Spaß! Komm nicht zu spät.«

Frau Tal verschwand in die Dunkelheit der Stadt und Herr Tal ließ sich bedächtig auf dem Sofa nieder. Erst nach Stunden bemerkte er ihr Fernbleiben. Nachdem er das Warten gegen 22.00 Uhr nicht mehr ausgehalten hatte, telefonierte er mit allen Bekannten sowie Verwandten. Mit dem Ergebnis, kein Mensch hatte seine Frau gesehen und niemand ahnte, wo sie war. Katharina Tal blieb wie vom Erdboden verschluckt.

Nach einer schlaflosen Nacht beschloss Wolfgang Tal, die Polizei zu verständigen. Er hatte gehofft, dass die Gattin entgegen ihrer Art bei einer Freundin übernachtet hätte. Tal schloss nicht aus, dass sie ihm nur eins auswischen wollte, weil er sie nicht begleitet hatte. Die Hoffnung schmolz jedoch wie ein Eiswürfel in der Sonne dahin.

7. Am nächsten Morgen

Es war finster im schäbigen Kellerloch, in dem sie nicht die Hand vor Augen sehen konnte. Wo war sie nur? Und warum konnte ihr das passieren? Sie war am Abend in die Kirche gegangen, hatte sich nachher mit einer Bekannten über die fabelhafte und ergreifende Predigt des Pfarrers unterhalten und sich anschließend in Richtung ihres Wohnhauses begeben. Bis sie von einem netten Mann nach dem Weg zum *Lago*, dem größten Shoppingcenter der Stadt, gefragt worden war. Sie hatte sich nichts dabei gedacht, einem Herrn mit edlen Manieren behilflich zu sein. Einer, von dem sich ihr Gatte sprichwörtlich eine Scheibe abschneiden konnte. Ihr Ehemann nahm sie kaum mehr wahr und sie fühlte sich wie ein ausgelatschter Schuh, den man nur noch widerwillig anzog.

Im Anschluss daran war alles blitzschnell gegangen.

Sie hatte den Fremden ein paar Meter begleitet, um sicherzugehen, dass er das Center finden würde. Es lag unweit vom Bahnhof. Er war nett gewesen und ein Gespräch mit einem Mann, der wusste, wie man eine Frau galanterweise um den Finger wickeln konnte, hatte Frau Tal längst nicht mehr erlebt. Seine Gegenwart hatte sich herzerfrischend angefühlt. Was hätte ihr schon zustoßen können an einem Abend wie diesem? In der Stadt hatte Feierabendtrubel geherrscht. Die einen gingen nach Hause, die anderen erledigten Einkäufe oder trafen sich zum Essen. Alles in allem vollkommen normal.

Dann komme ich eben zu vorgerückter Stunde heim. Soll er zappeln, der Muffel, sinnierte Frau Tal, derweil sie neben dem großgewachsenen, schlanken Unbekannten hergelaufen war. *Ob er verheiratet ist? Was für ein netter Mann! Groß und stattlich, anders als Wolfgang. Der kommt mit seiner Leibesfülle kaum noch die Treppen hinauf.*

»Sagen Sie, wie wäre es mit einem Tee?«, hatte der Fremde zu fragen begonnen. »Die Kälte setzt einem mächtig zu. Nur eine halbe Stunde. Na, wie wär's?«, waren die Worte gewesen, die Frau Tal vernommen und auf die sie sich dummerweise eingelassen hatte. Kurz darauf hatte sie sich in einem Pkw sitzen und mit unbekanntem Ziel davonfahren sehen. Anfangs hatte sie geglaubt, er machte einen Scherz, bis ihr bewusst wurde, der Mann führte irgendetwas im Schilde.

Das Auto war stehen geblieben und der Fremde hatte Katharina Tal ruppig herausgezerrt. Er war wie ausgewechselt gewesen und hatte sie aus eiskalten blaustichigen Augen angestarrt. Voller Zorn. Und das, was sie gerade noch an ihm geschätzt hatte, schien verschwunden. Die Rentnerin hatte versucht, sich zur Wehr zu setzen. Es half nichts. Er war stärker und zudem kräftiger.

Der Mann hatte sie am Arm gepackt, sie mit sich in ein Haus gerissen, das sie zwar kannte, aber mit dem sie noch nie etwas zu tun gehabt hatte. Es war ein öffentliches Gebäude, das meinte sie zu glauben. Die Dunkelheit gab es nicht preis. Lediglich die verglaste Eingangshalle blieb ihr in Erinnerung, bis es schlagartig um sie herum finster geworden war. Sie hatte etwas Weiches auf ihrem Kopf gespürt. Allem Anschein nach einen Sack, der obendrein unangenehm nach Zwiebeln roch und ihr die Sicht versperrt hatte.

Die in die Jahre gekommene Dame hatte gezetert und versucht, das unliebsame Ding zu entfernen. Ohne

Erfolg. Kurz darauf hatte Katharina Tal gemerkt, wie ihr der Mann gewaltsam die Hände hinter den Rücken zog und mit einem Klebeband umschloss. Ein stechender Schmerz hatte sich in ihr ausgebreitet. Sie hatte die Angst gefühlt, wie sie im Schneckentempo in ihr emporkroch und von ihr Besitz ergriff. Eine, die sie bislang nicht kannte. Im selben Moment hatte Katharina ihren Mann herbeigewünscht. Egal, wie er war, aussah oder wie mufflig er sein konnte. Auf Wolfgang konnte man sich verlassen. Hätte er nur eine Ahnung von alledem.

Warum hatte man sie gefangen?

Begriffe wie Lösegeld oder Kidnapping waren Frau Tal durch den Kopf geschossen. Verzweifelt hatte sie nach einer Erklärung gesucht, während der Unbekannte sie treppabwärts hinter sich her zog. *Was hat er mit mir vor? Mich vergewaltigen? Wohl kaum. Dafür hätte er sich eine Jüngere gesucht. Also warum dann?* Katharina Tal hatte sich das Hirn zermartert. Sie hatte händeringend nach einer Antwort gesucht, die sie nicht bekam.

Die zierliche Frau hatte zu schwitzen begonnen. Sie schluckte schwer, rang nach Luft, die inzwischen so stickig geworden war, dass sie immer wieder zu husten begann.

»Hören Sie auf! Gleich sind wir da«, hatte er sie angeherrscht und an ihrem Arm gezerrt. Wenig später hatte er eine Tür aufgeschlossen und war mit ihr in einem dahinterliegenden Raum verschwunden. Sogleich hatte er ihr den Sack vom Kopf gezogen und sie auf eine Pritsche gedrückt. »Geschafft! Ruhen Sie sich aus!«

Katharina Tal suchte nach Worten. Den richtigen. Sie fand sie nicht. Stattdessen hatte sie zu stottern begonnen: »W-w-w-warum, ha-a-ben Sie das getan? Ich bin eine alte Frau. Was wollen Sie von mir? ... Ich will nach Hause! ... Nach Hause.« Tränen waren aus ihren Augen geschossen. Sie hatte geschluchzt und konnte sich nicht mehr beherrschen. Die Gefühle übermannten sie und ergriffen von ihr Besitz.

»Halten Sie die Klappe!«, hatte er sie angeherrscht und sich bedrohlich über sie gebeugt. Frau Tal hatte seinen süßlichen Geruch in sich aufgesogen und fand ihn angenehm. Roch so ein Kidnapper? In Katharinas Fantasie stanken die Widerlinge aus den Filmen nach Schweiß. Kaltem, abgestandenem Schweiß, wie etwa ein pubertierender Jugendlicher, der das Wasser scheute.

Unvermittelt war die Tür zugeschlagen, ein Schlüssel hatte sich im Schloss gedreht, hastige Schritte sich entfernt.

Jetzt war sie auf sich gestellt. In einem Kellerloch, in dem sie die Hände vor den Augen kaum sehen konnte. In Kürze würde sie sich an die Finsternis gewöhnen. Doch der Gedanke des Alleingelassenseins und der Unwissenheit, wo und warum sie hier war, ließ sie erschaudern. *Was ist, wenn er mich hier verhungern lässt? ... Niemand mich findet ... Oder er zurückkommt und mir etwas antut ... Ich werde wahnsinnig ... Hätte ich nur so ein blödes Handy ... Ich hätte auf unsere Tochter hören sollen. Wie oft lag sie mir damit in den Ohren. Und ich habe diese Dinger nur verteufelt ... Und jetzt könnte ein Handy mein Leben retten ... Verdammt!*

Katharina hatte versucht, sich zu beruhigen, und sich umgeschaut. Vielleicht fände sie irgendetwas, das ihr einen Hinweis darauf bot, wo sie sich aufhielt. Mit Sicherheit war sie in einem Keller. Nur in welchem? Das Haus, in dem sie sich befand, schien riesig zu sein. Sie erinnerte sich, ihre Schritte darin hallend wahrgenommen zu haben. *Denk nach! Was hast du gesehen? Weiße Tafeln. Wie von Pinnwänden? Verglaste Türen. Wie bei Büroräumen? ... Eine Behörde? Oder doch ein Atelier? Oder eine Schule? ... Wie kommt dieser Mensch hier herein? Es ist schon spät ... Der Kerl wusste, wohin er mich zu bringen hatte.* Über ihren Gedanken war Katharina Tal eingeschlafen.

Als sie erwachte, war es noch immer dunkel. Katharina hatte gehofft, nur einem Traum erlegen gewesen zu sein. Einem, von dem man schweißgebadet aufschreckte. Doch es war kein Traum, sondern vielmehr ein Albtraum. Die Umstände, die dazu geführt hatten, waren unfassbar. Trotz zunehmenden Alters war sie bei klarem Verstand. Alltägliches schrieb sie sich auf und versuchte, ihre grauen Zellen stets aufs Neue zu trainieren. In dieser Stunde war sie dankbar dafür. Jetzt brauchte es einen kühlen Kopf. Die Überlegung, die sie zuvor angestrebt hatte, musste sie fortsetzen. Es galt, herauszufinden, wo sie sich befand.

Die Rentnerin erhob sich von ihrem unbequemen Lager. Alles tat weh. Der Rücken, die Schultern und die Arme, die immer noch mit Klebeband verschnürt waren. Die ausgediente Matratze, auf der sie geschlafen hatte, war im Vergleich zu ihrem Boxspringbett daheim miserabel. Erst letztes Jahr hatten es sich die Eheleute geleistet. Seither schlief Frau Tal beschwerdefrei.

Allmählich gewöhnte sie sich an die Dunkelheit. Den Lichtschalter fand sie schließlich neben der Tür. Diffuses Licht strahlte über den etwa zehn Quadratmeter großen Raum. Darin roch es nach abgestandener Luft. Sie schaute sich um. Entdeckte ein Metallbett, vermutlich ausgemustert aus einem Krankenhaus. Ein Holzstuhl, ineinandergestapelte Bierkisten, zwei aufeinandergestellte Tische und ein in der Ecke stehender holzverkleideter Aktenschrank mit Rolltür. *Mhm, scheint mir, als wäre das eine Art Abstellraum. Den Dingen nach zu urteilen, wohl eine Schule.*

Katharina Tal ging zu den Tischen, pustete den Staub weg und suchte nach einer Kennung wie etwa einer Inventarnummer. Manchmal, das wusste sie, stand ein Bezugsname unter- oder oberhalb der Nummer. Sie hatte Pech. Keine Nummer. Kein Hinweis. *Ich sollte den Klebestreifen von meinen Händen entfernen. Wer weiß, was er vorhat. Ich muss hier raus.*

Im selben Moment vernahm sie das Schlüsseldrehen in der Tür. Rasch huschte die Rentnerin zurück auf ihr Bett, setzte sich und starrte gebannt auf die sich ruckartig bewegende Klinke. Sodann öffnete sich die schwere Kellertür mit einem unmerklichen Quietschen.

Er stand wieder da und mit ihm Katharinas Angst. Augenblicklich begann sie zu frieren. Katharinas Verzweiflung wuchs. Aber das Schlimmste war, nichts ausrichten zu können. Einem Fremden ausgeliefert zu sein und nicht zu wissen, was er wollte, war demütigend. Wieso passierte *ihr* das? Dabei hatte Katharina Tal ihr Leben im Griff. Alles hatte sie geplant, organisiert und dokumentiert. Jede Stunde. Jeden Tag. Jeden Monat. Und mit einem Mal geriet ihr Konstrukt aus Wohlstand und Sicherheit aus den Fugen. Es drohte zu zerbrechen, sich aufzulösen im Nichts. Ähnlich stellte sie sich den Tod vor, wenn er plötzlich um die Ecke schoss und einen unvermittelt traf. Plötzlich war Katharina der Ernst ihrer Lage bewusst. Woher sollte sie wissen, ob sie je wieder aus diesem Kellerloch herauskommen würde? Wer war der Mann und vor allem, was wollte er von ihr? Ihrer Vermutung nach ging es ihm nicht um Geld. Zwar lebten die Tals in gutbürgerlichen Verhältnissen, aber außer der kleinen Zweizimmereigentumswohnung hatten sie nichts von Wert. Ihr bescheidenes Vermögen war längst für Kinder sowie Enkel ausgegeben. Sie wollten ihnen bereits zu Lebzeiten etwas Gutes tun und einem möglichen Erbschaftsstreit aus dem Weg gehen. Viel Geld besaß das Ehepaar ohnehin nicht.

Katharina hatte nur eine Chance. Sie musste herausfinden, warum der Fremde sie gefangen hielt, und vor allem, was er von ihr wollte.

Der großgewachsene Mann starrte auf die zierliche Frau und ergötzte sich an ihrer Verzweiflung. Mit einem hämischen Lächeln genoss er die Situation. »Na, gut geschlafen? Anders als daheim. Häh?«, bemerkte er abfällig.

Die alte Dame suchte seinen Blick und hoffte auf ein Zeichen. Wie etwa einer Regung oder einem Rechtsempfinden. Vergeblich.

Der Fremde ging einen Schritt auf Katharina zu, fixierte sie mit wachen Augen und entgegnete barsch: »Ich weiß, was Sie denken. Glauben Sie mir, ich handle nicht im Affekt. Genau wie Sie habe ich alles bis ins Kleinste geplant. Ich kenne Ihre Marotten. Sie überlassen nichts dem Zufall. Sie sind organisiert. Und wehe, jemand kreuzt Ihren Weg. Den zertreten Sie wie einen Käfer, nur weil er anders ist und nicht in Ihr ach so gefälliges Schema passt.« Röte stieg ihm ins Gesicht und er kochte vor Wut. Fühlbare Wut, wie sie einen ereilte, dem Schlimmes widerfuhr. Woher rührte sein Zorn? Und was war der Auslöser für sein Ärgernis?

»Verraten Sie mir bitte Ihren Namen?«, versuchte Frau Tal, vorsichtig einzulenken. »Wer ich bin, scheinen Sie zu wissen. Sie waren vorhin derart freundlich. Fast hätte ich Sie für einen Gentleman gehalten. Einer, der was von Frauen versteht, ganz zu schweigen von meinem Mann. Der ist meistens ruppig und unzufrieden.« Sie hoffte, er würde sein Handeln überdenken. »Er kommt mit der vielen Zeit nicht klar. Und dabei hatten wir uns alles nach dem Arbeitsleben so schön ausgemalt. Stattdessen sitze ich in einem stickigen Kellerloch und kann mir nicht erklären, warum.« Ihre Stimme bebte.

Unvermutet stand Frau Tal auf und näherte sich dem Mann bis auf wenige Zentimeter. Wie gerne hätte sie ihm jetzt eine Ohrfeige erteilt, weil er mit ihrer Angst spielte.

Der Mann streckte seine Arme aus, drehte Frau Tal mit dem Rücken zu sich und löste das Klebeband. Danach schob er sie zurück auf das provisorische Bett. Hatte sie sein Herz erwärmt? »Ich bin kein Unmensch. Sie kommen hier eh nicht mehr heraus.«

»Ihren Namen? Sagen Sie mir doch wenigstens Ihren Namen«, bat Frau Tal mit zittriger Stimme und schaute voller Verzweiflung in sein Gesicht.

»Was spielt das für eine Rolle? Den erfahren Sie noch früh genug«, antwortete er und machte eine kurze Pause. »Haben Sie Hunger? Einem Hinzurichtenden gewährt man schließlich eine letzte Mahlzeit.«

Katharina Tal kämpfte mit sich. »Bitte«, flehte sie und kam ins Stottern, »bit-te, i-ich habe doch niemandem etwas getan. Ich bin eine alte Frau. Warum halten Sie mich gefangen? Geht es um Geld? Wie viel wollen Sie?« Katharina spürte, wie ihre Stimme versagte und die Kehle trocken wurde. Der Kloß, der sich darin auszudehnen schien, ließ sie würgen. *Oh Gott, bitte sag mir, dass das nur ein schlechter Traum ist. Lass mich erwachen!* Katharina beugte sich leicht nach vorne, formte die

110

Hände zum Gebet und stützte sich mit den Ellenbogen auf ihren Oberschenkeln ab.

»Der wird Ihnen nicht mehr helfen. Das hätten Sie sich früher überlegen müssen«, sprach er und fügte mit Nachdruck hinzu: »Wie heißt es doch im achten Gebot? Du sollst nicht falsch gegen deinen Nächsten aussagen.«

Katharina Tal löste augenblicklich die Hände, hob ihren Kopf und wischte sich mit der rechten Hand über das Gesicht.

»Ich verstehe nicht ganz, was Sie meinen, Herr ...«

»Herr? Machen Sie sich keine Hoffnungen. Mein Name tut hier nichts zur Sache. Es geht ausschließlich um Sie, Frau Tal!« Er drehte sich um und verließ ohne ein weiteres Wort den Raum. Das Letzte, was sie von ihm vernahm, war das Schlüsseldrehen in der Tür sowie seine Schritte, die sich allmählich entfernten. Erneut ließ er sie alleine zurück und wieder zermarterte sie sich das Hirn, warum er sie gefangen hielt. Doch sie fand keine Antwort.

Katharina Tal kehrte in sich. Sie grübelte darüber nach, wem sie ein derartiges Leid zugefügt haben könnte, das zu solch einem Hass führte. Was hatte er vor? Sie sitzen lassen, damit sie über ihr Unrecht nachdenken konnte? Oder wollte er sie töten? Der Gedanke schien absurd und dennoch rückte er in greifbare Nähe.

***

Etwa zur selben Zeit stand Wolfgang Tal vorm Konstanzer Polizeipräsidium, um die Gattin als vermisst zu melden. Mit Behörden hatte er nichts am Hut. Den Schreibkram erledigte normalerweise seine Frau. Darum gerissen hatte er sich nie. Zerstreut betrat Tal die Vorhalle des Reviers und wusste nicht, wohin er sich zu wenden hatte. Die nette Dame hinter dem Schalter verwies ihn an die passende Stelle.

Tal setzte sich auf einen der unbequemen Holzstühle im Flur und wartete dort voller Unruhe, bis man ihn schließlich aufrief. Bedächtig folgte er der Aufforderung und ging in eines der Zimmer, das mithilfe eines Tresens die dahinterstehenden Schreibtische optisch trennte.

Ein etwa ein Meter achtzig großer, dunkelhaariger Mann mit Igelfrisur trat auf Tal zu und lächelte ihn sanftmütig an. Dem Rentner war der junge Polizist sofort sympathisch.

Nachdem Wolfgang Tal sein Anliegen geschildert hatte, überreichte er zitternd dem Uniformierten ein Foto seiner Frau. Es zeigte die Vermisste in einer leichten Sommerbluse vor einem übergroßen Eisbecher sitzend. Sie blickte fröhlich in die Kamera und präsentierte ihr Eis. »Das war im Sommer, hier am See. Am Hafen. Schauen Sie, wie glücklich sie ist! Und jetzt ist meine Frau verschwunden. Wo könnte sie nur sein?« Tal klang traurig und wirkte erschöpft.

Der Polizist musterte Tal aufmerksam. »Seit wann vermissen Sie Ihre Frau?«, fragte er in ruhigem Ton nach. Außerdem ließ er sich die persönlichen Daten geben und erkundigte sich nach den Vorlieben der Vermissten.

»Seit gestern Abend. Sie wollte noch zur Lesung in Sankt Gebhard gehen.«

Der Polizist schaute den älteren Herrn mit wachen Augen an. »Und wann war das genau?«

Der Rentner stützte seinen rechten Ellenbogen auf den Tresen und legte das Kinn in die geöffnete Hand. Mit einem dezenten Darüberhinweggreiben dachte er über die Frage nach. »Ich würde sagen achtzehn oder achtzehn Uhr dreißig. Ich habe nicht auf die Uhr geschaut. Wer hätte so etwas ahnen können?«, setzte Tal nach und stockte. Gleichzeitig machte er sich Vorwürfe, nicht genügend auf seine Frau geachtet zu haben.

»Machen Sie sich keine Sorgen, vielleicht gibt es eine plausible Erklärung für ihr Verschwinden«, besänftigte ihn der Polizist. »Beschreiben Sie mir bitte Ihre Gattin! Besitzt sie irgendwelche Auffälligkeiten? Nimmt sie Medikamente?«

Beschreiben? »Ich glaube, sie trug ihre helle Wetterjacke. Sie wissen schon, so eine mit x Taschen und Kapuze ... eine dunkle Hose und sicherlich eine von ihren vielen Blusen.«

Der uniformierte Mann schaute skeptisch. »Mhm, das ist dürftig. Versuchen Sie, sich zu erinnern!«

»Das ist nicht einfach. Ich sehe Katharina jeden Tag. Glauben Sie, dass man sich nach vierzig Ehejahren noch alles merkt? Nee, mein Lieber. Ich bin froh, wenn ich mir die Wochentage merken kann«, entgegnete Tal. »Suchen Sie gleich nach ihr? Katharina ist noch nie fortgeblieben. Normalerweise ruft sie an, wenn's später wird.«

»Besitzt Ihre Gattin ein Handy?«

»Quatsch, wo denken Sie hin?«, wehrte Tal mit der flachen Hand ab. »Sie hasst diese Dinger. Bis wir alten Leute damit umgehen können, sind wir gestorben. Nee, nee, wir telefonieren auf die altmodische Art. Aber schon ohne Wählscheibe und Kabel.« Seiner Stimme entnahm man deutlich den Protest.

»Gut.« Der Polizist vermerkte alles im Computer und druckte die Vermisstenanzeige zur Unterschrift aus.

»Und was passiert jetzt?«, fragte Herr Tal ängstlich nach und überflog das Papier. »Werden Sie meine Frau finden?«

»Nun, die Daten werden automatisch in unser Computersystem eingespeist. Alle Polizisten in ganz Europa haben jetzt Zugang. Hat sich beispielsweise Ihre Frau nach Italien abgesetzt und gerät dort in eine Verkehrskontrolle, wissen die Beamten sofort, dass sie in Deutschland vermisst wird.«

»Aha, sie wird doch nicht etwa abgehauen sein? ... Nein, das würde Katharina niemals tun. Dafür liebt sie ihr Zuhause zu sehr.«

Der Beamte presste die Lippen zusammen, schnaufte hörbar durch, als wollte er verlauten lassen, dass man nicht in einen Menschen hineinschauen könne. Ein gewisses Restrisiko blieb bestehen, das war Tal bewusst. Es stand mit seiner Ehe nicht zum Besten. Die Angst, Katharina könnte einen anderen Mann haben, trieb Wolfgang schon seit Längerem um.

»Eine letzte Frage, Herr Tal. Halten Sie es für möglich, dass Ihre Frau sich das Leben nehmen wollte? Womöglich gäbe es dann einen Abschiedsbrief.«

Tal schaute sein Gegenüber entrüstet an und schüttelte abgehackt mit dem Kopf.

»NEIN, wo denken Sie hin? Katharinas Herz eine Mördergrube? Nein! Wenn meine Frau Probleme hatte, hat sie die gelöst. Nicht auf die nette Art, aber sie hat sie gelöst.«

»Gut, wir melden uns, sobald wir etwas haben. In der Regel klären wir fast jeden Fall auf.«

Tal musterte den Beamten erwartungsvoll. »Na, das ist ja beruhigend. Nur leider nimmt es mir nicht die Angst, dass meiner Frau etwas zugestoßen sein könnte. Wissen Sie, sie ist nicht gerade beliebt und hat an allem etwas auszusetzen. So ein richtiger Motzkopf, sag ich Ihnen. Aber das bleibt unter uns!« Mehr fiel ihm zu diesem Thema nicht ein. Derlei Gespräche mochte er ohnehin nicht. Tal wollte noch etwas fragen, war aber momentan nicht in der Lage.

Der andere nickte mit einem gekünstelten Lächeln und schien sich seinen Teil zu denken. Nachdem der Rentner gegangen war, machte sich der Beamte eine Notiz auf der Vermisstenanzeige, um sicherzugehen, dass ihm nichts entgangen war.

Jahresanfang

8. Alarmierende Zeichen

Etwas war anders, dachte Charlotte Kaufmann, als sie sich an diesem Morgen ihrer Bekannten Maria Schulz gegenübersitzen sah. Neugierig ließ sie den Blick über die Pensionärin schweifen und wusste nicht, was sie an ihr störte. Eigentlich war sie wie immer: Etwas ungepflegt um die Haare herum, mit pinkfarbenem Pullover, der wie all ihre Kleidung in die Jahre gekommen war. Woran lag es dann? Vielleicht ihr altes Gesicht, in dem sich das Leben wie eine Landkarte mit ihren Höhen und Tiefen eingekerbt hatte? Oder etwa die kleinen Lachfältchen rings um die Augen, welche sich auf und ab bewegten, sobald Maria lachte. Und das tat sie oft. Nicht selten kam ein flotter Spruch über ihre Lippen, mit dem sie ihr Umfeld für gewöhnlich zu reizen pflegte. In der Seniorenresidenz *Wolkenlos*, eines der mondänsten Altenheime Deutschlands, in dem die beiden wohnten, mochte man Maria oder man mochte sie nicht.

»Na, wat kieken Sie mich denn so an? Is mal wieder wat mit meenen Haaren? Dabei habe ick mir die Dinger vorhin gekämmt.«

Charlotte lehnte den Kopf zurück und legte eine rote Haarsträhne hinter ihr Ohr. Nachdenklich blickte sie zu Maria, musterte sie. »Ich weiß nicht, ich weiß nicht … aber irgendetwas ist heute anders als sonst.«

Maria zauberte ein strahlendes Lächeln auf ihre Lippen. »Na, wird ja och mal Zeit, dass Sie dit bemerkten. Klar ist wat anders an mir. Ick habe mir nämlich einen neuen Lippenstift jeleistet. Wie jefällt Ihnen die Farbe?«

Ohne nachzudenken, ob sie ihre Bekannte beleidigen würde, antwortete Charlotte mit nur einem Wort: »Scheußlich.« Im selben Moment tat ihr die voreilige Bemerkung auch schon wieder leid. Doch nun war es raus.

Maria schaute Charlotte entrüstet an, legte ihre Stirn in tiefe Falten und es schien, als würde sie gleich ein Donnerwetter loslassen. »Echt? Finden Sie? ... Na ja, wenn ick ehrlich bin, finde ick die Farbe och scheußlich. Pink steht mir einfach nicht.« Gleichzeitig wischte sie mit der flachen Hand über ihren Mund, rieb noch einmal fest darüber hinweg und strich die Lippenstiftfarbe an ihrer Frühstücksserviette ab. Unterdessen schauten die übrigen Heimbewohner belustigt zu Maria.

»Nein, Maria, Pink steht Ihnen definitiv nicht.« *Endlich bemerkt sie es. Vielleicht entsorgt sie dann auch die grässlichen Pullover. Verstehe sowieso nicht, warum Maria sich von diesen alten Teilen nicht trennen mag. Immerhin hat sie jetzt genügend Geld, um sich modische Kleidung zu kaufen. Ein Lottogewinn passiert einem auch nicht alle Tage.* Doch kaum dass Charlotte ihre Gedanken weiterspinnen konnte, kam auch schon die entsprechende Antwort von Maria. »Jetzt wo ick so ville Geld habe, könnte ick och mal die Farbe wechseln. Wat halten Sie von Hellblau?«

Charlotte schüttelte nur den Kopf und wusste, ein weiteres Gespräch führte ins Nichts. Über Geschmack ließ sich bekanntlich nicht streiten. Eines war so sicher wie das Amen in der Kirche. Maria hatte absolut kein Händchen für ein attraktives Äußeres. Sie blieb, was sie war. Liebenswert mit großem Berliner Mundwerk, das Herz am richtigen Fleck. Ihr Outfit brachte allerdings so manch einen zum Lachen.

»Maria, lassen wir das. Und was gibt es sonst noch Neues?«, erkundigte sich Charlotte und wusste, dass Maria ihr stets eine Nasenlänge an Informationen voraus war.

Maria lehnte sich gegen die Stuhllehne, schaute sich konspirativ um und nahm einen Schluck aus ihrer Tasse. Inzwischen war der Kaffee kalt geworden, sodass sie sie verärgert auf den Unterteller zurückstellte. »Kalter Kaffee, igitt. Da rollen ja einem die Zehennägel hoch.«

»Na, wenn das so ist, bestellen Sie sich einen neuen!« Charlotte rollte unbemerkt mit den Augen.

Nachdem das Kaffeeproblem gelöst worden war, erzählte Maria von Frau Lühnen, einer erst kürzlich eingezogenen Rentnerin in der Residenz. Diese besitze ein Haus, das jetzt einem ihrer Kinder übertragen werden solle. Den anderen wolle man eine finanzielle Entschädigung zukommen lassen, über deren Höhe man jetzt wohl streite, sagte Maria und zeigte sich gleichfalls schockiert. Am Ende wollten zwei der drei Nachkommen das Elternhaus verkaufen, obwohl es auf Wunsch der Eltern im Familienbesitz bleiben solle.

»Mann, da bin ick echt froh, dass ick keene Kinder habe. Stellen Sie sich dit mal vor! Da ziehen Sie die Rotzlümmel groß und kriegen als Dank einen Schuh in den Allerwertesten geschoben. Nee, wat für eine Unverschämtheit. Sollen die Gören doch dit Vermächtnis der Eltern akzeptieren und sich auf 'ne Summe einigen. Aber nee, stattdessen bekommen die den Hals nicht voll jenug. Dit ist doch keen Gemüsestand, wo der eine den anderen fragt, obs noch 'nen bisgen mehr sein darf.«

119

»Verehrteste, da stimme ich Ihnen zu. Zumindest geht es hier um einen Familienstreit und nicht um Mord. Andererseits hat sich erneut ein Mord der brutalen Art kurz vor Weihnachten bei uns ereignet. Wir konnten darüber noch nicht ausführlich reden. Sie weilten in ihrer alten Heimat Berlin«, tat Charlotte pikiert.

»Jetzt spielen Sie nicht gleich die beleidigte Leberwurst. Ick konnte doch nicht ahnen, dass sich zu Weihnachten ein Mord ereignen würde. Mensch, mit 'nem Weihnachtsbaumbrand hätte ick jerechnet, aber doch nicht mit 'nem Mord. Erzählen Sie, wat is passiert?«, fragte Frau Schulz wissbegierig nach.

Charlotte antwortete nicht. Sie schwieg für einen kurzen Moment und legte gleichzeitig den Zeigefinger auf ihren Mund.

Maria, die ihre Geste verstand, formulierte flüsternd: »Okay, habe begriffen, dann quasseln wir eben später darüber.«

Charlotte nickte ihr wortlos zu. Im Anschluss legte sie das Besteck rechts auf den Teller und putzte sich mit der Stoffserviette die letzten Brotkrumen vom Mund. Sie war gewillt aufzustehen, weil sie das Frühstück für beendet sah.

***

Während die Seniorinnen sich am Vormittag zusammensetzten, machten sich die Tals unabhängig voneinander Sorgen. Noch immer hatte man keinen Hinweis auf den Verbleib von Katharina Tal. Sie war wie vom Erdboden verschluckt.

Seit drei Wochen bangte Wolfgang Tal nun schon um seine Frau. Noch immer gab es kein Lebenszeichen von ihr. Eine Suchanzeige der Polizei in der örtlichen Tagespresse, unmittelbar nach dem Verschwinden der Rentnerin, blieb ohne ein nennenswertes Resultat. Die Ordnungshüter gingen davon aus, dass sich Frau Tal am Abend des 6. Dezember nach dem Verlassen der Kirche etwa gegen 20.00 Uhr noch in der Stadt aufgehalten hatte, und suchten daher nach Augenzeugen. Allerdings gingen nur wenige Anrufe bei der Polizei ein, und diese erwiesen sich als haltlos. Die Rentnerin blieb unauffindbar. Inzwischen ging man von einem Unfall oder einem Gewaltverbrechen aus. Die umfangreiche Fahndung mithilfe von Mantrailer-Hunden sowie der Feuerwehr Konstanz blieb ohne ein Ergebnis. Die Nachforschung nach der alten Dame sollte sich recht schnell als *die Suche nach der Stecknadel im Heuhaufen* herausstellen, meinten die Beamten. Es gab keinerlei Informationen zu ihrem Aufenthaltsort. Typische Routen, die die Rentnerin für gewöhnlich genommen hatte, wurden von den Suchhunden abgegangen, ebenso ohne Erfolg.

Wolfgang Tal war nicht mehr er selbst. Wie ein Hund schlich er in der Wohnung umher. Vergeblich suchte er nach Anhaltspunkten, die einen Hinweis darauf boten, wo sich Katharina aufhalten könnte. Die Angst, dass sie sich in einen anderen verliebt hatte, wurde für ihn zur großen Hoffnung. Hätte sie es getan, hätte er die Gewissheit, dass sie noch am Leben war. Am schlimmsten war die Ungewissheit. Wolfgang Tal schwebte zwischen Hoffen und Bangen. Vielleicht war sie auf ihrem Spaziergang, von dem er gewusst hatte, gestürzt und hatte sich den Kopf angeschlagen. Womöglich war sie in den Bodensee gefallen und jämmerlich ertrunken. Für den Rentner schien es die einzig plausible Erklärung. Man hörte hier und da vom Verschwinden älterer Leute. Je mehr er darüber nachdachte, desto wahrscheinlicher wurde für ihn die Theorie eines Unfalls. Tagelang suchte Tal das Bodenseeufer nach ihr ab und fragte in der Kirchengemeinde nach, ob jemandem etwas Ungewöhnliches an seiner Frau aufgefallen sei. Auch die Bekannte, Frau Maier, mit der Katharina Tal angeblich noch ein Glas Sekt trinken wollte, bat er um Hilfe. Ausgerechnet an jenem unsäglichen Dienstag hatte Frau Maier mit einer Erkältung im Bett gelegen. Tal machte sich Vorwürfe, seine Frau nicht begleitet zu haben. Die Worte *hätte* und *wäre* wurden für ihn zum ständigen Weggefährten. *Wäre ich nur mit ihr gegangen, dann hätte sie keinen Unfall erlitten.*

Seine Nächte wurden ruhelos. Er stand auf, ging zum Kühlschrank, trank etwas und legte sich wieder zu Bett. Dann schlief er ein paar Stunden, wälzte sich unruhig umher, bis der Albtraum von Neuem begann. Der Rentner nahm sich kaum mehr Zeit zum Essen und musste mit Erschrecken feststellen, dass er sich in der eigenen Küche nicht auskannte. Für gewöhnlich hielt seine Gattin hier das Zepter in der Hand. Tal verlor zudem an Gewicht.

Die Feiertage im Kreise seiner Kinder konnten Wolfgang Tal nicht über den Verlust der Frau hinweghelfen. Zwar bemühten sich die Töchter, ihn auf andere Gedanken zu bringen, doch von Festtagslaune und gutem Essen wollte er nichts wissen. Nach den jeweiligen Pflichtbesuchen ging er nach Hause und schaute in aller Abgeschiedenheit einige Male zu sehr in die Flasche. Er ließ sich gehen, wusch sich nur noch sporadisch und verbrachte den Tag lieber im Pyjama statt in alltagsgerechter Kleidung. In der Küche türmte sich längst das schmutzige Geschirr. Selbst die Fenster hielt er weitestgehend geschlossen. Die Sache mit seiner Gattin hatte sich schnell in der Straße herumgesprochen. Darüber hinaus fühlte sich Tal durch seine Nachbarin beobachtet, die täglich von ihrem Fenster aus zu ihm hinüberblickte. Sie hoffte wohl, Neues zu erfahren, um es in der Nachbarschaft herumzuerzählen. Die Langeweile hatte auch diese Rentnerin fest im Griff.

Nach einer durchzechten Nacht raffte sich Wolfgang Tal am Neujahrsmorgen schließlich wieder auf. Mit dem Chaos wollte er nicht weiterleben, war seine Überlegung nach ein paar resignierten Wochen. Erneut begab er sich ans Ufer des Bodensees und hielt Ausschau nach seiner Frau. Vielleicht war sie inzwischen ans Land geschwemmt worden. Doch auch jetzt trieb die Hoffnung wie ein Herbstblatt im See dahin. Das neue Jahr begann ohne Katharina und er wünschte, dass es gemeinsam mit ihr enden würde.

Frierend zog er den Reißverschluss vom Anorak bis unters Kinn und vergrub die Hände in den Taschen, bis er wie aus dem Nichts hinter sich eine Jungenstimme rufen hörte: »Weg frei! Platz da! Jetzt komme ich.«

Herr Tal schaute sich überrascht um und bemerkte, dass er auf dem Fahrradweg gelaufen war. Gerade noch rechtzeitig sprang er zur Seite und rief dem kessen Burschen mit Baseballkappe und roter Jacke entgegen: »Rotzlümmel, kannst du nicht aufpassen?« Tals Stimme klang böse, zudem fuchtelte er mit den Armen umher.

Eine Frau mittleren Alters, wohl auch auf ihrem Neujahrsspaziergang unterwegs, schüttelte den Kopf und meinte in ruhigem Ton: »Der Junge hat es doch nicht so gemeint. Immerhin hat er gerufen. Kaum auszudenken, wenn er sie überfahren hätte.«

»Jaja, verteidigen Sie ihn nur«, polterte Tal heraus.

»Nein, das mache ich nicht. Der Fahrradweg ist deutlich gekennzeichnet. Man sollte sich daran halten.« Die Dame schaute Tal musternd an und fügte mit warmer Stimme hinzu: »Geht's Ihnen nicht gut? Sie sehen blass aus.«

Tal besann sich und musste der Unbekannten beipflichten. Sein tiefes Schnaufen war deutlich zu vernehmen. »Lassen Sie mich in Ruhe!«, antwortete er verärgert und war im Begriff zu gehen.

»Jetzt beruhigen Sie sich doch! Ich wollte Ihnen mit der Frage nicht zu nahe treten«, versuchte sie, einzulenken.

Herr Tal drehte sich erneut zu ihr herum und gab sich versöhnlich. »Meine Frau ist verschwunden. Ich weiß nicht mehr, wo ich sie noch suchen soll.«

»*Verschwunden?*«, wiederholte die nette Dame überrascht. Sie schaute Tal mit weit geöffneten Augen an.

»Sie ist nicht mehr nach Hause gekommen.«

»Waren Sie schon bei der Polizei?«

Tal nickte mit weinerlichen Augen. »Die kommen auch nicht weiter.«

»Mhm. Und ein Privatdetektiv?«

»Privatdetektiv? Was ist denn das für eine Räuberpistole? Nee, nee, der kostet nur Geld und am Ende kommt eh nichts dabei raus.«

»Mögen Sie mir über Ihre Frau erzählen? Manchmal

hilft das und manchmal fällt einem etwas ein, woran man nie gedacht hätte«, meinte die Frau fürsorglich.

»Woher wollen Sie das wissen? Sind Sie etwa von der Polizei?«

Sie begann zu lachen und zeigte ihre wohlgeformten Zähne. »Woher? Ich bin leidenschaftliche Krimileserin. Aus Büchern lernt man das.«

Tal schaute sich die Dame genauer an. Sie wirkte elegant, als käme sie vom Skifahren. Ihr Gesicht war braun gebrannt, die Kleidung chic und teuer. Tal schaute über die tailliert schwarz-glänzende Steppjacke, die eng anliegende Hose sowie den halbhohen Stiefeln. Ihre rot geschminkten Lippen setzten einen farblichen Akzent zum pechschwarzen Kurzhaarschnitt. *Vermutlich färbt sie sich die Haare*, dachte Tal. »Ach wissen Sie«, druckste er, »eigentlich bin ich nicht in der Verfassung zum Reden. Ich kenne Sie doch gar nicht.«

»Entschuldigung, ich war zu forsch. Wissen Sie, ich lese nicht nur Krimis, sondern schreibe sie auch. Das ist eine Marotte von mir, Leute auszufragen.«

Tal fand sie nett, dennoch hatte er keine Lust auf ein Gespräch. »Interessant«, sagte er monoton und versuchte, sich aus der Affäre zu ziehen. »Ich muss jetzt gehen. Meine Kinder warten mit dem Mittagessen.«

Doch als Tal sich umdrehen wollte, um zu gehen, folgte ihm die Fremde. »Kein Problem, dann ein anderes Mal. Wenn Sie reden wollen, rufen Sie mich an! Hier, meine Visitenkarte. Ich freue mich, vielleicht kann ich Ihnen helfen.«

Tal nahm die Karte. *Elisabeth Sandhofen – Autorin – Künstlerin – immer neugierig*, las er und blickte auf das vergilbte Papier. »Sie sollten sich neue Karten drucken lassen. Diese hier ist alt«, sagte er und schaute Frau Sandhofen erwartungsvoll an.

Elisabeth Sandhofen musste erneut lachen. »Das ist Absicht. Die Karte soll einem alten Schwarz-Weiß-Foto gleichen.«

Tal blickte verunsichert. *Typisch Künstlerin! Immer neugierig, ist wohl eine Art Berufskrankheit von ihr. Ähnlich einem Lehrer, der schulmeistert.*

»Wenn Sie mögen, besuchen Sie doch heute Abend meine Neujahrslesung in der Volkshochschule. Ich lese aus meinem aktuellen Krimi vor. Ich freue mich über Ihr Kommen.« Die Einladung war eher rhetorischer Natur. Noch während Frau Sandhofen sie aussprach, ahnte die Autorin schon, dass er sie ausschlagen würde.

»Lesung? Ich lese nur die Tageszeitung. Aber danke. Ich frage mal meine Tochter, die verschlingt regelrecht Bücher. Oder meine Frau ...?« Sogleich legte sich eine riesige Sorgenfalte über seine Stirn.

»Tun Sie das, vielleicht bis heute Abend? Machen Sie es gut.« Elisabeth Sandhofen reichte Wolfgang Tal ihre schmale Hand, die er ergriff, als müsste er sie halten. In diesem Moment spürte er einen warmen Schwall in seinem Körper emporsteigen und er deutete ihn als Lebenszeichen seiner Frau. Tal hatte zwar den Glauben an Gott verloren, doch es schien, als hätte er ihn nicht vergessen. Zumindest hoffte er es.

Nachdenklich drehte Tal sich um. Er ging ein paar Schritte, stoppte und schaute noch einmal der Unbekannten nach. So unerwartet sie in sein Leben getreten war, so rasch war sie verschwunden. Anfangs glaubte er noch, er hätte die Begegnung nur geträumt. Doch den Beweis hielt er in den Händen. Wie einen kostbaren Schatz steckte er die Visitenkarte in den

Anorak. Die Möglichkeit eines Wiedersehens war nicht von der Hand zu weisen. Das wohlig warme Gefühl, das gerade in ihm wohnte, war es wert, ihre Bekanntschaft gemacht zu haben. Frohen Mutes ging Wolfgang Tal nach Hause. Die Begegnung hatte ihre Spuren hinterlassen. Tal krempelte sprichwörtlich die Ärmel hoch und räumte die Wohnung auf. Endlich fühlte er sich darin wieder wohl. Nach der erledigten Arbeit griff er zum Telefon, um seine jüngere Tochter Natascha anzurufen.

»Hallo Nadi. Kennst du eine Elisabeth Sandhofen?«

»Hallo Paps, schön, dass du dich meldest. Wie geht's dir?«, fragte sie besorgt nach.

»Besser mein Kind. Ist schwer ohne deine Mutter«, antwortete er traurig.

»Das glaube ich dir«, entgegnete die Tochter und machte eine kurze Pause. »Sandhofen? Die schrieb in den Neunzigern einige Bestseller. Ihre Bücher sind alle verfilmt worden. Wieso fragst du?«, gleichzeitig rief sie jemandem zu, er solle sie in Ruhe telefonieren lassen.

Tal rief erfreut in den Hörer: »Bestell dem Zwerg liebe Grüße und frag ihn, ob er morgen mit seinem Opa ins SEA LIFE gehen möchte!«

»Mach ich, Papa. Wieso fragst du nach dieser Sandhofen?«

»Ach, ich bin ihr vorhin begegnet und sie hat mich zu ihrer Lesung heute Abend eingeladen.«

»DICH?! Wo du viel liest«, kam es skeptisch von der Tochter. »Soviel ich weiß, wohnt sie in der Nähe von Konstanz. Irgendwo am See. Ein Kollege hat sie mehrmals im Porsche-Zentrum in Singen gesehen. Sie fährt das gleiche Auto wie er«, erzählte Natascha und setzte seufzend nach: »Tja, Autor müsste man sein.«

»Ach? ... Die Sandhofen hat mich eingeladen. Da staunst du was? Ich habe mit Lesen nichts am Hut. Wenn du willst, geh hin!«, sprach der Vater.

»Wollte ich, die Karten sind ausverkauft«, meinte sie resigniert.

»Ausverkauft? Dann gehst du statt meiner!«

»Ich überleg's mir, Paps. Muss erst mit Uwe sprechen. Einer sollte bei den Kindern bleiben.«

»Aber nicht immer du!«, widersprach Tal. »Dein Mann denkt sowieso nur an sich. Jetzt bist du an der Reihe. Wenn du magst, passe ich auf die Kleinen auf. Was meinst du?«

»Das ist lieb von dir, Paps. Aber ich denke, du hast andere Sorgen. Gibt's was Neues wegen Mama? Ich weiß schon gar nicht mehr, was ich den Kindern sagen soll. Sie glauben, ihre Oma wäre zur Kur. Falls sie dich fragen, erzähl ihnen bitte nichts. Dafür sind sie noch zu klein.«

Tal hatte Bauchschmerzen. Wäre es doch nur so, wie Natascha sagte. Langsam schwand seine Euphorie dahin und er kehrte in seinen alten Gemütszustand zurück. Das Quäntchen Glück, das er dank Elisabeth Sandhofen erleben durfte, wollte er sich auf keinen Fall wieder nehmen lassen. Es brauchte diese Zuversicht, um den Alltag zu bewältigen.

***

»Na, Maria, schade dass ich das neue Jahr alleine begrüßen musste. Es war herrlich am See, sage ich Ihnen.«

Charlotte Kaufmann zog ihren wollenen Mantel aus und legte ihn über die Stuhllehne des Wiener

Kaffeehauses, das sich in der Seniorenresidenz befand. Der gut betuchte Kreis an Senioren liebte das Kleinod an Lokalität. Zum einen, weil es im Haus lag, und zum anderen, weil es hier die besten Torten, Kuchen sowie Pralinen weit und breit gab. Die hauseigene Patisserie machte es möglich.

Maria hatte bereits ihr tägliches Stück Torte bis auf die Hälfte verzehrt.

»Hach, jetzt ein schönes Stück Torte und eine Tasse Kaffee und schon geht's mir wieder gut. Ist kalt draußen. Umso schöner ist es, wenn man wieder ins Warme kommt«, sagte Charlotte strahlend und rieb sich genüsslich die Hände.

Maria blickte von ihrem Kuchenteller hoch. »Sehen Sie, deshalb bin ick gleich in der warmen Stube jeblieben. Draußen ist's mir zu kalt. Ick muss schließlich auf mich achtjeben. Son Schnupfen ist in unserem Alter nicht ohne.« Sie meinte es tatsächlich ernst.

Charlotte musste schmunzeln und gab bei der Serviererin ihre Bestellung auf. Eine Tasse Kaffee sowie ein Stück Schwarzwälder Kirschtorte. Gleichzeitig legte sie einen Flyer vor Marias Augen, die ihn sogleich skeptisch musterte.

»Wat is denn dit? Lesung???«, versuchte Maria, das Kleingedruckte unter Mühen zu entziffern.

»Elisabeth Sandhofen liest heute Abend in der VHS aus ihrem neuen Krimi vor«, erklärte Charlotte.

»Sandhaufen? Wat is denn dit für ein komischer Name? Die sagt mir nüscht. Und Krimis, erleb ick mit Ihnen doch jeden Tag.«

»Maria, die Dame heißt Sandhofen und nicht Sandhaufen! Die Lesung wird bestimmt interessant. Geben Sie sich einen Ruck!« *Sie kommen mit, da gehe ich jede Wette ein,* dachte Charlotte und machte ein erfreutes Gesicht über den soeben erhaltenen Kuchenteller.

»So viel Ruck kann es gar nicht jeben, das ick zu so wat jehe«, nölte Maria und schaute neidvoll auf den unberührten Kuchen ihrer Bekannten. Ein zweites Stück gönnte sie sich nicht. Der Verzicht fiel ihr sichtlich schwer. *Andererseits 'nen bisschen kieken ist och nicht so verkehrt. Hier wird man janz rammdösig. Ständig alte Leute. Und wenn ick doch noch 'nen Stückchen Kuchen esse? Platz wäre schon im Magen.*

9. Mord wider Willen

Charlotte verstand es, Maria zur abendlichen Lesung von Frau Sandhofen zu überreden. Durch geschicktes Ermuntern konnte sie ihre Bekannte dazu bewegen, indem sie erklärte, wie wichtig es sei, sich in einen Mörder hineinzuversetzen. Sie sah die Lesung gewissermaßen als Trockentraining, um herauszufinden, wer der Mörder in Elisabeth Sandhofens Krimi war. Auf Marias Einwand brauchte Charlotte nicht lange warten. Sie meinte, einen Film anzuschauen, habe den gleichen Effekt. Außerdem könne sie den in ihrem Appartement sowie in gemütlicher Kleidung sehen.

Die Damen nahmen ein Taxi vom ortsansässigen Taxiunternehmen Rumer, das Charlotte für gewöhnlich zu nutzen pflegte. Bei schlechtem Wetter fuhr Herr Rumer sie persönlich zu ihrem Sohn. Da das Auto nicht unmittelbar vor der VHS parken konnte, gingen die Rentnerinnen die letzten Schritte zu Fuß. Vor dem Gebäude hatte sich eine Menschentraube gebildet.

»Wat ist denn dit? Wollen die etwa alle zu dieser Krimitante?« Maria packte ihre abgewetzte Umhängetasche an den Henkeln und drückte sie vor ihren Leib, bis sie von hinten geschubst wurde. Sie stolperte. Gerade noch rechtzeitig hielt sie ein neben ihr stehender Mann mit Brille am Arm und verhinderte das Schlimmste.

Wütend riss Maria sich von ihm los. Sie streifte mit der Hand über ihren alten unmodernen Mantel und schüttelte sich, als säße ein Ungeziefer auf ihrem Ärmel. Ein derartiges Gedränge hatte Maria Schulz letztmalig in der Berliner U-Bahn erlebt. Dort wusste sie, was sie erwarten würde. Jedoch hier nicht. Mit bösem Blick schaute sie zu dem jungen Mann hinauf. »Können Sie nicht ufpassen?«

»Entschuldigung! Hätte ich Sie nicht gehalten, wären Sie gestürzt«, erklärte er bestimmend.

Maria schrak zusammen. Demzufolge stand sie ihrem Retter gegenüber. »Oh, dit wusste ick nicht. Na, nüscht für unjut. Danke, junger Mann!« Maria reichte ihm die Hand, schüttelte sie ausgiebig, bis der Fremde sie ihr entzog.

»Dürfte ich Sie vielleicht zur Lesung begleiten? Ich bin ein Bekannter der Autorin«, fragte der Unbekannte höflich nach. Er reckte den Hals und blickte zum Eingang.

Maria kam der Aufforderung ohne Widerspruch nach. »Menno, ick sollte uf meine alten Tage lieber zu Hause bleiben. Ist viel zu jefährlich draußen«, ächzte sie und fügte an: »Klaro, warum nicht. Dit wäre wirklich nett von Ihnen. Nehmse och meine Freundin mit?«

Er nickte. »Kommen Sie bitte!«

Der Unbekannte lief voran. Maria folgte ihm mit Charlotte in das altrosefarbene Gebäude. Unmittelbar im Haus ging das Gedränge weiter. Der Ansturm an Interessierten hörte auch hier nicht auf.

Maria knuffte Charlotte in die Seite. »Muss ein richtiger Star sein, Ihre Schriftstellerin. So viele Leute kenne ick nur von Berlin. Suchen wir uns ein ruhiges Plätzchen!«

Der Mann wies den Damen den Weg zur Garderobe. Im Anschluss bat er sie zu sich in die erste Reihe des theaterähnlichen Saales.

»Nehmen Sie bitte hier Platz! Diese Sitzplätze reserviert die Autorin gewöhnlich nur für Freunde.« Er zeigte auf die vordere Stuhlreihe, hinter der sich zehn weitere anschlossen.

Die Rentnerinnen setzten sich mit einem Seufzen auf die Holzstühle. Neugierig schauten sie sich um, bis sich der kleine Saal mit Gästen gefüllt hatte. Eine Viertelstunde später wurde es still. Lediglich das Stühlerücken vermischt mit Räuspern hörte man noch, bis auch das nachließ.

Für ein paar Sekunden herrschte eine angenehme Ruhe, die fast schon meditativ war. Das Licht ging aus, ein Scheinwerfer an. Er leuchtete auf einen moosgrün karierten Ohrensessel, in der vorderen linken Ecke.

Mit einem Mal trat hinter dem Vorhang eine dunkel gekleidete Frau von etwa Mitte fünfzig hervor. Sie setzte sich in den Sessel, positionierte die Lesebrille auf ihrer Nase, unterdessen sie das Publikum musterte. »Guten Abend«, sagte sie lächelnd und schlug das rechte Bein über das linke. »Ich freue mich, dass Sie heute hierhergefunden haben. Immerhin haben wir Minusgrade«, sie streckte den Kopf leicht nach rechts, wies in Richtung des Konstanzer Münsters, »exemplarisch für meinen Krimi.« Neben ihr stand ein Tisch mit einem Buch obenauf. Sie nahm es und blätterte darin herum.

Maria schaute fragend zu Charlotte. »Was hat die Kälte mit ihrem Buch zu tun?«, flüsterte sie.

»Pst! Hören Sie zu!«, rügte Charlotte ihre Sitznachbarin. Die einleitenden Sätze der Autorin hörte sie allerdings durch Marias Störung nicht.

»Es war ein kalter Tag im November«, begann Elisabeth Sandhofen vorzulesen. Sie schaute kurz ins Publikum, konzentrierte sich dann auf ihren Text. »Als Vorbote des Winters war er gekommen, mit einem Hauch von modrigem Laub und einem Himmel wie von einem Gewitter. Aber nach drei Stunden Streife entlang der Schönhauser Allee sehnte sich die Streifenpolizistin Astrid Girey nur noch nach einem heißen Kaffee und ihrem warmen Büro. Sie bewegte den Zündschlüssel und wollte gerade den Motor starten, als sie unerwartet schrie: ›Moment mal! Da ist er wieder.‹

Marias Kopf sank nach vorne. Sie zuckte kurz, hob ihn wieder, doch es half nichts. Der Sekundenschlaf holte die alte Frau zu sich, während Charlotte der Lesung folgte. Die Dunkelheit im Saal verbarg Marias Missgeschick. Selbst Charlotte blieb es verborgen.

»Stopp! Haltet ihn!«, rief plötzlich eine Frauenstimme, die Maria sogleich in den Saal zurückholte. Gleichzeitig schreckte sie auf.

»WAS? WO?«, fragte Maria ein wenig zu laut und schien verwirrt. Irritiert sah sie sich um, um festzustellen, dass nichts geschehen war. Sie hatte geschlafen.

Die junge Frau rechts von Maria lächelte gekünstelt. Ihrem Blick nach zu urteilen, hatte Maria sie gestört. Nervös nestelte sie an ihrem Tuch herum, das sie leger um den Hals geschlungen hatte.

Ist ja schon jut. Passiert halt mal, dass 'ne alte Frau 'nen Nickerchen macht. Maria rutschte auf dem unbequemen Stuhl hin und her. Beim letzten Teil des Vortrages bemühte sie sich, nicht erneut einzuschlafen. Genauso hatte Maria sich eine Lesung vorgestellt. Langatmig und langweilig. Der Inhalt des Buches blieb Maria verborgen. Stattdessen ging sie in Gedanken das Fernsehprogramm durch. Sie wusste, zu den Feiertagen liefen die besten Filme. Nach Heimatfilmen und Liebesschnulzen stand ihr jetzt der Sinn, nicht nach einem öden Vortrag.

Unerwartet kam Bewegung in den Saal.

Das Publikum klatschte.

Einige trampelten mit den Füßen, andere standen auf.

Volksfeststimmung machte sich breit.

Maria verstand die Welt nicht mehr. Mit einer Lesung verband sie *Ruhe* und *Zuhören,* aber nicht ein derartiges Getöse. In ihren Augen kam das einer Zumutung gleich. Am Ende wollte Charlotte noch ein Autogramm haben oder mit der Autorin sprechen. Oder noch viel schlimmer mit Frau Sandhofen über ihr seltsames Hobby plaudern, das Charlotte den Spitznamen Madame Trüffel in der Seniorenresidenz eingebracht hatte. Ihre Neugierde schien grenzenlos. Zu allem Überfluss zog sie Maria in alles hinein. Das Rentnerdasein der beiden wurde dadurch gehörig auf den Kopf gestellt. Aber wenn Maria ehrlich war, wollte sie es gar nicht anders. *Wer rastet, der rostet*, war ihre Devise.

»Kommen Sie, Maria, aufstehen! Sonst wird die Schlange zu lang.« Charlotte zog ihre Bekannte am Arm. Sie war ungeduldig. Dummerweise versperrte sie der Freundin den Blick nach vorne, sonst wäre Maria die Menschenmenge am Autogrammtisch sofort aufgefallen.

Maria erhob sich. Gleichermaßen staunte sie. »Wat, da wollen Sie sich anstellen? Nur für son Gekritzel? Mensch, wäre dit Elvis oder die Stones würde ick ja noch verstehen, aber für ’nen Schreiberling.« Maria verstand den Trubel nicht.

»Jetzt seien Sie kein Spielverderber, Maria. Elisabeth Sandhofen, ist DIE Krimiautorin Deutschlands. Ihre Bücher wurden alle verfilmt, gleichzeitig in x Sprachen übersetzt. Sie liest nur noch gelegentlich. Das heute war

eine Ausnahme. Ein Wunder, Maria, ein Wunder ...
Ohne Ihr Stolpern wäre uns das nicht passiert ... Wo ist
überhaupt Ihr Retter?« Charlotte schaute sich suchend
um.

Im gleichen Moment stand er vor ihr und bat die
Damen, noch eine Weile zu bleiben. Die Autorin gebe
im Anschluss einen Sektempfang im Kreise von
Freunden und Interessierten, meinte er und lud sie
gleichfalls dazu ein.

Maria war außer sich. Andererseits ein Gläschen Sekt
und ein Häppchen kamen ihr gerade recht. »Jibt's denn
och diese kleenen Scheißerle zum Essen?«, fragte Maria
mit einem Funkeln in den Augen. Sie hatte den Abend
über wenig gegessen.

»Meinen Sie etwa Kanapees?«, erkundigte sich der
Fremde verunsichert.

»Kanapees? Ne, keen Sofa. Gesessen habe ick jetzt
die janze Zeit. Ick meinte solche Häppchen.« Maria
schaute zu ihm hoch und hielt ihre Tasche vor den
Bauch.

Charlotte rückte an Maria heran. »Kanapees sind
Häppchen!«, erklärte sie ihr im Flüsterton.

Maria legte ihren Kopf leicht nach links, verzog ihren
Mund zu einer Schnute und meinte: »Echt? Und ick
dachte, dit wäre wat zum Sitzen. Na, wat soll's, dann
essen wir dit eben.«

Nach einer guten Stunde war der Spuk endlich
vorbei. Alle hatten Autogramme bekommen und
verließen allmählich den Saal. Für Marias Verhältnisse
nicht schnell genug. Sie hatte Hunger und ihr Magen
knurrte unentwegt, sodass es ihr peinlich war. Nachdem
alle gegangen waren, bat Elisabeth Sandhofen eine
Gruppe von etwa zehn Personen in ein Nebenzimmer

der Volkshochschule. Dort hatte man Stehtische mit Blumendekoration aufgestellt. Zudem gab es ein Büfett mit Häppchen, die mit Fleisch, Geflügel, Fisch sowie Käse geschmückt waren. Auch vegetarische Beläge wie Eier oder Frischkäsecreme fehlten nicht. Alles war appetitlich mit frischen Kräutern, Weintrauben, feinen Paprikastreifen, Salat oder Kaviar dekoriert.

»Lecker, Charlotte! Da schlage ick gleich zu«, meinte Maria und warf einen begierigen Blick auf die Speisen.

Charlotte schaute Maria streng an. »Maria, halten Sie sich bloß zurück! Bestimmt möchte Frau Sandhofen noch etwas sagen.«

»Aber mein Magen hängt schon sonst wo«, schimpfte Maria genervt.

Und tatsächlich, nach einer kurzen Ansprache eröffnete Elisabeth Sandhofen das Büfett und wünschte ihren Gästen einen guten Appetit.

Maria war begeistert. Sie setzte zum Sturm auf die leckeren Speisen an. Jetzt gab es für die Rentnerin kein Halten mehr. Sie schnappte sich einen Teller plus Besteck und schritt gleich einer Raubkatze ihr Revier ab. Die ersten Happen säumten sodann ihren Teller, mit dem sie sich wieder zu Charlotte begab.

Der Blick ihrer Freundin verriet nichts Gutes. Doch Maria schaute diskret darüber hinweg. Stattdessen stellte sie sich an einen der Stehtische und begann zu essen. Bis Charlotte sich eine Kleinigkeit vom Büfett geholt hatte, war der Ärger beider verflogen.

Ein Kellner mit knielanger schwarzer Schürze und weißem Hemd brachte den Damen ein Glas Sekt und verwies auf ein gemeinsames Prosit mit der Autorin. Sogleich vernahm man eine allgemeine Unruhe, die sich aus Essen, Trinken und Unterhaltung zusammenfügte.

Gemurmel machte sich breit.

Wortfetzen schwirrten durch den Raum.

Auch vom Nebentisch der Seniorinnen vernahm man Geplauder, in dessen Folge sich eine ältere mit einer jüngeren Frau angeregt unterhielt.

»Nichts«, sprach der Stimme nach die Jüngere. »Nein, immer noch nichts.« Irgendetwas schien sie zu belasten.

»Schlimme Sache, das mit Ihrer Mutter. Ihr Vater erzählte mir heute Vormittag davon«, meinte die Ältere.

»Was sollen wir nur machen?«, gab die Jüngere zurück. »Die unternehmen nichts. Zumindest kommt nichts dabei heraus.«

»Sie meinen die Polizei?«, fragte die andere nach, während die Jüngere nickte und verunsichert an ihrem Sektglas spielte.

Das Wort *Polizei* wurde für Charlotte zum Stichwort. Sie wurde hellhörig, spitzte die Ohren. Die Seniorin drehte sich mit unverhohlener Neugier nach hinten um, musterte die Frauen, eine jüngere mit Bluse und lässigem Halstuch, und erkannte ebenso die Autorin. Interessiert belauschte sie das Gespräch, in dem die jüngere Frau der Schriftstellerin erzählte, wie es um das Verhältnis ihrer Eltern bestellt war. Den Gesprächsfetzen, die der Rentnerin trotz Gelächter und Small Talk zugefallen waren, konnte sie entnehmen, dass die Mutter der Erzählerin vermisst wurde. Schnell konnte Charlotte einen Bezug zwischen Unterhaltung und Realität herstellen. Als eifrige Tageszeitungsleserin wusste sie, dass eine ältere Dame, etwas jünger als sie selbst, seit mehr als drei Wochen verschwunden war. Charlotte hatte sich längst ihre Gedanken gemacht, brachte aber das Ereignis nicht mit einem Mord oder einem Gewaltverbrechen in Verbindung. Vielmehr glaubte sie an einen unsäglichen Unfall. Doch nachdem sie jetzt Einzelheiten über das Verhältnis der Eltern aus dem Munde der eigenen Tochter erfahren hatte, zweifelte die Rentnerin an einem Unfall. *Das stinkt nach einem Mord*, war ihr Resümee. *Und wenn es der Ehemann war?*

»Charlotte!!!«, kam es wie aus der Ferne.

»Ähm, was sagten Sie gleich, Maria?«, fragte Frau Kaufmann und schien irritiert.

Maria fühlte sich von ihrer Freundin vernachlässigt und klopfte ungeduldig mit den Fingern auf den Tisch, bis Charlotte gedanklich zu ihr fand. »Nüscht!«, entgegnete Maria mürrisch und setzte provokant nach: »ICK sagte nüscht! Und Sie? Wo waren Sie schon wieder?«

Charlotte nippte an ihrem Sektglas und trank es in einem Zug aus.

»Na, wat is Ihnen denn über die Leber jelaufen? Gönnen wir uns noch ein Schlückchen?« Maria zeigte auf ihr leeres Glas.

Entgegen ihrer Art, nur ein Glas zu sich zu nehmen, nickte Charlotte ruckartig und meinte, dass sie das jetzt dringend brauche. Von Ferne hörte sie noch das eine oder andere Gesprächsdetail, wandte sich aber wieder Maria zu, um sie nicht weiter zu verärgern.

Maria wechselte ihre Position und trat dicht an Charlotte heran. »Wat is los? Sie sehen aus, als hätten Sie gerade den Leibhaftigen gesehen.« Zeitgleich wurden die Gläser der Frauen befüllt. »Kommen Sie, nehmen Sie 'nen kräftigen Schluck und erzählen, wat passiert ist.«

Charlotte folgte aufs Wort und unterbreitete Maria ihre Vermutung, die sie mit »Wat? Dit jibts doch jar nicht« beantwortete.

»Hätten Sie etwas dagegen, wenn wir gehen? Ich sollte unbedingt mit Rudi telefonieren.«

Maria schüttelte den Kopf. »Ne, aber jetzt wird's doch erst richtig jemütlich. Na ja, wenn Sie meinen.« Die Seniorin leerte ihr Glas, steckte das letzte Häppchen quer in den Mund und gab zu verstehen, dass sie einem Gehen nichts mehr entgegenzusetzen hatte.

Nachdem Maria ihrem Wohltäter die Hand geschüttelt hatte, verließen die beiden die Volkshochschule. Draußen rief Charlotte das Taxiunternehmen Rumer an. Eine Viertelstunde danach fuhren sie davon.

»Sagen Sie, Verehrteste«, begann Maria, »wie hieß überhaupt der Krimi von dieser Sandhofen?«

»Mord wider Willen«, kam es von Charlotte wie fremdgesteuert. In Gedanken löste sie längst ihren neuen Mordfall.

Im Seniorenheim angekommen, fackelte Charlotte nicht lange herum und wünschte ihrer Bekannten eine »Gute Nacht«. Schnurstracks begab sie sich in ihr Appartement. »Wer hätte das gedacht?«, murmelte Charlotte und schüttelte den Kopf. Gleichfalls zog sie ihren Mantel aus und hängte ihn in die Garderobe. Der rasche Blick zur Wanduhr verwies auf zehn nach zehn. Ohne einen Gedanken an die Zeit zu verschwenden, wählte sie die Nummer ihres Sohnes, der seinerseits gähnend in den Hörer sprach: »Hufnagel!« Wie es schien, hatte er nicht auf das Display gesehen.

»Rudi? Bist du das?«

»Mutter, duuuu??? Hast du mal auf die Uhr geschaut?«

»Ja und?«

140

»Und? Es ist viertel elf!«, sagte er barsch und setzte sich aufs Sofa.

»So spät schon?«

»Ich muss morgen ins Büro«, erklärte der Sohn und fügte ein »Leider« an.

»Das ist mir bekannt, deshalb rufe ich an. Wir haben einen neuen Mordfall aufzuklären.«

»WIR?« Allmählich erwachte Hufnagel.

»Ach, lassen wir das! Hör mir genau zu!« Charlotte erzählte ihrem Sohn alles, was sie wusste, alles, was sie in Erfahrung gebracht hatte, und all das, was sie sich daraus zusammengereimt hatte. Am Ende ihrer Ausführung erntete sie nur ein Gähnen und ein lang anhaltendes Durchschnaufen seitens des Sohnes.

»Ist das alles? Eine verschwundene Frau und eine kaputte Ehe? Mensch, Mutter, das ist heutzutage normal. Menschen trennen sich nach dreißig oder vierzig Jahren Ehe.« Hufnagel rollte mit den Augen und zappte ungeduldig mit der Fernbedienung durch die Fernsehsender. Die letzte Viertelstunde vor dem Zubettgehen hatte er sich anders vorgestellt.

»Das nennst du normal? Dein Vater und ich kannten uns fast sechzig Jahre. Von Trennung war nie die Rede.«

»Mutter, willst du jetzt mit mir über eure Ehe reden?« Rudi klang genervt.

»Nein, natürlich nicht. Nimm bitte gleich morgen früh Kontakt zu deinen Kollegen von der Vermisstenstelle auf! Ihr solltet unbedingt dem Ehemann auf die Finger klopfen. Wenn du mich fragst, hat der Dreck am Stecken. Womöglich wollte er die Witwenrente kassieren. Vielleicht hat er eine Geliebte. Die alten Kerle werden im Alter unberechenbar.« Sie hielt kurz inne. »Rudolf, du hast aber keine Geliebte, oder?«

»ICH? Bist du von Sinnen? NEIN! Verrate mir mal, wie ich das anstellen soll? Nach dem Dienst nach Hause hetzen. Essen, zwei Stunden zur Geliebten, dann heim, mit Christine kuscheln und tot ins Bett fallen? Das halte ich keinen Monat durch, dann könnt ihr mich auf dem Friedhof besuchen ... Also red nicht so ein dummes Zeug! Ich liebe meine Frau.«

»Ich weiß, Rudi, ich weiß. Also tust du das gleich morgen früh für mich?«

»Ja, Mutter! Vorausgesetzt, du gehst jetzt zu Bett.«

Charlotte versprach es. Nachdem sie sich bettfertig gemacht hatte, gönnte sie sich auf ihrem Sofa noch ein Gläschen Rotwein, obwohl ihr Pensum für heute an Alkohol gedeckt war.

Etwa nach einer Stunde erhob sie sich ächzend und starrte zur Uhr. Der große Zeiger rückte in diesem Moment auf zwölf, derweil der kleine schon auf der Zahl stand. *Mitternacht. Zeit fürs Bett.*

***

Während die eine Rentnerin sich in ihr bequemes, kuschliges Bett begab, ging am anderen Ende der Stadt eine andere voller Angst in ein knochenhartes. Noch immer befand Katharina Tal sich in einem düsteren Kellerloch, von dem sie nichts wusste. Wo hatte man sie versteckt? Wurde nach ihr gesucht? Allmählich hatte sie den Überblick verloren. Die Armbanduhr, die ihr noch etwas Zeitgefühl vermittelt hatte, war ihr längst genommen worden. Sie brauche sie nicht mehr, meinte ihr Peiniger, bevor er die Uhr auf den Boden geworfen und zertreten hatte.

Frau Tal hatte dabei die Fassung verloren. Wut war in ihr emporgestiegen. Nur ihre Schreie hörte niemand.

Die Stille im Keller war jetzt so dicht wie die Dunkelheit, die hier herrschte. Sie schnappte nach Luft, als bekäme sie keine mehr. Ein Gefühl von Ersticken umgab sie. Der Zeitpunkt dafür war egal und änderte nichts an ihrer Ausweglosigkeit. Nur eine einzige Frage beschäftigte sie noch. Die quälende nach dem Warum. Warum war sie hier? Warum war ausgerechnet ihr das passiert? Und warum bekam sie darauf keine Antwort?

10. Montag, 2. Januar

Das ist doch alles an den Haaren herbeigezogen. Der Ehemann ein Mörder? Es muss schon was Gravierendes passieren, um zu solch einer Tat fähig zu sein, dachte Rudolf Hufnagel auf dem Radweg zum Präsidium, derweil er Morgenluft einatmete. Dennoch wollte er der Bitte seiner Mutter nachgehen. Wäre seine Frau verschwunden, würde er sich ebenso sorgen.

Als er das Büro betrat, war es darin noch dunkel und kalt. Seit einer Woche hatte hier niemand mehr gearbeitet. Alle waren in ihren wohlverdienten Urlaub gegangen und würden demnächst erscheinen. Hufnagel öffnete die Fenster, befüllte die Gießkanne und goss die Pflanzen. Danach fuhr er den Computer hoch.

Im gleichen Moment ging die Tür auf und Nadine Andres, seine Kollegin, betrat den Raum. Sie ging zu Hufnagel und streckte ihm die Hand entgegen. »Gutes neues Jahr!«, wünschte sie. »Machen wir weiter, wo wir letztes Jahr aufgehört haben. Brrr, ist kalt hier.« Kurz darauf schloss sie die Fenster wieder, drehte die Heizung auf die höchste Stufe und hängte ihre Kapuzenjacke in den Kleiderschrank. »Ich brauche jetzt erst einmal einen Kaffee. Sie auch?«

Hufnagel willigte ein. Er genoss das morgendliche Bemuttertwerden.

Zehn Minuten später saß ein jeder an seinem Computer, las die unbearbeiteten Mails, bis Hufnagel die Ruhe störte. Er musste dringend telefonieren, bevor die Hektik im Büro Einzug halten würde.

»Hufnagel! Habt ihr etwas Neues über die vermisste Rentnerin?«, fragte er in den Hörer. Anscheinend erhielt er eine verneinende Antwort. »Mhm, was ist mit dem Ehemann? Habt ihr euch mal darum gekümmert? Möglicherweise war es Mord.«

Nadine wurde hellhörig. Mord gehörte zweifelsfrei in ihr Ressort.

»Nicht? Keine Leiche, kein Mord! Blödsinn!«, schimpfte Hufnagel. »Und wenn der Täter die Frau im Wald verscharrt hat? Mensch, warum hat sich keiner bei uns gemeldet? Die Frau ist seit über drei Wochen verschwunden. Nur weil sie alt ist, kann sie trotzdem ermordet worden sein. Wir müssen alles in Betracht ziehen, selbst ein Gewaltverbrechen.« Erbost knallte Hufnagel den Hörer auf den Telefonapparat.

»Was ist los, Herr Kollege? Geht's um die verschollene Frau? Sie tun den Kollegen von der Vermisstenstelle unrecht. Es gab keinen Anhaltspunkt für einen Mord. Hübner hat bereits mit dem Ehemann der Vermissten gesprochen. Für ihn war er nicht verdächtig. Wie kommen Sie darauf, dass er der Mörder ist?« Nadine erhob sich vom Stuhl, griff ihre noch warme Kaffeetasse und ging an Hufnagels Schreibtisch. Einen Schluck nehmend, schaute sie erwartungsvoll zu ihrem Kollegen hinab.

Hufnagel blickte sie an, kratzte sich die Stirn und erzählte Nadine vom gestrigen Telefonat mit seiner Mutter.

»Charlotte kann es nicht lassen«, scherzte Nadine. »Und wenn ihre Vermutung stimmt?« Sie überlegte kurz. »Wissen Sie was, ich statte dem Ehemann mal einen Besuch ab.«

Hufnagel schaute streng. »Frau Andres, das ist nicht unser Fall.«

»Woher wollen Sie das so genau wissen? Die Möglichkeit, dass die Frau gewaltsam zu Tode gekommen ist, können wir nicht ausschließen. Keine Sorge, ich spreche das mit unserem Chef ab. Soll er entscheiden, was zu tun ist. Er hat mir ohnehin einen Rüffel wegen dieser Organspende-Geschichte erteilt. Ich hätte zu eigenwillig gehandelt. Einerseits will man selbstbewusste Polizistinnen, andererseits sollen sie nicht eigenmächtig agieren.«

»Wir haben Regeln, an die muss sich jeder halten«, erklärte Hufnagel mit festem Blick. »Immerhin kann das Leben eines anderen von ihnen abhängen. So, nun lassen wir das. Danke für Ihre Hilfe!«

Nadine starrte gedankenverloren die weiß gestrichene Wand an, bis sie unvermutet das Öffnen der Bürotür vernahm und Daniel Selzer sprechen hörte.

Im Anschluss riss Tilo Hübner die Tür auf.

Die Polizistin zuckte zusammen. *Idiot, kannst du die Tür nicht normal aufmachen?* Anscheinend liebte Hübner diese kleinen Sticheleien.

»Morgen! Gutes Neues Ihnen allen«, rief Hübner in den Raum und knallte sich auf den Stuhl. Gleichzeitig zog er die Jacke aus und hängte sie über die Lehne.

Auch Selzer sagte ein paar Worte, verwies allerdings auf die montägliche Dienstbesprechung um zehn. Ansonsten war er maulfaul, was Nadine auf den ersten Arbeitstag schob. Sie hakte nicht weiter nach. Stattdessen bat sie ihren Chef, Herrn Tal, den Ehemann der Vermissten, aufsuchen zu dürfen. Selzer willigte ein, empfahl ihr, erst nach der Besprechung zu gehen, damit alle den gleichen Kenntnisstand hätten.

Die ersten zwei Stunden schlichen dahin. Man sprach kaum miteinander. Jeder las seine Mails, erledigte die angefallene Post oder führte Telefonate. Alles in allem ging es eher träge zu. Man spürte, wie schwer es jedem so früh am Morgen noch fiel.

Letztendlich fand man in den Polizeialltag zurück. Mit dem zweiten Kaffee, den man sich während der Dienstbesprechung gönnte, wurde es leichter. Doch an Butterbrezeln hatte niemand gedacht, obwohl man sich darauf geeinigt hatte. Das gemeinsame Frühstück sollte die Besprechung auflockern.

Selzer erhob die Stimme und sprach allen die besten Wünsche fürs neue Jahr aus. Im Anschluss führte er ein kurzes Resümee über den zuletzt begangenen Mord, den es noch aufzuklären galt.

Kurz vor Weihnachten hatte man im Konstanzer Stadtgarten die Leiche einer Studentin gefunden. In ihrem weißen Nachthemd, den weit von sich gestreckten Armen und Beinen hatte sie einem Schneeengel geglichen. Zudem war sie voller Blut gewesen. Die Darstellung des Engels warf Fragen auf. Warum war sie gerade im Stadtgarten abgelegt worden und vor allem, wer hatte sie so bestialisch sterben lassen? Ein erster Verdächtiger namens David Moser und Exliebhaber der Ermordeten war schnell gefasst. Man hatte ihn über die Feiertage in Untersuchungshaft genommen, da Moser als dringend tatverdächtig galt. Das war der bisherige Kenntnisstand aller, den Selzer jetzt revidierte. Man hatte Moser in der Zwischenzeit entlassen müssen, weil keine Fluchtgefahr bestand. Die Eltern des Verhafteten, beide namhafte Juristen mit gesellschaftlichem Einfluss, hatten für ihren Sohn gebürgt.

»Seid ihr wahnsinnig?«, schimpfte Nadine, nachdem sie davon hörte. »Der Mann gilt als dringend tatverdächtig. Welcher Idiot hat das veranlasst?«

Unbemerkte war Harald Amans, der Chef der Mordkommission, ins Zimmer getreten, um seinen Mitarbeitern ein kurzes Statement zur derzeitigen Lage abzugeben. Mit einem Räuspern signalisierte er die Anwesenheit. »Der Idiot war dann wohl ich.«

Alles drehte sich Amans zu.

Der Alte?, grübelte Nadine und wäre am liebsten im Boden versunken. »Ähm, sorry, habe ich nicht so gemeint«, entschuldigte sie sich kleinlaut. *Mist, dass ich in jedes Fettnäpfchen treten muss. Auf diese Weise komme ich niemals die Karriereleiter hoch.*

Der Alte schritt auf die Kollegen zu und postierte sich vor ihnen.

»Frau Andres, ich stimme Ihnen voll und ganz zu. Aber in diesem Fall hegte ich keine Bedenken. Die Familie Moser sind langjährige Freunde meiner Familie. David kenne ich seit Kindesbeinen an. Ich lege meine Hand für den Jungen ins Feuer.«

Nadine konnte nicht glauben, was sie hörte. *Das klingt nach Vetternwirtschaft.*

»Im Übrigen«, setzte Amans die Ausführung fort, »gibt es einen richterlichen Beschluss. Die Familie hat eine Haftprüfung beantragt. Der Haftbefehl wurde aufgrund dessen aufgehoben. Man sieht keine Fluchtgefahr. David Moser hat versichert, den Wohnort nicht zu verlassen. Er wird sich morgen, dem 3. Januar hier melden.«

Hübner schnaufte vor Wut. »Moser ist tatverdächtig, Herr Amans! Wir haben ihn nicht ohne Grund inhaftiert.«

Der Rest des Teams stimmte ihm kopfnickend zu.

»Warten Sie bis morgen! Er wird sich melden.« Amans war im Begriff zu gehen. »Also dann, ran an die Arbeit und einen erfolgreichen Start!« Kurz darauf verließ er das Büro.

Etwa eine Stunde danach klingelte Nadine Andres bei Herrn Tal.

Ein Schlurfen näherte sich der Tür. Sie ging auf und ein älterer Herr mit schütterem Haar und Bierbauch stand vor ihr. »Sie wünschen bitte?«, fragte er kurz.

Nadine zeigte ihren Ausweis vor. »Herr Tal, kann ich bitte hereinkommen?«

Tal zog die Tür weiter auf und ließ die junge Frau herein. In Jogginganzug und Pantoffeln führte er sie in die Küche.

»Nehmen Sie bitte Platz! Gibt es etwas Neues von meiner Frau?«, fragte er sichtlich bedrückt.

Nadine setzte sich. »Nein. Ich würde Ihnen gerne ein paar Fragen stellen.«

»Tun Sie das, wenn's der Sache hilft.« Tal klang resigniert.

Nach einer kurzen Unterredung hatte Nadine die nötigen Informationen, die sie für ihre Arbeit benötigte. Ihr Bauchgefühl wies den Rentner allerdings nicht als Mörder aus. Doch auf Gefühle sollte sie sich nicht verlassen, zumindest dachte so Hübner.

Unvermutet schob Tal ihr ein Foto über den Tisch zu. »Das lag heute Morgen im Briefkasten.« Bei dem, was er sagte, musste er schlucken.

Nadine schaute ihn erstaunt an, zog währenddessen einen Einweghandschuh aus ihrer Tasche und nahm das Foto zur Hand. Es zeigte eine sitzende ältere Frau mit kurzem Haar, die mit müden Augen in die Kamera starrte. Sie wirkte sichtlich erschöpft. Der Rest des Bildes war geschwärzt. Nur die untere Ecke gab den Hinweis auf ein Datum. Dort stand in weißer Digitalschrift die Ziffernfolge 01.01.2017. Dem Anschein nach hatte man es mit Absicht so belassen.

Unerwartet schoss die Polizistin von ihrem Sitz hoch. »Das bedeutet, dass Ihre Frau am Leben ist. Vermutlich wird sie gefangen gehalten.«

»Drehen Sie das Foto um!«, forderte Tal mit zitternder Stimmfarbe und schaute gebannt auf das Handeln der jungen Frau.

Erschrocken las Nadine die Worte »Noch lebt sie«, die aus Zeitungsschnipseln zusammengesetzt worden waren.

»Man hat Ihre Gattin gekidnappt??? Wieso?« Nadine schaute fordernd zu Wolfgang Tal. »Hatte sie Feinde?«

Tal verzog den Mund, bewegte den Kopf langsam nach rechts und nach links. »Nein, nicht dass ich wüsste.«

»Denken Sie nach! Fiel Ihnen in letzter Zeit irgendetwas an Ihrer Frau auf? Erhielt sie vielleicht merkwürdige Briefe oder gar Anrufe?« Nadine schaute Tal herausfordernd an.

»Nein, weder noch. Ich kann Ihnen da nicht weiterhelfen. Sie war wie immer«, antwortete er müde.

»Herr Tal, Ihre Frau wurde nicht ohne Grund gefangen genommen! Hatte sie mit jemandem Streit?«, fragte Nadine fordernd.

»Hören Sie, meine Frau hatte fast mit jedem Streit. Sie beharrte auf ihrer Meinung und ließ kaum eine andere zu. Deshalb gab es viel Ärger. Selbst unsere Mädels hatten keine Lust mehr, uns zu besuchen.

Schlimm, wenn sich Menschen mit jedem anlegen müssen. Wissen Sie, Harmonie ist für meine Frau eher ein Fremdwort.«

Hört sich an, als wäre er froh, dass sie weg ist. Und wenn er sie doch ermordet hat? Ich könnte auf Dauer nicht so leben, dachte Nadine. »Ich nehme das Foto mit!« Nadine verabschiedete sich und griff noch im Hausflur zum Handy. Sie musste die Kollegen informieren. Der Fall Tal geriet mit einem Mal in ein anderes Licht. Mit Kidnapping hatte man bislang in Konstanz nichts zu tun gehabt.

Nachdem Nadine das Polizeirevier betreten hatte, ging sie auf dem direkten Weg zu Schröder, ihrem Mann in der KTU. Der schlaksige Kollege mit riesig schwarzer Brille war etwas eigen. Auf seinem Fachgebiet jedoch ein Ass. Zudem liebte er Schokolade, die Nadine ihm lächelnd reichte.

»Was muss ich dafür tun?«, grinste Schröder und rückte die Brille zurecht.

Nadine überreichte ihm das Foto. »Schau bitte, ob du Fingerabdrücke findest! Kannst du den Originalzustand wieder herstellen?«

Schröder blickte kritisch. »Fingerabdrücke, kein Problem! Aber ohne eine Fotodatei wird's schwierig. Gut, mal sehen, was sich machen lässt.«

»Danke, Schröder! Du bist ein Schatz.« Nadine verließ zufrieden sein Büro.

Schröder machte sich sogleich an die Arbeit. Er stellte das Radio an und pfiff die Melodie durch die Zähne.

Zu Beginn untersuchte er mithilfe einer Lupe das Farbfoto nach möglichen Fingerabdrücken. Allerdings mit bloßem Auge tat er sich schwer. Er scannte das Bild ein und schaute es sich am Computer an. *Der Fotograf hat ganze Arbeit geleistet.* Schröder fand weder Fingerabdrücke noch irgendeine Auffälligkeit. Der geschwärzte Teil des Fotos blieb, was er war. Unkenntlich. Schröder wollte nicht aufgeben. Irgendetwas musste zu finden sein. Jeder hinterließ eine Handschrift, das wusste er. Der junge Mann schaute sich Pixel für Pixel mit der Lupe an. Überraschend entdeckte er an der Wand, vor der die Frau saß, eine winzige Wellenlinie. Seiner Meinung nach stammte sie von einer Zeichnung. Schröder deutete die Linie als die Hälfte eines gemalten Herzens oder einer Figur. Dennoch erschien ihm das Ergebnis zu dürftig. Es gab keinerlei Aufschluss über einen möglichen Aufenthaltsort der Gesuchten. Dass die Zeit knapp bemessen war, entnahm er den Worten »Noch lebt sie«. Allem Anschein nach trachtete man der Frau nach dem Leben. Schröder schaute sich die Rückseite genauer an. Mit einer Pinzette löste er einen Papierschnipsel und hielt ihn gegen das Licht der Schreibtischlampe. Aufgrund der Papierbeschaffenheit und Druckqualität schlussfolgerte Schröder, dass er nicht von einer Tageszeitung abstammte, sondern von einer Illustrierten. Damit war er allerdings schon am Ende seiner Recherche. Das Ergebnis war niederschmetternd.

Zutiefst enttäuscht rief er seine Kollegin an, um ihr mitzuteilen, dass er nichts in den Händen hielt. Für Schröder bedeutete das den sprichwörtlichen Schlag ins Gesicht.

»Schröder, das ist weniger als nichts. Wie soll ich damit arbeiten? Ein Herz, sagst du? Das könnte alles sein. Wer malt so etwas an die Wand? Verliebte! Und wo finden wir solche Bilder? An Bäumen,

Häuserfassaden und Brücken.« Nadine schwieg für eine Weile, schnaufte hörbar am Telefon durch und meinte dann: »Ich kann doch nicht jeden Baum, jede Wand nach einem Herz absuchen.«

»Nein!«, widersprach Schröder. »Denk nach! Wenn du jemand einsperren möchtest, wo würdest du das tun? Wo dich jeder sehen kann? Nein! Das machst du im Verborgenen. Vielleicht in einem Keller oder auf einem Dachboden. Jedenfalls dort, wo dich keiner sieht und keiner davon Kenntnis nimmt. Ich gebe zu, viel ist es nicht, was ich herausgefunden habe. Aber der Rest ist eure Sache. Ich bleibe dran. Wenn ich was finde, melde ich mich. Allzu schnell lasse ich nicht locker.«

Nadine schnaufte erneut in den Hörer. Das beginnende Jahr fühlte sich alles andere als gut an. Erst die Sache mit Amans und jetzt suchte sie nach einer Nadel im Heuhaufen. Alles schien aus dem Ruder zu laufen. *Wenn der Entführer eine Lösegeldforderung hat, müsste er sich bei Tal melden. Mhm, die Familie macht keinen wohlhabenden Eindruck. Das sind Leute wie du und ich. Eigentumswohnung, zwei Kinder und Enkel. Was bleibt von der Rente, wenn man ein Leben lang gearbeitet hat? Okay, sie leben nicht in Armut. Das war es aber auch. Herr Tal sagte, dass sie Geld nur für Alltägliches ausgeben statt für Luxus ... Wieso wurde sie nur entführt? Beginnt die Spur in der Vergangenheit? Ich gehe dem auf den Grund. Irgendetwas muss es geben.*

Nadine blickte aus dem Fenster. Der Nachmittag war so trüb wie ihre Gedanken. Zudem hatte sie das Gefühl, das Licht im Zimmer anstellen zu müssen, obwohl es längst brannte. Der Himmel war von Wolken verhangen und die wenigen Sonnenstrahlen, die er am Morgen noch durchgelassen hatte, waren verschwunden. Nadine spulte wie eine Filmrolle den Vormittag zurück. Im

Anschluss stellte sie im Geiste die Wiederholungstaste an.

»Na, so grüblerisch?«, bemerkte Hufnagel den Blick gerichtet auf Nadine.

Nadine kehrte mit ihren Gedanken in das Jetzt zurück.

»Sieht wohl nicht vielversprechend aus?«, fragte Hufnagel nachdenklich gestimmt.

»Nein, das tut es nicht. Ich habe mein Möglichstes getan.«

Hübner blickte schräg zu Nadine hinüber. »Habt ihr die Überwachungskameras der Stadt mal kontrolliert?«

»Noch nicht«, gab Nadine gereizt zurück. »Ich kümmere mich gleich darum.« *Keine schlechte Idee von Hübner.*

»Nicht nötig, das habe ich schon«, klärte sie Hübner auf und spielte überheblich an seiner Brille, indem er sie auf- und absetzte.

»Wieso fragst du dann?« *Blödmann!*

Hübner blieb Nadine eine Antwort schuldig und sagte stattdessen arrogant: »Ebenfalls Fehlanzeige.«

Obwohl Nadine ihren Kollegen nicht sonderlich ausstehen konnte, wusste sie, dass er seiner Arbeit mit Leidenschaft und Gründlichkeit nachging. Sein Misserfolg war auch der ihre. Statt Trübsal zu blasen, ließ Nadine sich einen Kaffee aus der Maschine und genoss die winzige Auszeit. Der Tag kam heute nicht ins Rollen. Es war ein Montag, wie er im Buche stand, und für Nadine der schlimmste Tag der Woche. Hatte sie ihn hinter sich gebracht, lief der Rest wie von alleine. Sie sehnte sich ihrem Feierabend entgegen. Der Gedanke, dass eine Seniorin gegen ihren Willen gefangen gehalten wurde, ließ sie erschaudern. Nadine dachte an ihre

Großmutter und daran, wie hilflos sie in manchen Dingen des Alltags war. Hinzu kamen die Krankheiten, die es nicht leichter machten. Mit Sicherheit fror Frau Tal in ihrem Gefängnis. Die vermisste Rentnerin stellte das eine Problem dar. Das andere war der Mordfall Carmen Sauer, bei dem man keinen Schritt weitergekommen war. Der Tatverdächtige war aus der U-Haft entlassen worden. Die Arbeit schien somit für die Katz, meinte Nadine, zu glauben. Ob Moser sich am nächsten Tag melden würde, stand in den Sternen.

∗∗∗

»Was wollen Sie von mir?«, protestierte Frau Tal energisch und kämpfte gegen das an, was nun folgte.

»Ziehen Sie das über!«, forderte der Fremde eindringlich und schrie die zierliche Frau von oben herab an. »Nennen wir es Büßerhemd. Alle Welt soll glauben, wie gut Sie zu den Menschen waren. Nur ich und ein paar wenige kennen die Wahrheit von damals. Jetzt werden Sie für alles bezahlen.«

Frau Tal wurde hellhörig. »Was meinen Sie mit *damals*? Ich verstehe nicht. Wann genau soll das gewesen sein? Bitte sagen Sie es mir. Ich möchte doch nur verstehen, wem ich angeblich Leid zugefügt haben soll. Bitte! Ich flehe Sie an. Bitte!«

Der Unbekannte lachte schadenfroh und verzog sein Gesicht zur Fratze.

»Geduld, meine Liebe, Geduld! Bevor Sie sterben, werden Sie alles erfahren. Das verspreche ich Ihnen. Zählen Sie die Stunden! Morgen zur selben Stunde sind Sie tot.«

Katharina Tal starrte ihn mit aufgerissenen Augen an. Tod bedeutete Endlichkeit und ein Tatbestand, mit dem sie sich noch nicht auseinandersetzen wollte. Sie war der Überzeugung, ihre Rente eine Weile genießen zu können. Zwei Jahre in Pension waren nach ihrer Meinung keine Zeit. Sie wollte nicht sterben. Zumindest nicht hier und jetzt. Todesangst stieg in ihr hoch. Ihr wurde heiß und gleichzeitig kalt. Gänsehaut bedeckte ihren Körper und ein Zittern durchkämmte sie, als hätte sie einen Stromschlag erlitten. Nur kurz die Augen schließen, sich woanders hinwünschen, mehr vermochte sie nicht. Ihre Realität allerdings war eine andere. Eine wie aus einem Kriminalfilm.

»Ich will nicht sterben. Wollen Sie Geld? Mein Mann wird es Ihnen besorgen. Bitte lassen Sie mich am Leben. Ich bin alt und tue niemandem etwas zuleide. Niemandem. Hören Sie!«, setzte sie mit Nachdruck an.

»Jetzt nicht mehr! Ihre Zeit ist weiß Gott vorbei. Früher waren Sie eine Bestie. Ein Tier ... ach was red ich. Morgen erfahren Sie mehr.«

Für einen Moment wurde es hell wie ein Blitz, der sogleich erlosch. Ein kurzes Klicken, ein Augenblick der Stille und die Erkenntnis, dass sie fotografiert wurde.

»Was soll das? Was machen Sie damit? Meinem Mann schicken? Wozu?«

Eine kleine Ewigkeit kehrte Katharina Tal in ihre eigene Vergangenheit zurück. Sie dachte an ihre Töchter und ihren Mann, wie sie sich kennengelernt hatten. An die Zeit als Erzieherin, erst im Kindergarten, dann in einer Grundschulförderklasse. Sie fühlte ein Quäntchen Glück in sich schlummern. Jedoch fand sie nichts Ungewöhnliches in ihrem Leben vor, was das Verhalten dieses Mannes hätte erklären können. In Gedanken kehrte sie zu dem Fremden zurück, einem Mann, den sie nie zuvor gesehen hatte und von dem sie nichts wusste. Erneut quälte die Rentnerin die Frage nach dem Warum.

11. Einen Tag später

»NEIN!«, schrie Katharina Tal und sah einen spitzen Gegenstand auf sich gerichtet. Es brauchte nicht viel, um zu wissen, dass es ein Messer war. Die Angst fühlte sich an wie eine Krankheit, von der man wusste, aber nicht, wie sie wieder verschwand.

Schwer atmend kam jemand auf sie zu. Die Dunkelheit gab den Unbekannten nicht preis.

Katharina Tal hatte nur einen Gedanken im Kopf. JETZT würde er es tun. War es Mitternacht oder Nachmittag oder irgendwann in den frühen Morgenstunden? Längst hatte sie jegliches Zeitgefühl verloren. Eine Minute wurde für sie zu einer Ewigkeit.

»Stehen Sie auf!«, vernahm sie eine Stimme rufen. War sie männlich oder weiblich? Nach der Tiefe zu urteilen, männlich. Zumindest hatte sie die hier noch nie vernommen. Die ihres Peinigers kannte sie. Haftete sie doch in ihrem Unterbewusstsein. Aus Hunderten hätte Frau Tal sie wiedererkannt.

»Iiich … ich kann nicht«, stotterte Frau Tal.

Jemand riss sie hoch. »Doch Sie können!«, kam es wütend zurück. »Sie wollen doch sicher erfahren, was wir mit der anderen gemacht haben, oder?« Es war der Unbekannte, der zu ihr sprach.

Frau Tal nahm allen Mut zusammen und fragte: »Andere? Ich verstehe Sie nicht. Welche andere?« Gleichzeitig spürte sie ihre Knochen vom unbequemen Lager schmerzen.

Eine noch nicht vertraute Stimme antwortete: »Er meint die Frau, die das Gleiche durchgemacht hat wie Sie. In wenigen Minuten werden Sie es verstehen. Diese

Frau sollte am eigenen Leib spüren, was man dabei fühlt. Einst erging es unserem ...« Der Fremde unterbrach den Redner, in dem er ein Weitersprechen verbot. »Sie wird es erst in der Stunde ihres Todes erfahren. Vergiss das nicht!«

So sehr sich Katharina Tal anstrengte, außer zwei Umrisse konnte sie nichts erkennen. Der Unbekannte zeichnete sich deutlich durch seine Statur von der anderen Person ab. Der Schatten an der Wand verriet es ihr.

Katharina Tal bemühte sich um Fassung, doch in der vermeintlichen Stunde ihres Todes sprudelte die Angst nur so aus ihr heraus. Tränen benetzten ihre Wangen. Zumindest jetzt hoffte sie auf Mitleid.

»Hören Sie auf mit Ihrem Kleinmädchengetue, das zieht bei uns nicht«, schrie der Fremde. »Unrecht tun gedeiht nicht.«

»Lass sie!«, mischte sich die andere Person ein. »Sie soll endlich kapieren, warum sie sterben muss. Wie diese Studentin. Dann wird sie bereuen.«

»Bitte!«, schluchzte Frau Tal. »Ich weiß nicht, was Sie meinen. Was habe ich getan? Was nur?«

»Glauben Sie tatsächlich, Sie wären unschuldig? Andere zu quälen, gehörte gewissermaßen zu Ihrer Lieblingsbeschäftigung.«

Frau Tal spürte, wie ihre Kräfte sie verließen. In diesem Moment ahnte sie, hier kam sie nicht mehr lebend heraus.

Für einen Bruchteil von Sekunden wurde es still, mucksmäuschenstill. Aus der Ferne hörte man ein Auto über einen Gullydeckel fahren. Klack-klack. Im Nu war das Geräusch, das die Rentnerin an bessere Zeiten erinnerte, verflogen. Erneut kehrte die Ruhe zurück.

»Katharina Tal!«, stieß urplötzlich der Fremde hervor. Er zeigte mit dem ausgestreckten Finger auf die vor ihm stehende, vor Verzweiflung zitternde Frau. Die Gestik kam einer Anklage gleich. »Hiermit erkläre ich Sie für schuldig ...«, die Worte, die folgten, hörte sie nicht mehr. Irgendetwas drückte gegen ihren Magen. Ein brennender Schmerz ging dem nach.

Sie zuckte, riss die Augen weit auf. Kurz darauf spürte sie etwas Spitzes in sich eindringen. Ein Messer. Sie erkannte es sofort. Instinktiv griff sie danach und fühlte ihr warmes Blut aus der Wunde fließen. »Bitte, w-wa-as-s ... machen Sie?«, versuchte sie noch zu fragen, bevor sie ein wenig später in Ohnmacht fiel.

Der Fremde schaute Frau Tal an und schien zufrieden. »Endlich! Du wirst sehen, wenn sie erst verblutet ist, wird Ruhe in unser Leben kommen«, meinte der Unbekannte und legte fürsorglich der anderen Person den Arm auf die Schulter.

Gemeinsam verließen sie den Ort des Grauens, ohne sich nach der Sterbenden umzusehen. Kurz darauf verstarb Katharina Tal mutterseelenallein in einem Keller, von dem sie nicht wusste, wo er sich befand. Lediglich den Grund ihres Sterbens hatte man ihr noch offenbart. Das Geheimnis nahm sie mit in den Tod.

In der Stadt hatte man keine Ahnung von alledem. Das Leben nahm seinen gewohnten Lauf. Die Menschen schliefen in jener Nacht. Sie träumten, hatten Albträume, wälzten sich im Bett oder genossen die Zweisamkeit. Oder sie arbeiteten, weil es der Job von ihnen verlangte. Doch niemand durchlebte ein derartiges Schicksal wie diese betagte Frau. Wäre jemand bei ihr gewesen, dann hätte sie womöglich nicht sterben müssen.

***

Nadine Andres gehörte zu der Sorte Menschen, die sich im Bett wälzten. Entgegen ihren guten Vorsätzen, die Arbeit gedanklich nicht mit ins Bett nehmen zu wollen, war es dennoch passiert. Sie schlief unruhig. Ständig drehte sie sich umher, schwitzte, schlug die Bettdecke hoch und schob sie wieder runter. Nachdem Nadine es nicht mehr aushielt, stand sie auf. Sie nahm einen Schluck aus der Mineralwasserflasche, die sich neben ihr auf dem Nachtschränkchen befand. Der Blick aus dem Fenster verriet, dass es irgendwann gegen Mitternacht war. Der Wecker bestätigte es. Etwa nach einer Viertelstunde fand sie wieder in den Schlaf und erwachte gegen halb sieben am nächsten Morgen.

Schweißgebadet drückte Nadine sich vom Bett hoch. Sie schlüpfte in ihre gemütlich warmen Hausschuhe und fühlte sich wie gerädert. Der Gedanke an eine Tasse Kaffee erleichterte ihr das Aufstehen. In der Regel hatte Lea, ihre Mitbewohnerin, den längst gekocht.

Nadine steckte kurz den Kopf zur Küchentür hinein und gab ihr tägliches »Moin Moin« ihrer Freundin zum Besten. Danach ging sie ins Bad, erledigte ihr Morgenritual und kehrte in die Küche zurück. Auf ihre Frage hin, ob Lea genauso schlecht geschlafen habe wie sie, verneinte diese, derweil Nadine ungläubig den Kopf schüttelte.

Gedankenversunken goss sie Kaffee in ihre Lieblingstasse mit dem Abbild ihrer selbst. Die Tasse erinnerte an glücklichere Zeiten, als sie mit Marcel noch liiert gewesen war. Heute ging Nadine als Single durchs Leben. Sie genoss zwar das eine oder andere Techtelmechtel, mehr aber nicht. Und die Sache mit Daniel, ihrem Chef, war schnell verflogen. Sie ging, wie sie gekommen war. Außer einem leidenschaftlichen Kuss letztes Weihnachten gab es nichts, was sie miteinander verband. Zumindest meinte man, das zu glauben, obwohl Daniels Blicke etwas anderes sagten. Nadine dachte oft daran zurück. Wie hatte er sich gleich ausgedrückt? *»Keine Sorge, Nadine, das beruht auf Gegenseitigkeit. So eine Kratzbürste, wie du eine bist, fasse ich nicht mal mit der Beißzange an. Ich wollte nur sehen, ob du küssen kannst.«* Und konnte sie? Sie konnte! Aber Daniels Antwort war niederschmetternd. »Geht so«, hatte er gesagt.

Wenn Nadine daran zurückdachte, wurde sie wütend. Jeder Gedanke an Daniel schien die reinste Verschwendung. Es führte zu nichts, außer zur quälenden Frage: *Will er oder will er nicht?* Die Signale, die sie ihm gesendet hatte, waren von eindeutiger Natur. Auf Dauer würde wohl ein Mann wie er die Finger von ihr lassen.

Ein hörbares Durchatmen entwich ihr.

Einer Frage ihrer Freundin diesbezüglich wich Nadine aus. Stattdessen antwortete sie: »Zum Glück ist heute Dienstag. Den gestrigen Tag will ich nicht geschenkt haben.«

»Wieso, was ist passiert?«, entgegnete Lea und nahm einen Schluck aus ihrer Tasse.

»Ach, erst bekomme ich den Hinweis auf ein Gewaltverbrechen an einer Rentnerin und erfahre dann, dass der Hauptverdächtige in einem anderen Fall aus der U-Haft entlassen wurde.«

»Und?«, fragte Lea nach.

»Und? Nun hoffe ich, dass der heutige Tag besser wird als der gestrige.«

Nadine passierte den Eingangsbereich des Konstanzer Polizeireviers und begrüßte die mit ihr einlaufenden Kollegen. Um sich fit zu halten, ging sie die Treppe hinauf. Sie vermied Fahrstühle, wo es nur ging. Die Dinger waren ihr zu klein und zu eng.

Nadine absolvierte einen kurzen Abstecher bei Frau Kleinschmidt, der Büroperle, mit ihrem blond gelockten Haar. Sie saß an ihrem Schreibtisch und war damit beschäftigt, Reisekostenabrechnungen für Herrn Amans in ihren Computer einzugeben. Als sie Nadine erblickte, sah sie rasch auf, grüßte mit einem breiten Lächeln, das ihrem viel zu rot geschminkten Mund entglitt. Sodann wandte Frau Kleinschmidt sich wieder ihrer Arbeit zu, weil das Reisekostenprogramm erst kürzlich umgestellt worden war und sie es hasste, Fehler zu machen. Jede Korrektur zog einen lästigen Anruf seitens der Buchhaltung nach sich. Die beiden Abteilungen waren nicht besonders gut aufeinander zu sprechen. Jede glaubte, die Tätigkeit der anderen zu erledigen.

Oh Mann, heute ist die Kleinschmidt mal wieder besonders reizvoll gekleidet. Einen engeren Pullover mit tiefem Ausschnitt hätte sie nicht wählen können. Ganz zur Freude der männlichen Kollegen. »Frau Kleinschmidt, haben Sie was für mich?«, erkundigte sich Nadine.

Frau Kleinschmidt sah sie verwundert an. »Bitte was? Oh Entschuldigung ... was sagten Sie?« Sie war derart in ihre Abrechnungen vertieft gewesen, dass sie nur noch das Ende der Frage hörte. Nadine kam ihrer Bitte nach und wiederholte sich. »Ähm, lassen Sie mich überlegen! Nein ... ähm ... ich meine doch. Ein Briefumschlag wurde für Sie heute Morgen an der Pforte abgegeben. Ohne Absender.« Sie reichte ihn Nadine mit ausgestrecktem Arm.

Sind wir heute ein wenig verwirrt? Gleichzeitig nahm die Polizistin den Briefumschlag entgegen und ließ sich durch die Neugier von Frau Kleinschmidt ablenken, die wissen wollte, ob Nadine gut ins neue Jahr hereingerutscht sei. Nadine bejahte mit einem kurzen Kopfnicken und ging in ihr Büro.

Ein paar Minuten später, nachdem Nadine sich körperlich und geistig in den beginnenden Tag eingefunden hatte, klopfte es an der Tür. Möglicherweise ein Fremder oder ein Kollege einer anderen Abteilung. Für gewöhnlich tat das niemand.

»Ja bitte!«, rief Nadine der Tür entgegen und sah Frau Kleinschmidt eintreten. Kurz darauf kamen die Kollegen Hufnagel und Hübner gemeinsam durch die Tür.

Nadine stand auf, ging auf Frau Kleinschmidt zu, die wiederum die Blicke der Herren auf sich zog. Insgeheim genoss sie ihre Aufmerksamkeit. Frau Kleinschmidt bemerkte das süffisante Augenrollen sowie auch Nadine. Verstohlen schaute die Kripobeamtin an ihrer Jeanshose hinab und strich über ihren langweiligen schwarzen Pullover, unter dem sich ihre Oberweite unmerklich abzeichnete. Sie wusste, eine zu körperbetonte Bekleidung erschwerte nur den Dienstalltag. Mitunter bereute sie es.

»Ist noch was?«, fragte Nadine mit errötetem Gesicht.

»Nein, eigentlich nicht. Haben Sie den Brief schon geöffnet? Der Mann, der ihn brachte, ist wohl sehr aus dem Häuschen gewesen«, entgegnete Frau Kleinschmidt.

Nadine tat überrascht. »Aber Sie sagten, er sei an der Pforte abgegeben worden.« Noch während sie sprach, drehte sie sich um und ging an ihren Schreibtisch, auf dem der ungeöffnete Umschlag lag.

»Jaja, das stimmt. Ich frage nur, weil der Pförtner, Herr Krüger, mir vorhin ein Telefonat hochstellen wollte und bei der Gelegenheit nach dem Brief fragte. Dabei erwähnte er einen älteren Mann.«

»*Einen älteren Mann?*«, wiederholte Nadine. »Wer war das?« Sie entnahm dem Stifthalter einen silberfarbenen Brieföffner, glitt vorsichtig unter den Klebefalz und öffnete den Brief. Gespannt zog sie den Inhalt heraus. Sie starrte auf ein Foto, das ihren Blick entgleiten und »Scheiße« brüllen ließ.

Hübner sowie Hufnagel schauten zeitgleich zu Nadine hinüber, während Frau Kleinschmidt überrascht zu ihr herantrat.

»Was ist?«, fragte die blond gelockte Büroperle. »Stimmt was nicht?«

»Scheiße, Scheiße, Scheiße«, rief Nadine, ohne ihr zu antworten. Gleichzeitig wandte sie sich Frau Kleinschmidt zu. »Vielen Dank, a-aber«, begann Nadine zu stottern, »wir müssen dringend etwas erledigen.« Diskret verwies sie Frau Kleinschmidt zur Tür, versprach aber, sie umgehend über den Inhalt zu informieren. Immerhin gehörte die Gute zum Team und sie war den Kollegen stets eine große Hilfe. Aber jetzt musste man handeln.

Nachdem Frau Kleinschmidt das Büro verlassen hatte, zog Nadine Handschuhe über und offenbarte das Foto den Kollegen. Das Bild zeigte die vermisste Rentnerin in einem weißen Nachthemd. Ohne zu überlegen, drehte Nadine das Foto um. Sie tippte auf den Schriftzug und las voller Entsetzen die Worte: »Jetzt nicht mehr!« Ein rotes Ausrufezeichen, fett geschrieben, unterstrich die Ankündigung. Wie schon zuvor war auch dieses Foto bearbeitet worden. Nur die Person darauf sowie das Datum 02.01.2017 waren deutlich zu erkennen.

»Heute ist der Dritte! Wenn ich die Worte ›Jetzt nicht mehr‹ korrekt interpretiere, ist sie bereits tot«, bemerkte Hufnagel resigniert.

Hübner stimmte ihm kopfnickend zu. »Herr Kollege, davon ist wohl auszugehen.«

»Bleibt die Frage, wo sie ist ... Moment!« Nadine stockte plötzlich. »Seht ihr das?«

Hübner wusste sofort, worauf sie hinauswollte. »Das Nachthemd!«

»Genau, ich fresse einen Besen, wenn es nicht dasselbe ist. Ich muss sofort zu Schröder. Mit Sicherheit wird er das bestätigen.« Nadines Stimme überschlug sich fast.

»Ich erkundige mich, ob Moser sich gemeldet hat«, sprach Hübner und schien ebenfalls, unruhig zu sein.

Nadine schaute ihn fassungslos an. »Du meinst ...?«

Hübner nickte. »Genau, das meine ich.«

»Gott!«, stöhnte Nadine. Kurz darauf schlug sie die Tür hinter sich ins Schloss. Sie rannte zu Schröder und preschte in sein Büro. »Schröder, du musst mir das gleich untersuchen!«, während sie sprach, fuchtelte sie mit dem Foto vor seinem Gesicht herum.

Schröders Augen weiteten sich. Mehr denn je. Zumindest sah es hinter der Brille danach aus. »Nadine, ich sehe nichts. Jetzt halt die Finger still!«, blaffte er sie an.

Nadine fühlte sich ertappt. »Sorry!«

Schröder nahm ihr das Foto mit einer Pinzette ab. »Auf den ersten Blick ist das die Frau von gestern. Habe ich recht?«

Nadine stimmte ihm mit einem brummenden »Mhm« zu. »Und sonst, was erkennst du?« Wie ein Kind schaute sie ihn an, als wartete es auf den Weihnachtsmann.

»Nichts!«

»*Nichts?*«, wiederholte Nadine ein wenig zu laut und starrte ihn von oben herab an. Schröder ahnte, worauf sie hinauswollte.

»Nadine, ich bin im Bilde. Sie trägt dasselbe Nachthemd wie unser Opfer kurz vor Weihnachten. Lass mir etwas Zeit für die Auswertung!«

»Zeit? Die haben wir nicht. Dreh das Foto um!«

Schröder hatte es längst bemerkt.

Genervt verließ Nadine das Büro und ging kopfschüttelnd zur nächsten Toilette. Als sie in ihr Büro zurückkehrte, lief Selzer im Zimmer umher und diskutierte angeregt mit Hübner, unterdessen Hufnagel am Schreibtisch saß.

Nadine musterte die Herren und hatte eine Ahnung, worüber sie sprachen.

»Geht's um die Frau auf dem Foto?«, stellte sie ihre Frage in den Raum.

Selzer hatte Schweißperlen auf dem Gesicht und Hübner wirkte erregt.

»Ja und nein. Moser hat sich nicht gemeldet. Er ist weder telefonisch noch persönlich erreichbar. Wir müssen ihn zur Fahndung ausschreiben«, erklärte Selzer aufgebracht und steckte seine Hände in die Hosentaschen. »Was ist mit der Frau? Lebt sie?«

»Wenn ich das wüsste. Hör mit der Rennerei auf! Das macht einen kirre«, ermahnte ihn Nadine.

Selzer stoppte. »Auf diese Weise kann ich mich besser konzentrieren. War etwa alles umsonst? Ich sag dem Alten, dass wir so nicht weitermachen werden.«

Nadine legte ihm die Hand auf die Schulter. »Komm, lass ihn! Das holt den irgendwann wieder ein. Wirst sehen. Kümmern wir uns besser um Frau Tal. Wir müssen sie schleunigst finden. Der Hinweis auf dem Foto war alles andere als vielversprechend. Wenn du mich fragst, ist sie bereits tot. Das Bild ist auf gestern datiert.«

Im gleichen Moment klingelte Nadines Apparat.

Sie ging zum Schreibtisch, nahm den Hörer in die Hand und ließ die Kollegen nicht aus den Augen. Schröder sprach am anderen Ende der Leitung und schien ihr eine freudige Nachricht zu überbringen, die sie lächelnd entgegennahm. Nachdem sie aufgelegt hatte, schaute sie in die Runde und bat um Aufmerksamkeit. »Es ist das gleiche Nachthemd wie bei Carmen Sauer. Und ...«, sie hielt kurz inne, blickte erst in Selzers Augen, dann in die von Hübner und zu guter Letzt in die von Hufnagel.

»Jetzt red schon!«, forderte Hübner. »Was hat er noch gesagt?«

»Unser Kidnapper hat einen entscheidenden Fehler gemacht. Auf dem letzten Foto konnte Schröder Möbel ausmachen. Offenbar handelt es sich um ein paar übereinandergestapelte Tische und einen Aktenschrank. Was bedeuten könnte, dass Frau Tal sich vermutlich in einem Firmenkeller oder einer Behörde befindet.«

»Ein bisschen weit hergeholt, findest du nicht? Sie könnte genauso gut in einem Privatkeller sein«, entgegnete Selzer.

»Könnte schon, aber wer hat mehrere Schreibtische bei sich stehen? Ich nicht und ich kenne auch niemanden«, widersprach Nadine vehement.

Hufnagel mischte sich ein. »Da muss ich Frau Andres recht geben. Kein Normalbürger hat Schreibtische bei sich stehen. Einen vielleicht, aber eine größere Anzahl? Das ist eher unwahrscheinlich. Es muss jemand sein, der entweder eine Firma aufgelöst oder eine neue gegründet hat.«

»Also gut, machen wir uns an die Arbeit. Nadine, du und Herr Hübner durchforsten sämtliche Firmenschließungen sowie -gründungen, während Herr Hufnagel einschlägige Möbelhäuser und Büroausstatter abtelefoniert. Findet heraus, wer in letzter Zeit eine größere Menge an Schreibtischen bestellt und demzufolge das alte Mobiliar eingelagert hat. Vielleicht kommen wir damit weiter. Ich werde Amans inzwischen einen Besuch abstatten und diesen Moser hierherschleifen. Koste es, was es wolle. Jetzt muss er sich womöglich für zwei Morde verantworten. Sein Fernbleiben macht ihn für uns zum Tatverdächtigen Nummer eins.« Selzer wirkte nachdenklich, runzelte die Stirn und sah verstohlen zu Nadine. Im Anschluss setzte er zu einer Antwort an, der sie jedoch mit ihrem »Geht klar Chef ...« zuvorkam.

12. Kein Fortschritt

Andres und Hübner gingen sofort an die Arbeit. Schlagartig wurde es still. Die beiden dachten an das Gleiche. Es würde Stunden dauern, um sämtliche Firmenschließungen zu recherchieren, unterdessen Katharina Tal möglicherweise längst tot war. Letztendlich blieb ihnen keine andere Wahl. Irgendwo mussten sie anfangen. Außer den zwei Fotos, die Katharina Tal zeigte, hatten sie nichts Brauchbares in der Hand. Man einigte sich, dass Nadine Andres die bei der Industrie- und Handelskammer gemeldeten Schließungen sichtete, unterdessen Tilo Hübner die bereits eröffneten Insolvenzverfahren im Internet suchte. Die Firmen, die einen Insolvenzvertrag gestellt hatten, ohne dass er gestartet wurde, ließen sich hierbei nicht filtern. Somit waren die Angaben nur bedingt zuverlässig.

Nadine hatte es leichter. Im elektronischen Bundesanzeiger der IHK konnte sie alle bekannt gemachten Informationen online recherchieren. Zudem fand sie die vom Insolvenzgericht veröffentlichte Meldung, welche man vorzunehmen hatte, sobald ein Insolvenzverfahren bei Gericht beantragt wurde.

Derweil die beiden im Internet tätig waren, bevorzugte Hufnagel das Telefon. Das World Wide Web hatte seine Vorzüge, wenn es um das Nachschlagen von Informationen ging. Sobald er darin einkaufen sollte, strich Hufnagel die Segel. Er schätzte die Realität. Eigentlich mochte er weder das eine noch das andere. Vielmehr liebte er die Ruhe, sein gemütliches Sofa und eine leckere Mahlzeit plus einem gepflegten Bier. Alles weitere versuchte er, wie einen stinkenden Mülleimer zu umgehen.

Nachdem Hufnagel Platz genommen hatte, die Schuhe ausgezogen waren, weil er davon ausging, dass er eine Weile sitzen würde, tippte er die gewünschten Suchbegriffe in den Computer. Im Anschluss druckte er sich eine Liste aller einschlägigen Büroausstatter sowie Möbelhäuser aus. Mit einem Mal hielt er inne und blickte zähneknirschend zu Frau Andres, deren Kopf bis zur Hälfte hinter ihrem Bildschirm hervorschaute.

»Glauben Sie, dass das was bringt?« Hufnagel starrte Nadine an.

Nadine schaute links vom Computer zu ihm hinüber. »Nein, das glaube ich nicht. Aber das ist unsere einzige Chance.«

»Was ist, wenn die Frau ermordet wurde?«, begann Hufnagel und legte die Stirn in tiefe Sorgenfalten. Er stellte den rechten Ellenbogen auf die Tischplatte und drückte das Kinn in die geöffnete Handfläche.

Nadine erhob sich vom Stuhl. Obwohl sie seiner Meinung war, wollte sie daran nicht glauben. Ein Fünkchen Hoffnung gab es immer. Dass man rasch handeln müsste, war ihr bewusst. Auch die Presse war dieses Mal keine Hilfe. Die Zeit rannte gnadenlos davon.

»Ich weiß es nicht«, bemerkte sie nachdenklich und ging zur Kaffeemaschine, um sich einen frisch gebrühten Muntermacher zu gönnen. Ebenso grübelnd schritt sie zu ihrem Schreibtisch zurück und setzte sich. Für einen Augenblick herrschte Ruhe, bis sie von Hufnagel unterbrochen wurde.

»Hufnagel, Kripo Konstanz«, vernahm Nadine ihren

Kollegen, bis sie sich allmählich wieder auf ihr Tun konzentrierte. Jede Sekunde war jetzt kostbar.

»Danke für die Info. Also keine Schreibtischlieferung in letzter Zeit.« Hufnagel legte den Hörer auf den Apparat. »Wir brauchen Ergebnisse, und zwar sofort.« Er klang wütend.

»Sind Sie fertig?«, fragte Nadine und hörte sich wie eine Lehrerin an, deren Schüler einen Test schrieben.

»Na, wenn Sie das so nennen wollen. Ja! ... Nix ... Keine Bestellung, die uns nützen würde. Hier und da ein paar Tische, nichts Nennenswertes. Alles nur Privatleute. Keine Firma«, sprach Hufnagel abgehackt, als wäre er ein Roboter. Unerwartet ging er zur Tür und verließ den Raum. Der fragende Blick seiner Kollegin begleitete ihn.

Wieso geht der jetzt?, sinnierte Nadine ... *Verdammt. Ich trete auf der Stelle. Ob Hübi was herausgefunden hat? Ich werde nachfragen.* Sie schaute zu ihm hinüber. *Ne, besser nicht. Die Zeit ist ohnehin knapp. Am Ende nerven ihn meine Fragen wieder. Wo Hufnagel nur bleibt?*

Im gleichen Moment ging die Tür auf und Hufnagel trat ein.

»Musste dringend wohin«, erklärte er das kurze Verschwinden.

Nadine signalisierte mit einem Summton ihr Verständnis.

Zurück im Büro beschloss Hufnagel, erst einmal seinen Schreibtisch zu ordnen. Vielleicht weil er hoffte, die Gedanken ebenso sortieren zu können. Die Notizen legte er zeitlich sortiert aufeinander. Rechts die Hoffnungslosen, links die Hoffnungsvollen. Zumindest hegte er eine winzige Spur daran, dass etwas Brauchbares auf der linken Seite war. Er wirkte unruhig und beschloss, sich abzulenken. Nach Pflanzengießen war ihm jetzt. Kurzerhand stand er auf und ließ den Blick aus dem Fenster schweifen. Gleichzeitig ärgerte er sich über das miserable Wetter. *Wo bleibt der Schnee? Der ständige Nebel geht mir gehörig auf den Wecker. Und die Sonne? Ach ...*

Nadine, die ihn beobachtete, überlegte, ob sie etwas sagen sollte. Sie beschloss zu schweigen und stattdessen ihrer Arbeit nachzugehen. Dennoch schien alles sinnlos. Sie senkte den Kopf und dachte darüber nach, wie sie der Misere entkommen konnte.

»Hübi, und, was gefunden?«, fragte sie ihren Kollegen, nachdem sie mit Hufnagel einen leidvollen Blick getauscht hatte. Ohne ein Wort zu wechseln, war er imstande, ihren Ausdruck zu deuten.

»Nein! Nichts«, hörte Nadine ihn sagen, wobei er das letzte Wort laut betont über die Lippen brachte.

Nadine rollte mit den Augen. »War ja nur eine Frage.«

Auch Hübner war so weit wie am Anfang. Eines war ihm schon jetzt klar. Die Zeit würde nicht ausreichen, um sämtliche Firmenschließungen und Gründungen zu recherchieren. Man suchte die Nadel im Heuhaufen.

Hübner stand auf und lief im Zimmer umher. Nachdem er sich abgeregt hatte, setzte er sich, öffnete eine Mineralwasserflasche und trank sie in einem Zug halbleer. Begeistert sah ihm Nadine zu. *Das könnt ich nicht*, gestand sie sich neidvoll.

✳✳✳

Selzer hielt Wort und stattete dem Alten einen Besuch ab.

Als Amans Selzer eintreten sah, erhob er sich und kam seinem besten Mitarbeiter ein Stück entgegen. »Guten Tag Herr Selzer.«

»*Guten Tag*«, wiederholte Selzer, dennoch lag in seiner Stimme ein gewisser Unterton, der Gereiztheit signalisierte.

Amans drehte sich von ihm weg und ging zum Schreibtisch zurück. Er spürte den Muskelkater in den Oberschenkeln, welchen er dem gestrigen Walken zuschrieb. Unter Schmerzen winkte er Selzer zu sich und bot ihm einen Stuhl an. »Nehmen Sie bitte Platz!«

»Danke, ich stehe lieber«, antwortete Selzer schnoddrig.

»Gut, Ihre Entscheidung. Sie wollten mich sprechen?«, fragte Amans und blickte erwartungsvoll zu ihm.

Darauf hatte Selzer nur gewartet. Sofort ergriff er das Wort. Er berichtete vom Foto der gesuchten Rentnerin im Nachthemd und erwähnte, dass sie aller Wahrscheinlichkeit nach tot sei. Eine Leiche gebe es nicht. Man suche mit Hochdruck nach der Vermissten.

»Tun Sie das! Und bitte, Herr Selzer, ich erwarte alsbald Ergebnisse. Einen zweiten Mordfall können wir uns nicht erlauben. Ansonsten werden wir uns warm anziehen müssen. Ich habe keine Lust, ständig der Presse Erklärungen abzugeben.«

Selzer kochte vor Wut und starrte wie gebannt auf Amans Geheimratsecken, die aus seiner Sicht zu glänzen schienen. Im gleichen Moment wischte Amans mit einem Stofftaschentuch darüber hinweg und schnaufte hörbar durch den Mund.

»Hach, diese Hitze macht mir zu schaffen. Irgendjemand hat mir die Heizung angestellt, obwohl ich es kühl mag. Sicherlich die Putzfrau.«

Lenk nicht ab! »Wir müssen Moser erneut verhaften.«

Amans entglitt der Blick. »Wieso? Ich verstehe nicht. Er sollte sich doch am Dritten melden.«

»Ganz genau. Heute ist der Dritte. Bisher hat er es nicht getan. Wir werden eine Streife schicken und ihn verhaften.«

Kaum dass Selzer den Satz beendet hatte, stand Moser lächelnd in der Tür und meldete sich offiziell vom Kurzurlaub zurück.

»Na, ich wusste, dass ich mich auf David verlassen kann«, meinte Amans und erhob sich unter einem hörbaren Wehklagen. Er ging zu Moser und reichte ihm die Hand. »Schön, dich zu sehen. Wir dachten schon, du kommst nicht.«

Moser schaute erst zu Selzer, dann zu Amans. »Wieso das? War doch klar, dass ich mich melde. Mein Auto ist nicht angesprungen«, entschuldigte Moser die Verspätung.

Im Anschluss verließ Selzer mit ihm das Büro. Die beiden begaben sich zu einem der Besprechungszimmer, in das sich Moser setzte. »Warten Sie hier! Die Kollegen kümmern sich gleich um Sie.« Gleichzeitig beorderte Selzer einen uniformierten Polizisten zu Mosers Aufsicht ab. Breitbeinig postierte sich dieser neben der Tür und schaute grimmig zum Verdächtigen.

In der Zwischenzeit betrat Selzer verärgert das Büro, in dem betriebsame Hektik herrschte.

»Was ist los?«, fragte Nadine fürsorglich, die dessen Laune sofort wahrnahm.

»Moser sitzt im Besprechungszimmer«, antwortete Selzer und verschränkte die Arme vor der Brust. Die Situation schien ihm verfahren. Die Frage, ob man David Moser einen weiteren Mord nachweisen konnte, quälte ihn. Man hatte nichts in der Hand außer zwei unscharfen Fotos. Keine Leiche – kein Mord.

»Chef?«

Nadines Stimme riss Selzer aus seinen Gedanken. Er hatte sie gehört, aber nicht wahrgenommen. »Was ist?«, entgegnete Selzer mürrisch.

»Hörst du mir überhaupt zu?« Nadine wirkte beleidigt. »Ich fragte, ob ich Moser vernehmen soll oder ob du das machst.«

Selzer schien noch immer geistig abwesend, dennoch reichte es zu einer Antwort: »Mach du das mal.«

Genervt atmete Nadine durch. *Bleib ruhig! Mann, was ist dem denn schon wieder über die Leber gelaufen? Zwanzig Jahre später würde ich sein Verhalten glatt aufs Alter schieben.* Als Verstärkung bat sie Hübner mit zum Gespräch. Unterwegs fragte sie ihn, ob er an Mosers Unschuld glaube.

Hübner war unschlüssig. Gleichzeitig machte er sich Sorgen um Frau Tal, da es weder eine Lösegeldforderung noch ein Lebenszeichen von ihr gab. Was er aufgrund langjähriger Erfahrungen dachte, behielt er für sich.

»Also dann«, bemerkte Nadine mit einem Augenzwinkern, als sie das Besprechungszimmer betrat.

Moser, der am Tisch Platz genommen hatte, hielt die Hände ineinandergefaltet, gleich einem Gebet.

Nadine ging auf Moser zu, reichte ihm wortlos die Hand und setzte sich ihm gegenüber. Sodann legte sie ihm die Fotos der Gesuchten vor die Nase und zeigte auf eines der Bilder. »Kennen Sie die Frau?«, fragte die Kripobeamtin forsch.

Moser schaute auf die Fotografien und wirkte verunsichert. »Wer ist das?«

»Lassen Sie sich Zeit!«, bemerkte Nadine den Blick auf den jungen Mann gerichtet.

»Zeit womit?«

Hübner übernahm das Verhör.

»Wollen Sie uns verarschen? Entweder Sie machen jetzt ihr Mau...«

Nadine unterbrach ihn, indem sie ihre Hand auf seinen linken Arm legte. Gleichzeitig schüttelte sie den Kopf. »Nicht! Das ist es nicht wert.« Mit Sicherheit würde Moser seine Eltern über das Gespräch informieren.

Hübner verstand und formulierte die Frage aufs Neue. »Kennen Sie diese Frau?«

»Nein, die habe ich noch nie gesehen. Wer soll das sein?«

»Sehen Sie auf ihre Kleidung!«, forderte Hübner.

»Sie sieht müde aus«, bemerkte Moser beiläufig und schaute erneut auf das Foto. Er wusste, worauf Hübners Frage zielte. Dennoch stellte er sich dumm.

»Wie lange wollen Sie uns noch an der Nase herumführen, Herr Moser? Die Frau hier«, sprach Nadine gereizt und wies auf das Foto vom zweiten Januar, »trägt das gleiche Nachthemd wie Carmen Sauer, die Tote vom Stadtgarten.«

»Ja und? Aber diese Frau lebt noch«, empörte sich Moser.

Nadine schaute ihn aus kleinen Augen an. »Wie meinen Sie das? *Sie lebt noch.*«

Moser kehrte in sich, überlegte kurz und antwortete entschlossen: »Hören Sie, ich sitze hier aus freien Stücken, ohne Anwalt. Ich kenne meine Rechte! Und wenn Sie mir *jetzt* jedes Wort im Mund umdrehen wollen, schweige ich für den Rest unseres Gespräches.«

»Gut, formuliere ich die Frage anders. Die Frau auf dem Foto wird seit vier Wochen vermisst. Wir haben keinerlei Hinweise wo und warum man sie gefangen hält. Wir wissen nur, dass es sich um das gleiche Nachthemd handelt wie bei Ihrer getöteten Freundin Carmen.«

Moser überlegte. »Merkwürdig, das gebe ich zu«, sagte er nach einer Weile des Schweigens. »Mhm, nach ihrer Körpergröße zu urteilen, könnte es sich um eines meiner geklauten Hemden handeln. Da stimme ich Ihnen zu.«

Hübner schaute skeptisch. »Das behaupten *Sie*, dass man Ihnen die Nachthemden gestohlen hat. Einen Beweis gibt es nicht. Unter diesen Umständen werden wir Sie erneut in Haft nehmen.«

Nadine nickte, obwohl sie die Entscheidung missbilligte. Die Tatsachen sprachen eher gegen den Studenten statt für ihn. Sie erhob sich und blickte hinab zu Moser. »Danke, dass Sie gesprächsbereit waren. Sie können jederzeit Ihren Anwalt zurate ziehen. Das wissen Sie!« Ein unauffälliges Lächeln entsprang ihrem Mund.

»Danke! Kann ich gehen?«

»Nein! Sie stehen unter Mordverdacht«, bemerkte Hübner geradeheraus.

Der Student starrte ihn an. »Unter Mordverdacht? Etwa wegen dieser vermissten Frau? Ist das nicht weit hergeholt? Unter dieser Voraussetzung sollte ich meinen

Anwalt konsultieren. Wenn ich's mir recht überlege, frage ich mich ernsthaft, wie Sie mir einen Mord zur Last legen wollen ohne eine Leiche. Ganz zu schweigen von einem Motiv. Hören Sie, ich kenne die Frau nicht. Warum hätte ich sie umbringen sollen? Sie müssen sich Ihren Mörder woanders suchen.« Moser atmete tief durch, sodass sein Oberkörper anschwoll und die Muskeln zur Geltung brachte.

Hübner schaute zum uniformierten Wachmann und bat ihn, den Verdächtigen abzuführen. Alles Übrige wäre Sache von Mosers Anwalt. Inzwischen würde man die Suche nach der Vermissten weiter ausdehnen. Er gab dem Studenten deutlich zu verstehen, falls man die Rentnerin finde und ihr etwas zugestoßen sei, könne er sich *warm* anziehen.

Man brachte David Moser in Gewahrsam.

Auf dem Weg ins Büro lief Nadine wortlos neben Hübner her. *Mir gefällt die Sache nicht. Wieso kommen wir ständig auf Moser? Wir sind im Fall Carmen Sauer keinen Schritt weitergekommen und stehen noch immer am Anfang.*

»Glaubst du, dass es Moser war?«, fragte Hübner und sprach damit Nadine aus der Seele.

Nadine schaute ihn von der Seite an, schüttelte unmerklich den Kopf und sagte leise: »Auf mich wirkt er glaubwürdig. Wir verplempern unsere Zeit. Sollten wir nicht nach der Tal suchen?«

»Sollten wir«, wiederholte Hübner.

Als sie ins Büro traten, erschrak Hufnagel. Er war in den Computer vertieft gewesen und hatte die beiden nicht kommen hören. »Ich würde das gerne hier noch lesen! Interessant sag ich Ihnen«, bemerkte er einsilbig den Blick auf den Bildschirm gerichtet.

Die zwei setzten sich und sprachen kein Wort.

Nur das Telefonklingeln störte die Ruhe und ließ Hufnagel erneut zusammenzucken. Gedanklich noch woanders, nahm er den Hörer zur Hand. »Hufnagel«, rief er barsch und fühlte sich gestört.

»Junge, bist du das?«, ertönte eine ihm bekannte Stimme.

»Ja, Mutter, wer sonst? Na, was gibt es Dringendes, dass du mich im Dienst anrufen musst? Ist jemand die Treppe hinuntergefallen? Oder wurde eine Perlenkette gestohlen?«

»Lass deine Scherze! Mir ist nicht nach Lachen zumute«, schimpfte sie schnaufend, was wiederum ihren Sohn auf die Palme brachte. »Sag, stimmt das, dass Ihr eine Seniorin sucht? Angeblich hält man sie gefangen oder wie die Amerikaner zu sagen pflegen, sie wurde gekidnappt.«

»So, sagt man das?«, wiederholte Hufnagel provokant. »Ja, sie gilt als vermisst. Woher hast du die Information?«, wollte er wissen und setzte sogleich nach: »Von mir nicht.«

»Nein, von Frau Kraft. Du kennst sie, unsere Heimleiterin. Sie hat uns darüber informiert und gebeten, auf uns aufzupassen. Man wisse nicht, wer der Kerl sei und was er im Schilde führe. Mir macht das Angst. Was ist das für eine Welt? Jetzt geht man schon auf Rentner los. Reicht es nicht, dass man von einer lächerlichen Rente leben soll?« Charlotte kam in Fahrt und wollte ihrem Sohn eine Standpauke halten.

Rudolf unterbrach sie. »Mutter, lass das! Ich bin kein Politiker. Deine Kritik ist bei mir an der falschen Stelle.

Wieso beklagst du dich? Mit deiner und Vaters Rente lebst du doch sorgenfrei!«

»Jaaaa. Sagst du mir, was du weißt, oder nicht? Gibt es ein Motiv? Hat man eine Idee, wo sie sein könnte? Ist es die Frau, von der ich dir erzählte?« Charlotte konnte es nicht lassen. Sie bohrte weiter und weiter.

»Mutter, ich sollte arbeiten! Meine Kollegen warten und nicht nur die, sondern auch die von dir erwähnte Dame. Ich ruf dich später an!«, antwortete er, was so viel bedeutete wie: Ich habe keine Zeit. Hufnagel suchte nach den passenden Worten, um sich seinen Kollegen gegenüber zu rechtfertigen. Er wusste, dass Nadine gerne noch einmal nachhakte, wenn es um Charlotte ging. Sie hatte die alte Dame ins Herz geschlossen und kannte deren Marotten, sich ständig in die Arbeit der Polizei zu mischen. Letztendlich störte es Nadine nicht, immerhin waren schon die einen oder anderen entscheidenden Hinweise gerade von ihr gekommen. Beispielsweise hinterfragte die Rentnerin stets ihr Handeln sowie das der Kripo. »Hach, sie weiß es einfach nicht besser.« Sichtlich errötet wendete sich Hufnagel wieder seiner Arbeit zu und ärgerte sich dennoch über die Mutter.

13. Schreckensbotschaft

Nachdem Charlotte aufgelegt und sich maßlos über das Gespräch mit ihrem Sohn geärgert hatte, rief sie kurzerhand Maria Schulz an. Charlotte musste ihren Ärger loswerden und Maria war dafür genau die Richtige.

»Maria? Maria! Sind Sie da?«

»Ne, ick bin nicht da«, maulte ihre Bekannte sogleich los. »Menno, Charly, is doch wohl logisch, dass ick da bin. Wat globen Sie, wer den Hörer in den Fingern hält? Werden Sie jetzt senil?«

»Maria, haben Sie keine Angst?«

»Angst wovor?«, entgegnete diese.

»Haben Sie schon vergessen, was Frau Kraft uns heute beim Frühstück erzählt hat?«

»Wat is? Meinen Sie die Sache mit der verlorenen Rentnerin? Mensch, so wat kommt buchstäblich alle Tage vor. Wir werden nicht jünger. Manch eener vergisst, wo er wohnt. Unter Garantie hat die sich nur verloofen«, tat Maria die Problematik lapidar ab.

»Verlaufen? Sagen Sie mal, wer von uns ist jetzt alt? Sie oder ich? Wenn ich mich verlaufe, bin ich spätestens in ein paar Stunden wieder im Seniorenheim. Ich bleibe doch keinen Monat verschwunden. Ne, das stinkt zum Himmel. Wir müssen die Arme suchen.«

»WIR? Wieso wir? Kennen Sie die Frau? Ick nicht. Warum sollte ick dit tun? Dit is Ufgabe der Polizei.« Maria schien genervt.

Charlotte schüttelte beleidigt den Kopf und verstand die Welt nicht mehr. Für sie stellte sich die Frage nicht. Sie half, wo sie konnte. *Suche ich sie halt alleine.* »Gut, wie

Sie wollen«, beendete Charlotte das Gespräch und legte kurzerhand auf.

»Wat war dit jetzt?« *Uflegen, ohne sich zu verabschieden.* »Na, die kann sich wat anhören.« Maria zog die Augenbrauen hoch, derweil sie darüber nachdachte. Sollte sie sich in ihrer Bekannten getäuscht haben? Sie beschloss, ihr das Verhalten nachzusehen. So ein Missverständnis sorgte nur für miese Laune. Zwischen ihnen war doch etwas Besonderes.

Charlotte schlurfte durch das Wohnzimmer und machte sich Gedanken, was sie für die Vermisste tun konnte. Sie wusste, dass sie verheiratet war und eine der Töchter die Buchlesung von Frau Sandhofen besucht hatte. Die Familie lebte in Konstanz, sodass sie einen Besuch für möglich hielt. Während sie Pläne schmiedete, klopfte es an ihrer Appartementtür. Zuerst ignorierte sie das Klopfen, weil sie glaubte, es stammte von einem der Heimbewohner. Nur das konnte sie jetzt gar nicht gebrauchen. Als es sich wiederholte und energischer wurde, öffnete sie die Tür und sah sich Maria gegenüberstehen.

Maria schob Charlotte beiseite und huschte in die Wohnung.

»Wo fangen wir an?«, fragte sie gleich drauflos.

Die Seniorin fühlte sich erleichtert, lächelte in sich hinein und machte ein ernstes Gesicht. So leicht wollte sie es Maria aber nicht machen. Ein bisschen leiden sollte die Gute schon.

»Wir? Ich dachte, das wäre Sache der Polizei?«, stellte sie die Frage klar.

Maria schwankte mit dem Kopf und ähnelte einem Wackeldackel, den Ältere gerne auf der Hutablage ihres Autos platzierten. »Spielen Sie die beleidigte

Leberwurst? Jetzt haben Sie sich nicht so. Man kann nicht immer einer Meinung sein«, entschuldigte Maria ihr Verhalten und hoffte auf ein Einlenken seitens Charlotte.

Die alte Dame genoss die Situation und kostete sie für ein paar Sekunden aus, bis sie schließlich antwortete: »Nun, ich denke, wir sollten dem Ehemann der Vermissten einen Damenbesuch abstatten.«

»Wieso Ehemann? Kennen Sie den etwa? Woher?«

»Maria, Sie fragen zu viel. Nein, das tue ich nicht. Ich habe nur eine Vermutung. Meiner Meinung nach ist er der Vater der jungen Dame, deren Gespräch ich bei der Buchlesung belauscht habe.«

Maria schaute Charlotte entgeistert an. *Vater? Buchbesprechung? Welches Gespräch? Wenn ick sie weiter löchre, wird sie böse. Ick halt besser die Klappe. Warte ab.* »Ach, die«, tat Maria wissend. »Wie stellen Sie sich dit vor? Wir können nicht bei fremden Leuten ufkreuzen und nach wat fragen. Wir sind keene Bullen, ups, ick meinte Polizei.« Maria hatte mit ihrer Ausdrucksweise wie sooft danebengegriffen, obwohl sie wusste, dass Charlotte den Begriff *Bullen* missbilligte. Ihr Ehemann, Gott hab ihn selig, war einer der besten Kriminalisten Konstanz gewesen. Entgegen Marias Vermutung blieb ihre Bekannte gelassen.

»Warum nicht? Wieso fremd? Die Tochter der Gesuchten war bei Elisabeth Sandhofens Buchlesung. Haben Sie das etwa vergessen?« Charlotte hielt kurz inne, blickte mitleidsvoll auf Maria und fügte dem ein »Ach, wie konnte ich nur, Sie haben ja geschlafen« an.

»Na und! Die war langweilig«, bemerkte Maria sichtlich errötet.

»Lassen wir das. Wir stehen vor einem Rätsel. Angenommen, die Vermisste wurde ermordet, müsste es Spuren geben. Und die gilt es jetzt zu finden. Kein Mensch verschwindet mir nichts dir nichts. Jeder hinterlässt einen Hinweis, auch wenn der anfänglich nicht wahrgenommen wird.«

Maria zog eine Schnute. »Ick bin doch keen Hund. Und wie sollen wir so eine Spur finden? Fragen Sie Ihren Sohn! Der ist bestimmt im Bilde.«

Charlotte zuckte mit den Achseln. »Das habe ich getan, bevor wir beide telefoniert haben. Der sagt mir nichts.«

»Schiete! Na, dann werden wir auf eigene Faust Ermittlungen anstellen. Obwohl ihr Rudi wissen müsste, dit wir jute Detektivinnen sind.«

Charlotte gab Maria recht und schickte Rudolf eine SMS mit der Bitte, ihr einen Anhaltspunkt zu geben. Darüber hinaus erinnerte sie ihn an die gelösten Fälle der letzten Zeit, ohne die er heute nicht so blendend dastehen würde.

Wenig später ertönte das leise Surren einer eingehenden SMS. Zwei weitere folgten.

»Na bitte, es geht doch«, gab Charlotte sich siegessicher. »Mit ein bisschen Druck klappt es immer.«

Es gibt zwei Fotos vom Kidnapper, schrieb Rudolf.

Charlotte schloss die Nachricht und öffnete die nächste. Gebannt blickte sie auf die angehängten Fotos.

»Maria, sehen Sie sich das an!« Sie zeigte ihr das Handy.

»Is dit die Frau? Mann, die sieht knülle aus. Mich laust der Affe, dit Foto is ja völlig unscharf.«

Charlotte schluckte schwer und versuchte, das Bild zu vergrößern. Ihr Handy bot diese Möglichkeit nicht.

Daher ging sie zu ihrem Schreibtisch und holte aus einer der Schubladen eine Leselupe heraus, mit der sie sich das Foto erneut besah. Sie schüttelte den Kopf. Anfangs stockend, dann schwungvoller.

»Stimmt wat nicht?«, funkte Maria dazwischen.

»Merkwürdig, merkwürdig. Sehen Sie!« Charlotte reichte Maria Lupe und Handy und blickte erwartungsvoll in ihre faltigen Augen, die sogleich das Bild bestaunten.

»Na, was sehen Sie?«, fragte Charlotte ungeduldig, da Maria mit einer Antwort auf sich warten ließ.

»Ick globe …«, begann Maria.

»Sagen Sie es schon, was ist?«, drängte Charlotte sie zur Eile.

»Ick globe, DIE is jekidnappt worden«, antwortete Maria. Es hörte sich an, als wäre sie sich ihrer Sache nicht sicher.

Das ist mir bekannt. Dem Bild nach zu urteilen, geht es der Armen miserabel. Dennoch wollte Charlotte ihre Freundin nicht in die Ecke drängen und sagte stattdessen: »Maria, das sehe ich genau wie Sie. Was fällt Ihnen weiter auf? Schauen Sie! Auf dem ersten Foto trägt sie Pullover und Hose. Auf dem zweiten nur ein Nachthemd. Die Frau muss fürchterlich frieren. Meiner Meinung nach haust sie in einem Keller. Da fragt man sich doch, warum? Mir will das Ganze nicht in den Sinn. Anhand der Worte auf den hinteren Seiten könnte man meinen, dem Entführer geht es nicht um Geld, sondern um eine Bestrafung.«

»*Bestrafung?*«, wiederholte Maria zweifelnd. Sie nestelte an ihrem pinkfarbenen Wollpullover herum.

Charlotte nervte Marias Verhalten, weil es sie aus ihren Gedanken brachte. Sie glaubte, zwei Suchbilder mit versteckten Fehlern vor sich zu haben. Der Zweifel nagte an ihr. Lebte die Gesuchte? Die Aussagen, dass *sie* »noch lebe, jetzt nicht mehr« schienen eindeutig. »Oh Gott«, platzte es aus ihr heraus.

Mit einem Ächzen setzte sich Charlotte auf ihren Sessel und streckte die Beine aus. Sodann warf sie einen Blick auf die gegenüberliegende Wand und starrte gebannt darauf. Maria hingegen ersparte sich die Frage nach ihrem Befinden.

»Die Sache ist aussichtslos«, begann Charlotte versteinert zu sagen. »In all den Jahren habe ich keinen Fall erlebt, der mir derart unschlüssig erschien.«

Maria, die sich vor Charlotte gestellt hatte, schaute sie entrüstet an.

»Werfen Sie die Flinte ins Korn? Tun wir dit mal analysieren, wie die ollen Jelehrten zu sagen pflegen«, sprach Maria altklug. »Nun, wat hamm wir?« Maria fühlte sich überlegen und genoss den Moment. »Ne einjesperrte Frau mit Nachthemd. Is dit normal? Ne! Allmählich werden Sie tattrig. Schon vergessen? Als ick Weihnachten in Berlin war, haben Sie mich doch anjerufen. Sie erzählten von einem Mord, plapperten wat über ein weißes Schlafkleid, in dit man die Tote ufm Weihnachtsmarkt jefunden hat. Klingeln Ihnen da nicht die Weihnachtsglocken? Mir schon!«

Charlotte erhob sich, benötigte ein paar Sekunden, da ihr die Hüfte zu schaffen machte. Derweil sie aus dem Fenster schaute, freute sie sich über den dezenten Zuckerguss auf den Bäumen. Nachts hatte es geschneit, zum Leidwesen Altersschwacher, die sich unter diesen Umständen nicht vor die Tür trauten.

Charlotte blickte auf die kleinere Maria und Maria zu ihr hinauf.

»Mensch, Maria, dass ich nicht darauf gekommen bin. Na klar! Die Nachthemden! Ich muss sofort Rudi anrufen.«

Charlotte schlurfte zum Telefon, setzte ihre Lesebrille auf und wählte mit Bedacht jede einzelne Ziffer. Aufgeregt legte sie den Hörer an ihr Ohr, wartete mit einem Lippenaufeinanderpressen auf den befreienden Klingelton. Auf der anderen Leitung wurde gesprochen. Enttäuscht schüttelte sie den Kopf.

»Besetzt?«, fragte Maria.

Beim zweiten Mal hatte Charlotte mehr Glück. Rudi würgte seine Mutter sofort ab, indem er erklärte, dass die Polizei genauso weit sei und er keine Zeit habe, mit ihr irgendwelche Dinge zu besprechen.

Charlotte war empört und legte den Hörer mit einem Knall auf den Telefonapparat. »Dann eben nicht. Maria! Wir gehen!« Jetzt war sie nicht mehr zu halten. Frau Kaufmann konnte das nicht auf sich sitzen lassen. *Genauso weit* wie die Polizei, war ihr definitiv zu mager.

»Wie geht's weiter?«, fragte Maria gefasst.

Charlotte schaute zur Decke und schien nachzudenken. »Am besten, wir statten dem Ehemann einen Besuch ab«, sprach sie und starrte auf die Wand. »Wenn der mal nicht hinter alledem steckt. Überlegen Sie, Maria, wäre es nicht denkbar, dass er die Witwenrente kassieren will? Und wenn er eine Geliebte hat? Oder Schulden? Oder er will an die Lebensversicherung ran.«

»Menno, ick werde janz meschugge. Ick sagte Ihnen bereits, wir können nicht bei dem uffkreuzen und blöde Fragen stellen.« Marias Ton verschärfte sich.

Charlotte senkte den Blick und schaute zu Maria. »Holen Sie bitte Ihre Sachen! Den Rest überlassen Sie mir. Wer sagt, dass wir ihm direkt einen Besuch abstatten? Wir werden uns mal in der Nachbarschaft umhorchen.«

Während die beiden sich nach Petershausen, einem Konstanzer Stadtteil, aufmachten, war Hufnagel nicht zufrieden mit dem, was er bisher herausgefunden hatte.

***

Einige Zeit später in der Stadt

Sie biss auf ihre Unterlippe, um nicht zu weinen. »Er hat an dich geglaubt. Wozu das Ganze?«, fragte sie ihn. Ihre Brust schmerzte vor Anstrengung. Sie versuchte, die Gefühle zu unterdrücken. Wie konnte es nur so weit kommen? Wieso ließ sie es zu? Jetzt, wo alles derart verfahren war, dass sie nicht mehr mit einem blauen Auge aus der Situation herauskommen würden. »Mit deinem Zorn hast du unser Leben zerstört«, ermahnte sie ihn, während er den dunklen Kombi geradeaus steuerte und dann nach links abbog. In der Gegend, in der sie sich befanden, gab es keine Laternen. Es war stockfinster und der Nebel lag über dem Asphalt.

Der Pkw hielt an und die beiden stiegen aus.

In den Teil der Stadt getraute sich zu dieser späten Stunde niemand mehr. Angeblich hatte man hier vor Jahren Kinderleichen gefunden. Dass es sich um Tierkadaver gehandelt hatte, die ein ortsansässiger Metzger hier entsorgt hatte, änderte nichts an der Meinung der Leute. Die Legende hielt bis zum heutigen Tage stand.

Vor ihnen lag ein Berg aus nicht mehr fahrtüchtigen Autos. Benötigte man ein Ersatzteil, fuhr man hierher. Das Schrottteillager war in den Augen der Konstanzer

Autohändler ungerne gesehen, weil das Geschäft mit Autozubehör mehr denn je florierte.

»Ich kann es dir nicht verdenken, dass du mich hasst«, sagte er leise auf dem Weg zu einer der Schrotthallen. Unruhig schaute er sich um.

»Wenn ich es nur könnte«, antwortete sie und lief ihm nach. »Wir hätten das nie tun dürfen. Andererseits, jetzt, wo die beiden tot sind, fühle ich mich geradezu befreit.«

Unerwartet hielt er an und nahm die zierliche Frau in den Arm. »Ich auch«, gab er einsilbig von sich. »Wir holen die Tal und stellen sie wie die andere zur Schau.«

Die Tränen rannen ihr aus den Augen. Sie schluchzte, schwitzte und zitterte. Alles war ihr zuwider. Am liebsten wäre sie aus ihrer Haut geschlüpft, hätte sich verkrochen. Fernab, wo sie niemand fand. »Sie lag im Sterben, wir haben sie liegen lassen. Eines Tages holt uns das ein, du wirst sehen«, sagte sie schniefend.

»Kann sein. Hat das Miststück sich besser verhalten? Nein, lass es! Zur Umkehr ist es zu spät. Hätte sie uns ein günstigeres Testat ausgestellt, wäre vieles leichter gewesen. Wir mussten mit ihm den steinigen Weg beschreiten. Dümmer als andere in seinem Alter war er nie, nur langsamer. Die Alte hat es verdient!«, erklärte er barsch. »Hör endlich auf damit! Wir haben uns entschieden!«

Er schob die Eisentür auf und zwängte sich mit ihr hinein.

»Wo hast du sie versteckt?«, erkundigte sie sich ängstlich, indes sie versuchte, sich in der Dunkelheit zu orientieren.

Er zeigte geradeaus.

»Wo? Ich kann nichts sehen«, schimpfte seine Begleiterin und blickte in das Licht einer Taschenlampe.

»Unter der Plane? Dort hinten?«, stieß sie hervor und schluckte schwer.

Er nickte abgehackt, lief auf die dunkelgraue Plane zu, die quer über rostigen Kotflügeln und Kleinteilen lag. Der Mann bückte sich, schnaufte hörbar durch und warf sich ein etwa 1,60 m großes Paket über die rechte Schulter. Argwöhnisch vergewisserte er sich, dass ihn niemand beobachtet hatte. »Komm!«, rief er und verließ kurz darauf mit ihr das Gebäude.

Sie setzten sich in den Wagen.

Während er den Motor anließ, starrte sie auf ihre Hände, als würde sie ihren Nagellack kontrollieren, den sie nicht trug. *Was habe ich getan?* Ihren Zweifel behielt sie für sich. Sie wusste, er konnte sie nicht verstehen.

Um nicht aufzufallen, löschte er das Scheinwerferlicht und fuhr den Wagen im Schritttempo vom Schrottplatz. Nach ein paar Metern schaltete er das Licht an und fuhr stadteinwärts. In einer nahe gelegenen Kirche entledigte man sich dem Paket, bekreuzigte sich scheinheilig und verschwand in die Nacht.

Nachdem die beiden ihre leblose Fracht entsorgt hatten, lächelten sie einander mit versteinerten Mienen an. Sie zweifelte, unterdessen er sich bestätigt fühlte mit dem, was er getan hatte. Der Pkw fuhr in die Dunkelheit. Niemand hatte eine Ahnung, welche Ladung er soeben transportiert hatte.

***

Etwa zur gleichen Zeit im Stadtteil Petershausen

»Wat ick Sie vorhin schon fragen wollte. Wieso haben Sie die Klingelbüchsen mitjenommen?« Maria und Charlotte stiegen aus dem Stadtbus. »Und noch wat. Bus fahren jehört nicht mehr zu meinen Vorlieben. Die paar Kröten fürs Taxi habe ick allemale.«

Charlotte schmunzelte, kannte sie doch den Geiz ihrer Freundin nur zu gut.

»Abwarten, Maria, abwarten!«, entgegnete sie und kämpfte mit ihrem Mantel, der beim Einsteigen verrutscht war.

Wie ick ihr Abwarten hasse. Jeduld gehört bekanntlich nicht zu meinen Stärken.

Charlotte hakte sich bei Maria ein und überquerte mit ihr nach einem vorsichtigen Rechts-links-Blick die Straße. Nachdem sie sich über die Namensschilder im Haus vergewissert hatte, wo Familie Tal wohnte, klingelte sie bei einem der Nachbarn.

»Wat wird dit, wenn es fertig ist? Ein Klingelstreich? Wer lebt denn hier?«

Charlotte verzog das Gesicht und erklärte, dass die gesuchte Rentnerin in diesem Hause wohne.

Brüskiert blickte Maria zu Charlotte. *Woher hat sie nur die Adresse? Von Rudi bestimmt nicht. Der ist genervt, weil sie sich in den Fall einmischt. Also woher dann?*

»Interessiert es Sie, wie ich an die Information gekommen bin?« Charlotte drückte sich gegen die Tür, weil jemand sie öffnete. »Von der Tochter der Vermissten. Folgen Sie mir bitte!«

Maria beließ es dabei. Sie lief ihr nach.

***

Am nächsten Tag etwa gegen Mittag

Susi schob gelangweilt ihren Wischmopp durch das Innere der Kirche. Sie genoss die Ruhe und sie mochte die Zeit des Alleinseins. Den Moment, wenn Weihrauch ihr in die Nase stieg, sie an die Kindheit in Kroatien erinnerte. Seit zwanzig Jahren wohnte die Familie in Deutschland. Ihre Söhne waren erwachsen, lebten ihr eigenes Leben. Patrick, der Jüngere, war erst kürzlich aus der elterlichen Wohnung ausgezogen. Daher liebäugelte sie mit dem Gedanken, das Putzen aufzugeben, und es gegen eine Ganztagsbeschäftigung einzutauschen. Das Hin- und Herhetzen von Job zu Job hätte somit ein Ende. Ihr Mann war tagsüber ohnehin nicht daheim und die Söhne benötigten längst kein Mittagessen mehr.

Ihr Handy klingelte. Die Nichte rief an. Die Putzfrau klemmte es zwischen Wange und Schulter und schob den Mopp weiterhin durch die Kirche. Unvorsichtigerweise schlug sie gegen die Holzbänke, erschrak kurz und konzentrierte sich erneut auf ihr Gespräch.

»Wieso war sie nicht in der Schule?«, fragte Susi auf Kroatisch und schaute Richtung Altar, unterdessen sie auf den Beichtstuhl zusteuerte. Instinktiv öffnete sie den bordeauxfarbenen Vorhang und lauschte ihrem Telefonat.

»Keine Ahnung, eventuell ging es ihr nicht gut«, hörte sie ihre Nichte sagen, bevor sie mit einem Schrei das Gespräch unterbrach. »Was ist das?« Susi ließ den Mopp fallen. Überrascht näherte sie sich einer Person, die leicht gekrümmt auf der Holzbank saß. *Sie schläft*, schätzte Susi. *Mhm, eine Frau?*

Die Vierzigjährige legte die Hand auf die linke Schulter der vermeintlich Schlafenden und wollte sie sanft wecken. »Hallooo! SIE? Sie können hier nicht schlafen«, erklärte die Putzfrau in gebrochenem Deutsch, bis die Frau unvermutet zu Boden fiel und ihr lebloses Gesicht offenbarte.

Susi schrie auf und presste entsetzt die Hand auf den geöffneten Mund. »Gott im Himmel. Eine Tote!«, hatte sie sofort eine Erklärung parat, da kurz zuvor ihre Mutter in Kroatien verstorben war.

»Behalten Sie bitte Ruhe!«, hörte sie jemand sagen.

Erschrocken blickte Susi zur Seite und antwortete sichtlich schockiert: »Ich glaube, sie lebt nicht mehr.«

»Haben Sie ein Telefon? Dann rufen Sie die Polizei an!«, erklärte ihr ein Herr und schien irgendetwas zu reden. Susi zitterte wie Espenlaub. Verwirrt legte sie ihr Handy ans Ohr, versprach der Nichte, die noch in der Leitung war, sich zu melden, sobald sie wisse, was passiert sei. Wie fremdgesteuert drückte Susi die Auflegetaste und wählte die Nummer der Polizei. Was danach geschah, bekam sie nur noch am Rande mit.

Der nette Herr schob Susi langsam in Richtung der Bänke und bat sie, sich zu setzen. Gemeinsam wartete man auf das Eintreffen der Polizei, derweil die Putzfrau immerzu mit dem Kopf schüttelte und nicht verstehen konnte, was sich gerade vor ihren Augen ereignet hatte. Gefasst hielt der Mann ihre Hand und dachte über die Tote nach. Augenscheinlich war sie keines natürlichen Todes gestorben. Was gerade für ihn besorgniserregend war.

14. Die zweite Tote

»**W**as genau haben Sie gesehen?«, fragte Selzer die Putzfrau, die verwirrt in der Kirche umherstarrte.

»Ich habe Ihnen doch schon alles gesagt«, antwortete sie mit zittrigen Händen, die sie immerzu ineinanderfaltete. Sie hielt inne, rätselte. Schemenhaft erinnerte sie sich. Wie gerne hätte sie geholfen. Susi zermarterte sich das Hirn, ob ihr etwas aufgefallen sei. Jedoch gab es nichts, was sie der Polizei hätte sagen können, außer über den Herrn, der mit ihr die Tote entdeckt hatte. Er war der Pfarrer der Kirche. Und er war es auch, der sie beschützend in die Arme genommen und ihr Mut zugesprochen hatte. Die Angst saß Susi im Nacken. Eine Leiche zu finden, schockierte sie. In ihrer Welt waren die Tage des Krieges längst vergangen. Jene Tage, die Leid und Furcht über die Bevölkerung gebracht hatten und die ihre Familie hatte auswandern lassen. Nun sah sie sich einer anderen Grausamkeit gegenüberstehen, eine, die sie verabscheuenswürdig fand. Unter welchen Umständen war die Frau gestorben? War sie Opfer eines Gewaltverbrechens geworden? Gab es Zeugen außer ihr? Susis Sinne waren vernebelt. Sie konnte sich nur dunkel an all das erinnern.

»Daniel, lass sie mal in Ruhe!«, meinte Nadine, die neben der Reinigungskraft stand und Mitleid mit ihr hatte. »Frau Kovacic, Sie ruhen sich erst einmal aus. Unsere Leute kümmern sich gleich um Sie. Sobald es Ihnen besser geht, werden wir Sie befragen.« Nadine ging auf eine Frau mit weißem Overall zu und flüsterte ihr etwas ins Ohr. Anschließend kehrte sie zum Fundort der Leiche zurück und fragte die dort tätigen Kollegen von der Spurensicherung nach ihrem Kenntnisstand. Man sagte ihr, dass Fundort nicht gleich Tatort sei sowie dass der Tod vor Stunden eingetreten sein müsse. Alles andere bekomme sie im Laufe der nächsten Zeit zu erfahren. Die junge Polizistin gab sich zufrieden und ging hinüber zu Hufnagel, der mit Pfarrer Kner sprach.

Kner war beleibt und wirkte auf Nadine sympathisch. Vom Typ her unscheinbar, genauso wie sie sich einen Pfarrer vorstellte. Ruhig, bescheiden und das richtige Wort findend. Sie blickte zur Decke und staunte über die fehlende Malerei. Kurz darauf ging sie zu den Herren, um den Pfarrer per Handschlag zu begrüßen.

»Sie wundern sich bestimmt über unsere einfache Kirche«, stellte der Pfarrer in den Raum. Er erklärte, dass man aus Kostengründen beim Kirchbau bei klaren und schlichten Formen geblieben war, sodass St. Gebhard wohl keiner typischen katholischen Kirche entsprechen würde.

»Ach, mir gefällt's. Vor allem die gelb gestrichene Decke«, meinte Nadine und kam zum Punkt. »Kannten Sie die Tote?«, fragte sie den Mann im schwarzen Anzug und Collarhemd.

Der Pfarrer legte Zeigefinger und Daumen seiner rechten Hand unterhalb des Kinns, überlegte kurz und sagte dann entschlossen: »Das ist Frau Tal, ein Mitglied meiner Gemeinde.«

Beim Namen Tal klingelte es bei der Kripobeamtin. »Katharina Tal?«, vergewisserte sie sich und schaute suchend zu ihrem Chef, der gerade mit dem Rechtsmediziner Doktor Ron Hendrick in ein Gespräch vertieft war. Die beiden kannten sich von früher. Was sie genau miteinander verband, hatte Nadine nie wirklich erfahren. Ihrer Vermutung nach handelte es sich um eine Frau. Zu dem Thema schwieg Selzer sich allerdings aus, denn über Vergangenes sprach er nur ungern. Lediglich dass er eine Zeit lang in den USA gelebt hatte, war ihr bekannt. Sowie dass er als Profiler in der BKA-Abteilung SO (Schwere und Organisierte Kriminalität) gearbeitet hatte.

Nadine war Selzer vor ein paar Jahren per Zufall begegnet. Zu jener Zeit hatte sie sich einem Verfolger in der Berliner U-Bahn entledigen müssen. Der Mann mit der Rastamähne und den schwarzen Springerstiefeln war ihr zunächst suspekt vorgekommen. Aber er war charmant gewesen und hatte sie freundlicherweise zum Flughafen begleitet. Als Nadine jedoch ihr Flugzeug verpasst hatte, bot er ihr an, bei seiner Schwester zu übernachten, weil sämtliche Hotels der Stadt ausgebucht waren. Tags drauf hatte er sie zum Flieger gebracht. Der Abschiedskuss war ihr in Erinnerung geblieben sowie die Handynummer, die Daniel auf ihre Hand geschrieben hatte. Das Selzer bei der Kripo war, hatte sie erst viel später erfahren.

Später wurde Daniel Selzer sogar Chef der Konstanzer Mordkommission und somit ihr direkter Vorgesetzter. Doch es sollte noch schlimmer kommen. Sie hatte sich in ihn verliebt und wollte es auf keinen Fall zeigen. *Job war Job und Schnaps war Schnaps*, so lautete Nadines Devise und daran wollte sie nichts ändern. Sie wusste, dass es zu nichts führte. War die Liebesbeziehung am Ende, musste man dennoch miteinander arbeiten. Gefühle hatten nach ihrer Auffassung nichts bei der Arbeit zu suchen. Zudem behinderten sie das Denkvermögen und konnten über Leben und Tod entscheiden. Der Kuss im letzten

Dezember bildete eine Ausnahme, die, wenn sie ehrlich war, sich gerne wiederholen durfte. Aber Daniel hatte anscheinend jetzt die Nase voll. Zicken, wie sie eine war, mochte er nicht, was er ihr deutlich zu verstehen gab.

»Haben Sie gehört, was ich sagte?«, vernahm Nadine eine Stimme laut und deutlich neben sich. Sie zuckte zusammen und kehrte in die Gegenwart zurück. »Entschuldigen Sie bitte, was sagten Sie?«

Der Pfarrer wiederholte sich und schaute Nadine fragend an. »Wir müssen ihre Familie benachrichtigen«, meinte er einfühlsam und bot sich an, es zu tun.

Nadine, die seine Idee guthieß, war dennoch anderer Meinung. Sie entschied, es mit dem Pfarrer gemeinsam zu tun. Auf diese Weise konnte sie dem Gatten der Toten ein paar Fragen stellen.

Hufnagel, der sich abgewandt hatte, um mit Hübner zu reden, gesellte sich wieder zu seiner Kollegin und deren Gesprächspartner. »Soweit ich das einschätzen kann, haben wir unsere Arbeit getan. Den Rest erledigen die Kollegen von der Spusi.«

Nadine drehte sich ihm zu und verschränkte die Arme vor der Brust. »Gut, weiß Selzer Bescheid?«

Hufnagel nickte.

Hübner kam hinzu und erklärte, dass man die Tote gleich abtransportieren werde, damit Hendrick die Leichenschau durchführen könne.

»Na dann«, sagte Nadine flapsig, »werde ich mit Pfarrer Kner jetzt zum Ehemann der Toten fahren und ihm die traurige Nachricht überbringen.«

»Tun Sie das, Frau Andres«, entgegnete Hufnagel und blickte auf die Armbanduhr. »Das Mittagessen kann ich vergessen. Wir haben Nachmittag, Zeit für einen

Kaffee«, erklärte er entschlossen und schaute sich suchend um.

Nadine verabschiedete sich von den Kollegen und verließ mit dem Pfarrer die Kirche. Die beiden liefen zum Wagen, den Nadine in einer Seitenstraße geparkt hatte. Die Nachmittagssonne, die es heute gut meinte, hellte ihr Gemüt auf und ließ sie trotz der beklemmenden Stimmung ein wenig durchschnaufen.

»Kein einfacher Job, den sie da machen«, erwähnte Pfarrer Kner auf dem Weg dorthin.

Nadine verschanzte die Hände in ihrer Kapuzenjacke und schaute zum Seelsorger. »Nicht anders als Ihrer. Wir haben eines gemein. Die Menschen. Wobei ich die hässliche Variante getroffen habe. Bei mir sind die Leute bereits tot. Wohingegen Sie sich an ihrem Leben er- freuen können.«

Der Pfarrer schmunzelte und zeigte sein ungleichmäßiges Gebiss. »Da haben Sie wohl recht.«

Nadine öffnete das Auto. Kurz darauf fuhr es davon.

Etwa zehn Minuten später hatten sie das Haus der Tals erreicht. Ein schlichtes Mehrfamilienhaus aus den Fünfzigern, schnörkellos mit einem dezent fliederfarbenen Anstrich. Man sah dem Gebäude an, dass daran nur das Nötigste getan wurde. Dennoch wirkte die Anlage gepflegt.

Nadine betätigte die Klingel. Die Haustür ging auf und die beiden traten ein. Wenig später standen sie vor der Wohnung von Familie Tal, die sogleich von Herrn Tal geöffnet wurde.

Als der Rentner die zwei erblickte, wusste er sofort, warum sie gekommen waren. »Ich will Sie sehen«, sagte Tal ohne Umschweife und zitterte, als würde er frieren.

Seine Knie gaben nach und er begann zu schwanken. Gleichzeitig griff der Pfarrer seinen Arm und hielt ihn aufrecht, damit er nicht umkippte. Nadine half ihm dabei. »Bringen wir ihn ins Wohnzimmer, sodass er sich setzen kann.«

»Deshalb sind Sie doch gekommen, weil sie tot ist«, bemerkt Tal währenddessen.

Nadine stimmte ihm traurig per Kopfnicken zu und half dem Rentner auf das Sofa.

»Wie ist es passiert?«, wollte er mit zittriger Stimme wissen. Nadine ging auf seine Frage nicht ein und erkundigte sich stattdessen, ob er ein Glas Wasser wolle.

»Nun sagen Sie es schon! Ich will verstehen, was mit ihr ist«, befahl der Rentner und fügte bedrohlich an: »Haben Sie verstanden?« Seine Augen waren geweitet und tränten.

Nadine gab nach und setzte sich Tal gegenüber.

Inzwischen sollte sie darin geübt sein, schlechte Nachrichten zu überbringen. Zumindest war sie dieser Meinung. Die Endgültigkeit zu verkünden, fiel ihr noch immer schwer. Danach gab es kein Morgen mehr. Kein »Wie geht es ihr?«. Oder »Wann kommt sie aus dem Krankenhaus wieder heraus?«. Stattdessen hatte Nadine zu klären, wer die Rentnerin derart kaltblütig hatte sterben lassen. Instinktiv glaubte sie nicht, dass Herr Tal ein Mörder war. Aber Gefühle taten hier nichts zur Sache. Vernunftgesteuert begann sie mit den Fragen.

»Es tut mir leid, Ihre Frau wurde ermordet. Man hat sie heute Mittag in St. Gebhard vorgefunden. Erstochen.«

Tal hatte Gewissheit. Das Hoffen und Bangen hatte ein Ende gefunden. Doch was war besser? Die

Hoffnung? Oder die Realität? Die Entscheidung war gefällt.

»Wo ist sie? Ich will zu ihr!«, sprach er mit bebender Stimme.

Nadine schluckte schwer. »Sie liegt in der Rechtsmedizin. Sie wird heute noch obduziert. Danach können Sie Ihre Frau gerne sehen.«

»*Obduziert?*«, wiederholte Tal und zog das Wort in die Länge. »Muss das sein? Das hätte sie nicht gewollt.« Tal schwenkte immerfort den Kopf.

»Ja! Das ist Vorschrift bei einem Tötungsdelikt. Eine Obduktion gibt Aufschluss über Tatzeit und Tatwaffe.« Die junge Frau beobachtete Tal, der sichtlich nervös auf dem Sofa hin und her rutschte.

Tal spürte seine Augen brennen. Er schluckte und kämpfte erneut mit den Tränen. Das Gefühl, am Kummer zu ersticken, setzte ihm zu. »Erstochen??? Von wem?«

»Das wissen wir noch nicht. Glauben Sie mir, wir finden den Täter.« Nadine ließ den Blick über das Wohnzimmer schweifen. Nach ihrer Einschätzung war dem Einrichtungsstil mit heller Couchlandschaft, passender Wohnwand sowie diversen Familienfotos an der Wand nichts Auffälliges zu entnehmen. Nur Bücher suchte sie vergebens. »Haben Sie eine Idee, wer Ihre Frau ermordet haben könnte?«

Tal antwortete nicht und schien über die Frage der Polizistin nachzudenken.

Nadine wiederholte sich.

»Keine Ahnung«, entgegnete er genervt. »Wer bringt denn eine Pensionärin um? Wir sind ganz normale Leute. Alles, was wir uns erarbeitet haben, sehen Sie hier! Deswegen tötet man doch niemanden!« Tal kämpfte erneut mit den Tränen.

Pfarrer Kner gab ihm kopfnickend recht.

»Ich kenne Frau Tal seit Jahren. Sie besucht regelmäßig die Gottesdienste und ist ein reges Mitglied meiner Gemeinde.« Er stockte. »Sie sehe ich leider sehr selten.« Dabei schaute er Tal eindringlich in die Augen.

Tal wusste, worauf er hinauswollte, und ging nicht darauf ein. Mit der Kirche hatte er nicht viel am Hut. Der liebe Herrgott hatte seine Wahl getroffen und ließ ihn alleine zurück. Gerade jetzt, wo die Eheleute die Rente genießen wollten. Wie sollte es nur weitergehen? Die Kinder standen auf eigenen Füßen und lebten ihr Leben. Dabei ging Wolfgang Tal stets davon aus, vor der Gattin sterben zu müssen. Mord gehörte jedoch nie zu seinen Gedanken. *Bis jetzt.*

Nadine, die mit zusammengepressten Händen ihm gegenüber saß, löste diese und meinte: »Der Mörder war mit einer gehörigen Portion Zorn am Werk. Jemand, der ihre Frau abgrundtief gehasst haben muss. Einer, der sie sterben sehen wollte und sich daran ergötzte.«

Der alte Mann hörte ihr verwundert zu. »Ich kenne niemanden, der sie so gehasst haben könnte.«

»Das glaube ich. Nach meiner Meinung liegt das Motiv in der Vergangenheit begründet. Fertigen Sie mir bitte eine Aufstellung aller Freunde und Bekannten sowie den zurückliegenden Arbeitsstellen Ihrer Gattin an!«

Tal nickte nachdenklich gestimmt.

»Ach, und noch etwas«, fügte Nadine hinzu. »Was genau haben Sie in den letzten 24 Stunden gemacht?«

Der Rentner schaute Nadine entrüstet an. »Wollen Sie mir etwa einen Mord unterstellen? Mir, dem

Ehemann? Es mag ja sein, dass wir häufig Streit hatten. Nicht mehr oder weniger als andere Paare auch.« Tal rutschte mit dem Gesäß zur Sofakante vor und beugte den Oberkörper der jungen Frau entgegen. »Ich lag mit einer fürchterlichen Erkältung im Bett. Fragen Sie meinen Hausarzt! Er hatte mir Bettruhe verordnet.«

Wenn er die Wahrheit sagt, scheidet er als Täter aus. Andererseits traue ich dem sowieso keinen Mord zu und schon keinen, der so schonungslos ausgeführt wurde. Der hat seine Frau nicht auf dem Gewissen, grübelte Nadine und erinnerte Tal erneut an die Liste. Danach verabschiedete sie sich von ihm. Man verließ die Wohnung jedoch nicht ohne eine helfende Geste seitens des Seelsorgers für die bevorstehende Beerdigung. Mit einem »Danke, das ist nett von Ihnen« wurde sie erwidert.

Statt mit Nadine zurückzufahren, beschloss der Pfarrer, noch eine Runde zu laufen. Er musste nachdenken. Sie akzeptierte und schlug die entgegengesetzte Richtung ein. Grübelnd lief Nadine zu ihrem Dienstwagen. Die junge Frau hatte den Reißverschluss ihrer Jacke bis unters Kinn gezogen und kuschelte sich in das warme Material. *Wenn ich zurück bin, gönne ich mir erst mal einen Kaffee. Danach rufe ich Hendrick an. Vielleicht hat er schon ein paar brauchbare Infos für mich. Komisch, dass sich Daniel nicht meldet. Ob Hufnagel mit ihm gesprochen hat?* Während sie nachdenklich zum Wagen lief, überhörte sie die Stimme, die mehrmals hinter ihr herrief. Erst als man sie beim Namen nannte, wurde sie hellhörig. Neugierig drehte Nadine sich um.

Vor ihr stand Marcel, der Exfreund.

»He, lange nicht mehr gesehen«, meinte er lächelnd und schaute in ihre kastanienbraunen Augen. »Siehst gut aus. Der Job scheint dir zu bekommen.« Gleichzeitig drückte er einen Kuss auf ihre Wange, den Nadine schmunzelnd entgegennahm.

»Und du? Wie geht's dir? Arbeitest du noch bei den Stadtwerken?«, fragte sie.

Marcel nickte. »Mhm. Bin jetzt zum Teamleiter aufgestiegen. War die richtige Entscheidung mit der Qualifizierung.«

»Echt? Das freut mich für dich. Du, ich muss los. Dringender Fall.« Nadine wirkte gehetzt. Zudem spürte sie ihre kalte Nase und wollte ins Warme.

Marcel zeigte Verständnis und meinte: »Dann hat sich wohl bei dir nicht viel geändert. Dein Job steht immer noch an erster Stelle?« Er musterte sie und zwinkerte mit den Augen.

Macht der sich lustig über mich? »Ja, immer dasselbe.« *Mhm, er sieht blendend aus. Bestimmt hat er eine Neue. Der kann nicht ohne.*

»Lass uns telefonieren! Hast du noch die gleiche Nummer?«

»Du, ich muss los.« Nadine gab Marcel einen flüchtigen Kuss und bejahte die vorangegangene Frage. *Telefonieren? Wozu? Der hat nicht kapiert, dass ich mich nicht betrügen lasse. Blödmann.*

Als Nadine ins Büro kam, saß Selzer am Schreibtisch und schien sich zu konzentrieren. Hübner und Hufnagel waren abwesend.

»Hallo Daniel, wo sind die anderen?«, wollte Nadine wissen, während sie ihre Jacke in den Kleiderschrank hängte und sich fröstelnd die Hände rieb.

Daniel blickte mit strengem Blick vom Computer hoch.

»Die Kollegen sind bereits im Besprechungsraum«, gab er zur Antwort und deutete mit einem merkwürdigen Lächeln an, dass sie wohl etwas verpasst hatte.

Nadine ging zu Selzer an den Schreibtisch.

»Wieso? Was ist passiert?«

»Nichts, Nadine, nichts. Ich habe nur einen Termin für eine Besprechung ins Outlook gestellt.«

»Termin? Jetzt? Davon weiß ich gar nichts«, versuchte sie, sich zu rechtfertigen. Gleichzeitig schaute sie auf ihr Handy. Tatsächlich. Sie hatte die Nachricht nicht gelesen und konnte dementsprechend dem Treffen weder zu- noch absagen. *Scheiße. Aber einen Schwarzen lasse ich mir noch raus*, dachte sie und drückte die Taste der Kaffeemaschine für eine große Tasse. Das Brummen signalisierte ihr das zu erwartende Heißgetränk.

Selzer erhob sich und schaute erwartungsvoll zu seiner Kollegin. »Kommst du jetzt mit oder hast du was Besseres vor?«, bemerkte er schnippisch.

Die Frage hatte gesessen. Nadine nahm ihre Tasse, ging an ihren Schreibtisch und entnahm das Notizbuch. »Wir können gehen«, entgegnete sie gereizt.

Zu zweit schritten sie in den Besprechungsraum. Schlagartig wurde es still.

Die beiden setzten sich, unterdessen Nadine sich kurz umschaute, wer an der Besprechung teilnahm. Ihr gegenüber saßen Hübner und Hufnagel, links Hendrick, der Rechtsmediziner, und rechts der oberste Chef Amans. *Was will der hier?*

Selzer sagte während der kurzen Lagebesprechung kaum etwas. Stattdessen überließ er das Reden Hendrick, der darüber informierte, dass die

Leichenschau im Anschluss an die Besprechung stattfinden würde. Erste Details wollte er aber preisgeben und er erzählte, dass man Frau Tal mit einem spitzen Gegenstand, womöglich einem Messer, gezielt in die Milz gestochen hatte. Daraufhin kam es zu massiven inneren Blutungen, sodass die Frau schnell das Bewusstsein verloren hatte und binnen weniger Stunden verblutete.

Die Kollegen zeigten sich erstaunt. Amans meinte, dass man jetzt die Ärmel hochkrempeln solle. Zwei Morde innerhalb eines Monats seien für eine Stadt wie Konstanz geschäftsschädigend. Noch wäre es Winter, aber im Sommer, wenn der Tourismus wieder Einzug halten würde, dürfte darüber niemand mehr sprechen. Außerdem säße ihm der Bürgermeister samt Tourismusvereine im Nacken. Ohne aufzusehen, sagte er: »Ich erwarte baldige Ergebnisse.« Zudem solle man sich nicht nur auf seinen Schützling Daniel Moser konzentrieren, sondern in alle Richtungen ermitteln. Indes er sprach, schaute er Selzer eindringlich an, als wäre der Satz nur für ihn gemeint. Nach dem Statement stand er auf und verließ den Raum.

Nach einem flüchtigen Blickwechsel, der so viel verhieß wie »Na, da können wir uns warm anziehen«, erhob sich auch Hendrick.

Nachdem die beiden das Besprechungszimmer verlassen hatten, stellte sich Selzer hin. »In zehn Minuten im Büro«, schimpfte er auf dem Weg zur Tür und ließ sie hinter sich ins Schloss fallen.

»Der hat aber eine miese Laune«, meinte Nadine und gab Amans recht. Bislang hatte man nichts Brauchbares in der Hand. Weder über die Tote vom Stadtgarten noch über die Tote vom Beichtstuhl. Gleichzeitig nippte sie an ihrer Tasse, deren Inhalt sie vor Anspannung vergessen hatte zu trinken. Inzwischen war der Kaffee kalt geworden.

Dann verließ auch sie mit Hübner und Hufnagel den Raum.

Draußen im Flur nahm Hufnagel Nadine beiseite. »Wir sollten uns erneut an die Presse wenden. Möglicherweise hat jemand die Entführung gesehen.«

»Warten wir ab, was Selzer zu sagen hat«, antwortete Nadine.

Hufnagel stimmte per Brummen zu und lief mit ihr ins andere Büro.

15. Noch am gleichen Tag

Selzer stand, die Hand ans Kinn gelegt, vor der Glaswand und schaute auf die angebrachten Fotos der zwei Mordopfer. Oberhalb pinnte ein Bild von Carmen Sauer, der ersten Toten, das sie liegend im Schnee zeigte und mit Datum 21.12.2016 versehen war. Daneben hing eins aus Kindheitstagen mit der Freundin Vanessa. Außerdem ein Foto von Sebastian, ihrem Freund, sowie David, in deren Mitte sich die Studentin befand. Wie sich später herausstellte, hatte sie mit David Moser ein Verhältnis gehabt. Für die Tatzeit besaß Moser kein Alibi. Er war der Letzte, der mit ihr geschlafen, und auch der Letzte, der sie lebend gesehen hatte. In der Todesnacht war er betrunken gewesen und erinnerte sich kaum an die Einzelheiten. Er galt als dringend tatverdächtig und wurde in U-Haft genommen.

Nadine stellte sich neben Selzer, roch das feinherbe Aftershave und schwieg. Sie besah sich die Fotos genauer und dachte darüber nach, was er sagen würde.

Hübner und Hufnagel gesellten sich hinzu.

Selzer trat einen Schritt nach rechts und starrte auf das Foto von Katharina Tal, das sie im Beichtstuhl liegend zeigte. »Worin besteht der Zusammenhang zwischen Mord eins und Mord zwei? Das Nachthemd? Eher nicht!«, rätselte er leise vor sich hin.

Nadine verschränkte ihre Arme vor der Brust und grübelte mit ihm. »Mhm? Warum tragen sie weiße Nachtwäsche und keine geblümte? Wieso sind die Opfer überhaupt in Nachthemden gekleidet? Mhm. Der Täter will uns damit etwas sagen. Symbolisiert *Weiß* nicht Unschuld?«

Hübner mischte sich ein. »Sowie Reinheit und Vollkommenheit.«

»Und die Summe aller Farben des Lichts«, sagte Nadine fast flüsternd und auf eine Weise, als sagte sie ein Gedicht auf und erwartete jedermanns Aufmerksamkeit.

»Richtig!«, bestätigte Selzer. »*Weiß* verkörpert physikalisch gesehen nicht das Nichts, sondern alles und steht in keinem negativen Zusammenhang. Es stellt eine vollkommene Farbe dar.«

»Du meinst, die Färbung symbolisiert so etwas wie Licht, Glaube und Unschuld?«, führte Nadine den Satz fort.

»Mhm, besser hätte ich das nicht sagen können, Nadine«, stimmte Selzer zu und verband es mit einem Kopfnicken.

»Das passt nicht. Spinnen wir den Faden doch mal weiter«, bat Nadine und schaute einen nach dem anderen an. »In unserem Fall sehe ich das nicht so. Und wenn ...«, sie trat näher an die Glaswand heran, »... und wenn der Täter mit dem weißen Nachthemd genau das Gegenteil bezweckt hat?«

Hübner unterbrach sie. »Du denkst, dass er den Glauben an das Gute verloren hat und daher den Farbton wählte? Quasi als eine Art erhobener Zeigefinger.«

»Wäre doch denkbar, oder?«, fragte sie dann.

Die Kollegen stimmten ihr zu.

»Nicht übel«, bemerkte Selzer beiläufig. »Das Nachthemd ist das eine. Doch was verbindet die Frauen miteinander? Oder besteht der Zusammenhang nur zwischen ihnen und dem Mörder?«

Hufnagel, der sich bis jetzt zurückgehalten hatte, meinte: »Moser wurden doch angeblich drei Nachthemden in kleineren Größen gestohlen. Was bedeuten würde, dass es noch ein drittes Opfer geben könnte oder bereits gibt. Wir sollten schleunigst die Parallelen zwischen den beiden Fällen finden, sonst dehnt er oder sie die Morde aus.«

Hufnagel hatte mit der Aussage ins Schwarze getroffen. Irgendwo in der Stadt lief ein Mörder frei herum, der es ausschließlich auf Frauen mit der Konfektionsgröße 36/38 angelegt hatte. Entweder wusste der Täter, auf wen er es abgesehen hatte, oder er mordete wahllos. Das herauszufinden war jetzt ihre Aufgabe.

Selzer überlegte in die gleiche Richtung. Gleichfalls zermarterte er sich das Hirn, warum man Carmen Sauer als Schneeengel hatte liegen lassen und weswegen Katharina Tal in einem Beichtstuhl platziert worden war. Beiden Darstellungen ging eine gemeinsame Überlegung voraus, das sagte ihm seine langjährige Erfahrung als Profiler. Daher verteilte er Aufgaben.

»Nadine, du und Hübner findet heraus, ob es zwischen den Frauen eine Verbindung gibt! Sie, Herr Hufnagel«, dabei schaute er seinen älteren Mitarbeiter eindringlich an, »beschäftigen sich mit der Idee des Engels und der des Beichtstuhls! Von mir aus nehmen Sie noch mal alle Befragten unter die Lupe. Machen Sie was draus! Ich brauche dringend etwas Handfestes.«

Hufnagel zog ein Taschentuch aus der Hosentasche und wischte sich den Schweiß von der Stirn. »Geht klar, Chef.« *Mann, eigentlich wollte ich heimgehen. Der Tag war lang genug.*

Selzer drehte sich den Leuten zu, als wollte er sich erkundigen, ob es noch Fragen gäbe. Nadine schüttelte den Kopf und Selzer sagte zu Hübner: »Mir ist klar, dass Sie Feierabend machen wollen. Aber unter den Umständen halte ich Überstunden für angebracht.« Der kurze Blick auf die Armbanduhr gab ihm recht. Es war nach siebzehn Uhr.

Hübner zuckte die Achseln, antwortete hörbar verärgert: »Na, das bin ich mittlerweile gewöhnt.« Er begab sich zum Schreibtisch. Das folgende Durchatmen war unüberhörbar. *Das hätte auch bis morgen Zeit. Meine Frau glaubt bereits, dass ich was mit einer anderen hätte. Wobei ...*

Nadines Blick wanderte zum Fenster. Es dämmerte und die Straßenlaternen waren angegangen. Die Zeit der Rushhour schien gekommen zu sein, die mit lautem Hupen und An- und Abfahrgeräuschen der Autos einherging. Als sie davon Kenntnis nahm, war sie froh, im Warmen zu sitzen. Ihr Handy klingelte und in ihr stieg Verärgerung auf, weil auf dem Display Marcel zu lesen war. *Was will der denn? Nur weil wir uns vorhin zufällig getroffen haben, heißt es nicht, dass ich ihn sehen will.* Würde sie den Exfreund ignorieren, probierte er es erneut. Nadine nahm den Anruf entgegen und hoffte, Marcel schnell wieder loszuwerden.

»Ja bitte«, rief sie genervt in den Hörer.

»Hi, ich wollte nur deiner Stimme lauschen.«

Nadine rollte mit den Augen. »Und deshalb rufst du an? Ich bin noch im Büro. Können wir das auf ein anderes Mal verschieben?« Im gleichen Moment ärgerte sie das Versprechen. Aber den Mut, ihm zu sagen, dass sie kein Interesse mehr habe, den hatte sie nicht. Zähneknirschend legte sie auf.

Selzer blickte zu Nadine hinüber, lächelte und fragte: »Alles klar bei dir?«

Seine Kollegin stimmte ihm mit einem brummenden »Mhm« zu.

»Schön, dann können wir noch eine Runde einlegen. Ich besorge Pizza und Cola. Einverstanden?«

Niemand hatte dem etwas hinzuzufügen. Selzers Worte waren gleich einer Erlösung.

Der Chef fragte die anderen nach ihren Wünschen, griff zum Telefon und bestellte die Pizzen. Etwa zwanzig Minuten später stand ein netter Pizzabote vorm Eingang des Polizeireviers und meldete das bestellte Essen im Foyer an. Nach weiteren zwanzig Minuten waren die Pizzen verschlungen.

Im Anschluss ging man seiner Arbeit nach. Die Lust war längst verschwunden.

Hufnagel vergrub sich hinter dem Computer und recherchierte alles über Engel oder engelsgleiche Geschöpfe. Um es sich bequem zu machen, entledigte er sich der Schuhe. Er streckte die Beine aus und legte eins auf das andere. Danach tippte er mit zwei Fingern die Begriffe in die Suchmaske ein und wartete geduldig auf das Ergebnis. Besonders eilig hatte er es nicht, bis plötzlich das Telefon klingelte und ihn hektisch werden ließ. Am anderen Ende der Leitung war seine Mutter.

»Mutter? ... Lass uns das mal machen«, waren die Gesprächsfetzen, die die Kollegen mitbekamen.

»Ich wollte dir nur helfen, Junge. Bitte, wie du meinst, behalt ich alles für mich«, gab Charlotte Kaufmann beleidigt zurück.

Oh Mann, jetzt geht das wieder los, ärgerte sich Hufnagel. *Das hat mir noch gefehlt. Reicht es nicht, dass ich Überstunden machen muss? Und dann kommt auch noch Muttern. Ich bekomme ihren Geist wohl nie los. Erst Vater, der Übereifrige, der mit ihr alle Fälle gelöst hat. Okay, die beiden waren legendär. Wie Bonnie und Clyde nur halt von den Guten. Und jetzt sie! Dank der Heirat mit Christine habe ich wenigstens das übermächtige* Kaufmann *ablegen können. Aus dem Schatten meines Vaters komme ich wohl nie heraus.* Hufnagel atmete schwer und lenkte ein. Im Anschluss hörte er der Mutter brav zu und erfuhr, dass man in der Nachbarschaft nicht besonders auf Frau Tal zu sprechen gewesen sei. Sie hatte an allem etwas auszusetzen. Entweder weil eine der Nachbarinnen Herrenbesuch hatte und dementsprechend laut war oder weil Kinder geschrien hatten oder die Mülltonnen nach dem Entleeren nicht gründlich gereinigt worden waren. Irgendetwas fand sie ständig. Nicht mehr auszuhalten wurde es dann mit Beginn der Rente. Aus dem Meckern entwickelte die Tal regelrecht ein Hobby.

So eine war das? Na, deswegen wird man nicht gleich zum Mörder. Der würde ich aus dem Weg gehen. Damit hat's sich. »Danke, Mutter, du warst mir eine große Hilfe«, schmeichelte er und hoffte, dass sie ihn für die nächste Zeit in Ruhe ließe. Die beiden legten auf. Die Mutter begab sich wohlgefällig in ihren Sessel, um vor dem Abendessen noch zu lesen, während sich der Sohn den fragenden Blicken der Kollegen aussetzte. *Mhm, besser ich behalte Mutters Wissen für mich. Gebe es als meins aus.*

Nadine schaute skeptisch zu ihrem Kollegen. »Ist was mit ihr?«

Hufnagel wehrte mit der Hand ab und tat, als hätte er ein Problem, bei dem seine Mutter behilflich gewesen war. Über den Inhalt des Gespräches schwieg er sich aus. Um abzulenken, meinte er, dass er arbeiten wolle, um nicht allzu spät nach Hause zu kommen. Christine warte mit dem Abendessen auf ihn. Zwangsläufig würde er ein zweites Mal essen müssen, was wiederum der Figur zu Schaden käme. Aber was mache man nicht alles für den Job und die Gattin, fügte er augenrollend hinzu. Außerdem wäre sie beleidigt, wenn er ihre Küche nicht lobe. Zwei gekränkte Frauen seien wie ein Orkan, dem man nicht entkommen könne. Ansonsten werde der Haussegen ein paar Tage schief hängen und Hufnagel müsse zu Kreuze kriechen, bis seine Frau ihn wieder anlächle. Daher nehme er das kleinere Übel des zweimaligen Essens zähneknirschend hin. Den Schnaps danach genieße er umso mehr. Und wenn es noch schlimmer komme, telefoniere die Gattin mit der Schwiegermutter, sodass Rudolf gar nichts anders übrig bleibe, als einzulenken. Da ihm das bekannt sei, versuche er, gar nicht erst zu opponieren.

»Tja Familie«, meinte Nadine flapsig. Andererseits beneidete sie den Kollegen um seine Welt. Er hatte Familie. Und wo stand sie mit Ende zwanzig? Kein Kind, kein Freund und keiner in Aussicht. Ihr war nach Heulen zumute. Aber die Blöße wollte sie sich nicht geben. Sie schluckte den Brocken herunter, machte sich Mut, dass eines Tages der Traumprinz vor ihr stehen würde. *Wo bist du, du blöder Kerl? Soll das schon alles gewesen sein?*

Daniel schielte zu Nadine, die davon nichts mitbekam.

Hufnagel, der nicht mehr bei der Sache war, rechnete sich aus, wie viel er daheim essen müsste, damit Christinchen ihre erwartungsvollen Blicke von ihm abwendete. *Einen halben Teller,* schätzte er und runzelte die Stirn. *So, jetzt aber noch mal ran an die Arbeit!*

Andres und Hübner wälzten Akten. Während sie nach einer Verbindung zwischen den Mordopfern suchte, las er noch einmal das Vernehmungsprotokoll von David Moser durch.

Auf diese Weise komme ich nicht weiter, dachte Nadine. *Ich werde morgen Frau Tals alter Wirkungsstätte einen Besuch abstatten. Vielleicht erfahre ich dort mehr. Außer dass die Toten aus Konstanz stammen, erkenne ich keine Gemeinsamkeit.*

Hübner grübelte über den Inhaftierten nach. Etwas machte ihn stutzig. Zwar wusste man, dass es auf dem Messer, mit dem Carmen Sauer erstochen worden war, einen weiteren Fingerabdruck gab, doch maß man ihm keinerlei Bedeutung zu. Der nicht identifizierbare Daumen wurde unter den Tisch gekehrt. Stattdessen konzentrierte man sich auf die Fingerabdrücke von Moser. Wie es schien, wurde geschlampt. Man wollte den Mord noch vor Weihnachten zu den Akten legen. Doch darüber schwieg Hübner sich aus, immerhin gehörte er zum ermittelnden Team der Kripo und war nicht ganz unschuldig daran.

Inzwischen wies der kleine Zeiger fast auf die sieben, während der große Richtung neun rückte.

Unerwartet riss jemand die Tür auf.

Nadine erschrak und die anderen taten es wohl auch.

Hendrick stand im Türrahmen und lehnte dagegen. Er wirkte müde und erwähnte, dass er jetzt nach Hause gehen wolle. Gleichzeitig verlor er ein paar Worte über die soeben beendete Leichenschau an Katharina Tal. Dass man ihr ein Messer in die Milz gerammt hatte, hatte er bereits gesagt, sowie dass sie innere Blutungen erlitten hatte. Hinzu kam, dass der Stich außerordentlich schmerzhaft gewesen war und dass für die Rentnerin der Angriff plötzlich gekommen sein musste. Sie besaß keine Abwehrspuren auf den Händen.

»Ist das alles?«, erkundigte sich Nadine.

»Junge Frau«, bemerkte der Rechtsmediziner spöttisch, »meinen Bericht haben Sie morgen auf dem Tisch. Bis dahin verabschiede ich mich.« Kurz darauf flog die Tür ins Schloss.

Nadine wirkte irritiert. *Was war das jetzt? Andererseits hat er seine Arbeit erledigt und nun ist Feierabend.* Das Gleiche forderte sie für sich.

Hübner nahm kein Blatt vor den Mund. »Da gebe ich ihm recht. Leute, meine Familie wartet. Heute bekommen wir eh nichts mehr gebacken. Lasst uns Schluss machen! Morgen ist auch noch Zeit dafür.«

Dem hatte Selzer nichts hinzuzufügen. Auch er hatte sich die letzte halbe Stunde nur herumgequält. Seine Augen machten ihm zu schaffen und die ganze Zeit auf den Computer zu starren, hasste er ohnehin. Er brauchte jetzt frische Luft. Daher stand Selzer auf und ging hinüber zum Fenster, das er öffnete.

Nadine musterte ihn kritisch. »Kannst du damit nicht warten, bis ich gegangen bin? Daniel, wir haben Winter!« Sie fror, schaute zur Heizung und stellte fest, dass sie jemand heruntergedreht hatte. *Daniel?* Wenn ihr kalt war, war ihm heiß, und wenn ihr heiß war, war ihm kalt. Ein ewiges Wechselspiel. Nur als Daniel im letzten Jahr erkältet gewesen war, hatte sich das für ein einziges Mal geändert. Die Fenster waren geschlossen geblieben und die Heizungen auf Hochtouren gelaufen. Nachdem er genesen war, war alles von vorne losgegangen.

Daniel nickte ihr zu. *Das war ein langer Tag*, resümierte er.

Die vier fuhren die Computer herunter. Nadine ging zur Toilette und zog danach ihre Jacke über. Sie stellte den Kragen hoch und stülpte ihre schwarz-graue Bommelmütze über den Kopf. Gleichzeitig erntete sie das Lächeln ihrer Kollegen.

»He, draußen ist es kalt«, entschuldigte sie sich, obwohl es keinen Grund gab.

Kurz darauf verließen alle das Büro. Vorm Haupteingang des Polizeireviers verabschiedete man sich. Jeder ging seiner Wege.

**

Irgendwo in der Stadt

Der Anfang war schwer gewesen. Sehr schwer sogar. Der erste Mord hatte ihm noch Gewissensbisse bereitet, während sie nie vom Töten überzeugt gewesen war. Erst die Entführung, dann der Messerstich und am Ende das viele Blut, das aus den Wunden hervorgequollen war. Doch inzwischen war es zu ihrer Welt geworden. Was blieb ihr anderes übrig? Sie hatte es zu akzeptieren. War es doch ihr gemeinsamer Wunsch gewesen, sich dem Übel zu entledigen, das derart viel Leid über sie gebracht hatte. Bis aufs Detail hatten sie jeden ihrer Morde geplant, sofern das überhaupt möglich war. Und dann waren da noch die Schreie der Frauen, wenn ihnen bewusst wurde, dass das Ende näher denn je war. Die weit aufgerissenen Augen, die ihn förmlich anflehten zu helfen. Doch er hatte nur verachtend auf die Hilflosen heruntergeschaut. Hatte sie liegen und qualvoll sterben lassen. Sie hasste ihn dafür. Der Weg, den die beiden einst eingeschlagen hatten, führte nur noch geradeaus. Beinahe hatten sie ihr Werk vollbracht. Doch etwas fehlte. Erneut plante er mit ihr eine weitere Tat.

Mit scharfem Verstand.

Mit ungetrübter Kreativität.

Wie ein Künstler, der mit ausgestrecktem Arm und gespitzter Bleistiftmiene sein Modell in Abschnitte unterteilte, um es auf weißes Papier zu bringen. Ihre Fantasie kannte keine Grenzen. Hatten sie diese doch längst überschritten. Moral und Unmoral flossen wie zwei Substanzen ineinander und wurden zu einer. Ihre aufkeimenden Skrupel verblassten. Jetzt strebten sie dem Ende entgegen, das ihnen signalisierte, dass ihr Lebenswerk vollbracht war. Endlich! Nach all den Jahren.

***

Nadine lief über die Straße und betrat ihr Wohnhaus. Sie war wütend, zuerst auf sich und dann auf die Welt. Sie musste sich abreagieren. Bloß wo? Mitglied eines Fitnessstudios war sie nicht, wobei sie mit dem Gedanken spielte. Sie beschloss, eine Runde zu joggen, obwohl es bereits finster war. Raschen Schrittes nahm sie jede zweite Treppenstufe hinauf, schloss die Tür auf und stürzte in die Wohnung. Darin war es dunkel. Lea, ihre Mitbewohnerin, schien nicht daheim.

Damit die Lust nicht von ihr abließ, zog sie schnell ihre dreiviertellange Leggings und ein dunkles Kapuzenshirt an. Die Laufschuhe entnahm sie dem Schrank. Nachdem sie einen Schluck aus ihrer Mineralwasserflasche genommen hatte, ließ sie die Tür hinter sich zuschlagen. Sie begab sich auf die Straße, schaute nach links und rechts und beschloss, in

Richtung Innenstadt zu laufen. Die Geschäfte waren noch offen, allerdings an Kundschaft mangelte es. Bei der Kälte hatte wohl niemand mehr Lust aufs Shoppen.

Derweil Nadine an den Fensterscheiben entlangrannte, erhoffte sie sich neue Ideen für den morgigen Tag. Doch sie blieben aus. Am liebsten hätte Nadine alles hingeschmissen und wäre in ihr Bett geschlüpft. Sie hätte die Augen geschlossen und solange darin verharrt, bis jemand sie mit aufmunternden Worten geweckt hätte. Vielleicht ihr Geliebter, den es nicht gab.

Die wenigen Passanten, denen Nadine begegnete, waren ausgerechnet Pärchen, nicht älter als sie selbst. Darunter sogar eine Schwangere. Als sie die Frau erblickte, musste sie schlucken und ihr wurde bewusst, dass sie das sein könnte. *Ein Kind? Jetzt? Blödsinn, ohne Erzeuger! Und wenn ich mir einfach ... Gott, was für eine abstruse Idee. Mhm ...* Gedankenversunken lief sie weiter, wobei das Thema Kind sie begleitete. *Irgendeinen Zusammenhang muss es geben! Wieso bringt jemand eine ehemalige Erzieherin um? Wohl kaum wegen Reichtum.*

Rund dreißig Minuten darauf war sie ihr Pensum gelaufen. Verschwitzt kehrte sie nach Hause zurück. Jetzt gab es für Nadine nur noch eins. Warm und ausgiebig duschen. Endlich hatte sie den Kopf frei. Ihre letzten Gedanken flossen mit dem Wasser in den Gully. Zum ersten Mal an diesem Tag fühlte sie sich wohl. Dennoch reichte es für heute. Nachdem Nadine sich abfrottiert hatte, schlüpfte sie in ihre Wohlfühlkleidung und ging in die Küche. Hunger hatte sie nicht, nur Durst. Das Glas Apfelschorle hatte sie rasch geleert, danach überkamen sie die Gelüste. Im Kühlschrank entdeckte Nadine eine halb volle Glühweinflasche, die von Weihnachten übrig geblieben war. Sie beschloss, sich den restlichen Abend damit zu versüßen. Nach ein, zwei Tassen Glühwein konnte sie der Welt erneut gegenübertreten. Sie war wieder in Ordnung, zumindest für heute.

16. Kindermund tut Wahrheit kund

Es hatte in der Nacht geschneit. Der Schnee von Weihnachten war längst geschmolzen gewesen und das nasskalte Wetter Nadine mittlerweile gehörig auf die Nerven gegangen. Wie eingezuckert lag die Altstadt nun vor ihr. Hausdächer, Wege und Bäume verströmten das Bild einer zufriedenen Welt. Beschaulich und hübsch wie auf einer Postkarte. Zudem herrschte eine gewisse Ruhe. Noch waren Weihnachtsferien und die meisten Konstanzer schienen verreist. Der Zustand stimmte sie froh. Immerhin trieb ein Verbrecher hier sein Unwesen und niemand wusste, ob es einen weiteren Mord geben würde. Zwei der drei gestohlenen Nachthemden waren wieder aufgetaucht und hatten makabererweise als Totenhemd gedient. Und das dritte? Gab es etwa noch ein Opfer?

Müde schob Nadine ihren Roller durch den Innenhof. Einige der Hausbewohner hatten Anfang Januar noch frei. Da die junge Frau den morgendlichen und lauten Motorenlärm hasste, vermied sie ihn. Erst auf der Straße startete sie den Motor und fuhr zum Kindergarten, in dem Frau Tal einst gearbeitet hatte. Durch ihr gestriges Telefonat mit der dortigen Leiterin, Frau Erika Deutscher, wusste Nadine, dass der Kindergarten heute geschlossen hatte. Lediglich die Leiterin war im Haus, sie hatte Vorbereitungen für die kommende Woche zu treffen.

Nadine parkte den Roller und lief zum Eingang der Kindertagesstätte. Das Haus, so schätzte sie, war in den Achtzigerjahren gebaut worden. Zumindest deutete die weiße Fassade samt blauen Fensterrahmen darauf hin.

Durch die vorangegangene Recherche im Internet war ihr bekannt, dass in der Einrichtung vorrangig Kinder von Berufstätigen aufgenommen wurden. Etwa 60 Knirpse im Alter von drei bis sechs betreute man hier.

Langsam stapfte Nadine durch den Schnee und betätigte die Klingel.

Der Blick durch die Glasscheibe verströmte einen ersten angenehmen Eindruck. Hellgraues Linoleum prägte den Boden der Eingangshalle, durch die sich eine hochgewachsene schlanke Frau zur Haustür begab.

Das müsste Frau Deutscher sein, dachte Nadine, während die Frau lächelnd auf sie zuschritt und die Tür öffnete.

»Guten Morgen, Frau Andres?«, vergewisserte sich die Dame mit Kurzhaarschnitt und gepflegtem Äußeren. Ihre Lippen waren rot geschminkt und passten zum Typ, den Nadine in chic-sportlich einstufte.

Die Polizistin streckte Frau Deutscher die Hand entgegen und erwiderte die Begrüßung. Danach zeigte sie ihren Polizeiausweis vor.

»Treten Sie bitte näher«, bat Frau Deutscher mit klarer und gut verständlicher Stimme und wies sie in die Einrichtung. »Möchten Sie zuerst den Kindergarten sehen? Wir sind ungestört. Nur eine Kollegin ist anwesend. Sie erstellt Pläne für die kommende Woche. Der Rest der Belegschaft befindet sich im wohlverdienten Urlaub«, meinte Frau Deutscher lächelnd und zeigte ihre wohlgeformten Zähne.

Nadine hatte kurz Zeit die etwa 1,80 Meter große Frau zu betrachten und war erstaunt über ihre Erscheinung sowie der gut sitzenden Jeans mit körperbetonter Bluse. Immerhin schätzte sie die Frau auf Anfang sechzig. *Wenn ich in dreißig Jahren genauso aussehe, habe ich keine Angst vorm Älterwerden.* »Gerne.«

»Gut, folgen Sie mir. Ich zeige Ihnen zuerst die Räumlichkeiten. Insgesamt sind es drei Gruppen. Alle liegen in einem anderen Abschnitt des Hauses. In der Begegnungshalle, in der wir uns gerade befinden, werden im Regelfall Veranstaltungen durchgeführt. Manchmal spielen hier Kinder unterschiedlicher Gruppen. Somit haben wir es leichter, falls eine Erzieherin erkrankt.«

Nadine staunte. In ihrer Kindheit auf Fehmarn hatte es eine solche Einrichtung nicht gegeben. Die Knirpse damals hatten den Kindergarten nur bis mittags besucht und wurden dann daheim betreut. *Tolle Sache für Berufstätige*, dachte sie und folgte Frau Deutscher durch die Räumlichkeiten. Zu jeder Gruppe gehörten zwei Spielzimmer, ein Schlafzimmer, ein Materialraum sowie eine Toilette mit Garderobenbereich und einer überdachten Terrasse. Die Polizistin musste beim Anblick der kleinen Tische und Stühle schmunzeln. Alles kam ihr winzig vor, als stammte das Mobiliar aus einer Puppenstube.

Nach dem Rundgang bat Frau Deutscher Nadine in ihr Büro. Die beiden setzten sich vis-à-vis an den Besprechungstisch, während Frau Deutscher die Polizistin argwöhnisch beobachtete. Anscheinend traute sie ihr die Tätigkeit bei der Kriminalpolizei nicht zu, glaubte Nadine, ihrem Blick zu entnehmen. Sie sah wohl zu jung aus.

»Womit kann ich Ihnen helfen?«, begann die Leiterin das Gespräch.

Nadine machte sich Gedanken, was sinnvoll war zu erzählen und was nicht. Frau Deutscher nahm ihr die Entscheidung ab.

»Sagen Sie, stimmt es, dass ein Serienkiller unterwegs ist?«, fragte sie und schaute erwartungsvoll auf Nadine, deren Hände sie wie zum Gebet an den Tisch gelehnt hatte.

Woher sie das wohl weiß? »Von einem Serienkiller kann man bei zwei Morden noch nicht sprechen. Wir wissen nicht, ob es sich hierbei um ein- und denselben Mörder handelt. Daher ermitteln wir in alle Richtungen. Katharina Tal, die lange Jahre in dieser Einrichtung gearbeitet hat, ist eines der Opfer. Ich kann mir beim besten Willen nicht erklären, warum es sie getroffen hat.«

»Frau Tal wurde *ermordet*?«, fragte Frau Deutscher überrascht nach.

»Ja! Beide Opfer wurden auf die gleiche Weise getötet. Ich denke, das WIE tut hier nichts zur Sache. Dennoch lässt die Brutalität, mit der man die Frauen hat sterben lassen, auf starken Hass schließen.«

»Und wie kann *ich* Ihnen dabei behilflich sein? Frau Tal war eine sehr geschätzte Kollegin. Im Kollegenkreis war sie beliebt, zumal sie über sehr viel Lebenserfahrung verfügte. Gerade die Jüngeren holten sich oft Rat bei ihr. Wissen Sie, die Kinder, die wir hier betreuen, stammen häufig nicht aus sogenannten Vorzeigefamilien. Da gibt es schon mal den einen oder anderen Problemfall.« Frau Deutscher erhob sich und lief hinüber zur Kaffeemaschine, die auf einem hellen Sideboard stand. »Mögen Sie einen Kaffee?«

Nadine nickte. Die Frage kam ihr gerade zupasse. »Sehr gerne.«

»Schwarz oder weiß? Zucker?«

»Bitte nur mit Milch.« Wenig später genoss sie die zweite Tasse am Morgen, die ihr jedoch nicht mundete. Frisch gemahlener Kaffee war ihr lieber.

»In der Zeitung stand nichts von einem Mord. Ich hörte es von einer Bekannten«, meinte Frau Deutscher.

»Wir haben darauf verzichtet. Man wollte die Bevölkerung nicht verunsichern. Die Verbrechen waren ziemlich kryptisch. Man fand die Opfer jeweils in einem weißen Nachthemd vor. Eine von ihnen trug eine Halskette in Form eines kleinen Kreuzes und die andere, Frau Tal, lehnte auf einem Beichtstuhl. Inzwischen wissen wir, dass die Verstorbene Tal eifrige Kirchgängerin war.«

»Das hört sich nach einer Handschrift an«, formulierte Frau Deutscher und nahm einen Schluck aus ihrer Kaffeetasse, die sie mit gespreizten Fingern zurück auf die Untertasse stellte. Erst jetzt bemerkte Nadine ihre rot lackierten Fingernägel.

»Sie sprachen von Problemfällen«, äußerte sich Nadine nachdenklich.

»Die gab es ab und an.«

»Hatte Frau Tal einen derartigen Fall?«

»Wie Sie das sagen.« Frau Deutscher schaute erschrocken hinüber. »Jeder von uns hatte *einen* in der Gruppe.«

»Erinnern Sie sich an einen, den Frau Tal betreut hat?«, hakte Nadine nach.

Frau Deutscher lehnte sich zurück. Sie blickte zur Decke, dann auf den Boden und zum Schluss zum Fenster. Ihrem Gesicht nach zu urteilen, war die Antwort eher ein *Nein*. Mit zusammengepressten Lippen schüttelte sie träge den Kopf. »Nicht dass ich wüsste.«

»Nicht? Denken Sie bitte nach!«, bat Nadine und fügte an: »Sagen Sie, sagt Ihnen der Name Sauer etwas?«

»Sauer? Nein nichts ... Wobei? ... Wir hatten mal eine Carmen Sauer hier. Aber das dürfte bestimmt fünfzehn Jahre her sein. Jetzt entsinne ich mich.«

»Sind Sie sicher?«

»Ja, ich denke schon. Sie gehörte zwar nicht zu den Problemfällen, aber an ihre Mutter erinnere ich mich noch gut. Sie sah aus wie ein Hippie. Lange Haare, ungepflegt und immer einen kessen Spruch auf Lager. Mit Männern nahm sie es wohl nicht so genau. Wenn ich mich recht entsinne, war sie alleinerziehend. Wieso fragen Sie?«, erkundigte sich die Kindergartenleiterin.

»Die junge Frau wurde als Erstes getötet.«

Frau Deutscher entglitt der Blick. Ihre Gesichtszüge erschlafften und sie wurde bleich. »Ermordet? Sie etwa auch? ... Gott wie furchtbar. Carmen war noch so jung.«

»Jetzt sagen Sie bloß, dass Frau Tal die Erzieherin von Frau Sauer war.« Nadine schaute erwartungsvoll auf die Leiterin.

»Ja«, kam es überraschend von Frau Deutscher. »Jaaaa, das stimmt. Frau Tal war damals eine der Erzieherinnen.«

Nadine zog ein Notizbuch aus ihrer dunkelbraunen Umhängetasche und begann, sich Stichpunkte zu machen. Während sie schrieb, blickte sie kurz auf. »Sie sagten, eine der Erzieherinnen? Gibt es noch weitere?«

»Ja, in jeder Gruppe sind drei.«

»Die Namen?«

»Och, ich bin seit fast zwanzig Jahren in dieser Einrichtung tätig, doch an alle Namen erinnere ich mich nicht. Ich schaue gerne nach. Moment bitte!« Gleichzeitig stellte Frau Deutscher ihren Computer an und recherchierte die nötigen Informationen. »Frau Tal übernahm die Gruppe im Jahr 2002 und behielt sie bis 2008. Sie blieb noch ein Jahr und ging dann in Rente. Herr Resch und Frau Kaminzky betreuten gemeinsam mit Frau Tal die Gruppe.«

Nadine schrieb fleißig mit und wunderte sich über den Namen eines männlichen Erziehers. »Herr Resch?«

»Unser Quotenmann«, sagte Frau Deutscher lächelnd. »Er ist heute noch bei uns tätig. Die Buben, die ohne Vater aufwachsen, sind bei ihm in den besten Händen.«

»Vielen Dank. Sie haben mir sehr geholfen. Könnten Sie mir bitte eine Auflistung aller Kinder machen, die mit Carmen Sauer in einer Gruppe waren?«

Frau Deutscher schaute skeptisch. »Darf ich das rein datenschutztechnisch?«, fragte sie.

»Glauben Sie mir, Sie dürfen! Ich übernehme die Verantwortung. Bringen Sie mir bitte morgen die Liste ins Präsidium! Einfach nach mir fragen. Irgendeiner ist immer da.«

»Ach, dann gehören Sie auch zu denjenigen, die über die Feiertage arbeiten müssen«, erwähnte die Leiterin schmunzelnd.

»Tja. Die Polizei dein Freund und Helfer«, entgegnete Nadine und reichte Frau Deutscher zum Abschied die Hand. »Den Weg nach draußen finde ich jetzt selbst.«

Nahezu zwei Stunden hatte Nadine in der Kindertagesstätte verbracht. Derweil hatten sich ein paar Sonnenstrahlen ihren Weg durch das dichte Wolkengeflecht erkämpft. Genüsslich streckte sie das Gesicht in Richtung Sonne und schloss für einen winzigen Augenblick die Augen. Sie zog die kalte Januarluft durch die Nase, die darin kitzelte und sie husten ließ. Tief durchatmend setzte Nadine sich auf ihren Roller und ließ den Motor an. Mit dem typischen Geräusch eines Viertakters verließ sie das Gelände der Kindertagesstätte und fuhr zum Polizeirevier. Lieber hätte sie das wohltuende Wetter bei einem Spaziergang genossen. Andererseits hatte sie ein Puzzleteil gefunden, das im Fall der Ermordeten die Kripo vorankommen ließ. Stück für Stück bekamen die Opfer ein Gesicht. Nadine begann zu ahnen, dass im Kindergarten, in dem sie soeben gewesen war, das Unheil einst seinen Anfang genommen hatte. Jetzt galt es, die nächsten Teile zu finden und zu einem Bild zusammenzufügen.

Als Nadine ins Büro kam, lag ein Zettel auf ihrem Schreibtisch.

Frau Deutscher lässt ausrichten, morgen ist Heilige Drei Könige. Feiertag! Sie bringt dir die Liste heute Nachmittag noch vorbei. Gruß Tilo

Hübner, der am Schreibtisch saß, beäugte Nadine kritisch. »Sonst alles klar bei dir? Ist das die Kindergartentante?«

Blödmann, wie er das sagt. Ich unternehme wenigstens etwas, derweil er den Hintern nur platt sitzt. »Ja, die Kindergartentante«, wiederholte Nadine mit strengem Ton. Gleichzeitig kam sie ins Grübeln. *Feiertag?* Sie schaute auf ihren Tischkalender. Morgen war *Heilige Drei Könige.* Ein Feiertag, den sie weder von Berlin noch von Fehmarn her kannte. Sie hatte einen freien Tag und dachte an die Worte ihrer Mutter, die meinte, sie lebe am Arsch Deutschlands. Was Nadine wiederum mit einem Lächeln abtat, weil sie darauf vertraute, dass es der großartigste Teil des Landes war. Ganz zu schweigen von den vielen Feiertagen.

»Danke, Hübi! Kann ich morgen ausschlafen.«

Hübner machte große Augen und fuchtelte mit dem Bleistift vor seinem Gesicht herum. »Ausschlafen? Was für ein magisches Wort. Wenn du Kinder hast, gibt es das nicht mehr. Ich wünschte, ich könnte es mal wieder.«

Jetzt beschwere du dich noch. Ich glaube nicht, dass du daheim zu kurz kommst. Nadine lächelte gekünstelt und ging nicht weiter auf das Gespräch ein.

***

Sie genoss die Ferien. Endlich. Zwei Wochen ohne die lästigen Vorbereitungen auf die Unterrichtsstunden oder das Kontrollieren von Klassenarbeiten. Einfach nur frei. Das Weihnachtsfest im Kreis ihrer Familie in Bayern hatte sie längst hinter sich gebracht. Die verbleibende Zeit, die nun vor ihr lag, gehörte ganz ihr. Sie hatte für heute einen Abstecher zum nahe gelegenen Mindelsee geplant, der etwa fünfzehn Autominuten von Konstanz lag und den man wunderbar mit einem Nachmittagsspaziergang umrunden konnte. Der See befand sich drei Kilometer vom Bodensee entfernt auf dem Bodanrück. Zudem war er zwei Kilometer lang, fünfhundert Meter breit und bis zu dreizehn Meter tief. Das Gewässer und die angrenzenden Uferbereiche standen unter Naturschutz. Das Naturschutzgebiet Mindelsee galt als wahres Kleinod. Nahezu siebenhundert Blütenpflanzenarten befanden sich dort und mehr als zweitausend Tierarten, zahlreiche Vögel, Schmetterlinge, Käfer, Libellen und Frösche. Darunter viele Arten, die gefährdet waren oder auf der Roten Liste standen.

Das Gasthaus zum Adler, ein Ausgangsort zahlloser Spaziergänger, hatte dieser Tage geschlossen. Betriebsferien war auf einem Schild am Fenster zu lesen. Dennoch befanden sich auf dem Parkplatz ein paar Autos, anscheinend von Leuten, die Ähnliches wie sie vorhatten.

Die Frau mit den blonden langen Haaren parkte ihren roten Kleinwagen neben den anderen und stieg aus. Die Sonne, die es heute gut meinte, versteckte sich noch hinter den hohen Fichten und warf ihre Schatten. Es war kalt und sie fröstelte. Sie zog den Reißverschluss ihrer modernen Steppjacke bis zum Hals und vergewisserte sich, dass ihre Mütze die Ohren bedeckte. Danach stülpte sie die Handschuhe über und verschloss den Wagen. Jetzt war sie für einen Spaziergang gerüstet.

Unerwartet sprach sie ein großgewachsener Mann in dunklem Mantel, nett anzuschauen, von der Seite an und fragte nach der Uhrzeit. Da sie keine Uhr bei sich trug, konnte sie nicht behilflich sein.

Kurz darauf drehte sie sich um und ging.

Der Mann murrte noch etwas Unverständliches, das sie aber nicht mehr hörte, und folgte ihr unbemerkt. Unvermutet holte er sie ein und blieb neben ihr stehen.

Die Frau erschrak, dachte sich aber nichts dabei.

»Tut mir leid«, entschuldigte sie sich und sprach mit scharfem Ton weiter, »ich sagte Ihnen bereits, dass ich keine Uhr trage.«

Der Fremde antwortete nicht und schaute sie nur an. Starr und eindringlich. Plötzlich erschien neben ihm eine Frau. »Entschuldigen Sie bitte seine forsche Art. Komm, lass uns gehen! Ist doch jetzt nicht so wichtig«, besänftigte sie ihn.

Die beiden kehrten der Spaziergängerin den Rücken zu, die kopfschüttelnd weiterlief und den Vorfall ad acta legte. Doch schon ein paar Sekunden später fühlte sie einen heftigen Schlag auf ihrem Kopf. Augenblicklich wurde es dunkel um sie herum und sie verlor das Bewusstsein.

Die wenigen Spaziergänger, die es heute gab, waren nicht zu sehen. Ansonsten hätten sie bemerkt, wie eine Frau in einen dunklen Kombi verfrachtet wurde und das Auto kurz darauf davonfuhr.

***

Es klopfte zaghaft.

»Ja bitte!«, rief Nadine der Tür entgegen und sah Frau Deutscher vorsichtig eintreten. »Kommen Sie nur!«, bat sie die ältere Frau zum Nähertreten. »Mein Kollege erwähnte bereits, dass Sie vorbeischauen würden.«

Im gleichen Moment kam Hufnagel kauend herein und wollte etwas sagen, bis er Kenntnis von Frau Deutscher nahm. Neugierig schaute er sie an und schien erstaunt über deren Anmut. Außer einem gestotterten »Guten Tag« bekam er nichts über die Lippen. Wie ein Schulbub setzte er sich an den Tisch und versteckte sich sprichwörtlich hinter seinem Bildschirm.

Nadine musste schmunzeln. Derart verlegen hatte sie ihn noch nie erlebt. *So so, Herr Hufnagel, eine attraktive Frau lässt auch Sie nicht kalt.* Gleichzeitig bot sie Frau Deutscher den Stuhl, der neben ihrem Schreibtisch stand, an.

Frau Deutscher zog aus ihrer Umhängetasche ein zusammengefaltetes A4-Papier heraus und legte es wortlos auf den Tisch. »Die gewünschte Liste!«

Nadine nahm sie an sich und faltete das Papier gleich einer Überraschung auf. Das Knistern war unüberhörbar und wurde von den Herren argwöhnisch betrachtet. Augenblicklich wurde es still und Nadine las einen Namen nach dem anderen. Auf den ersten Blick kannte sie keinen der Genannten bis auf Carmen Sauer.

Hufnagel räusperte sich. Da es nichts nützte, hustete er ein paar Male, bis die Kollegin auf ihn aufmerksam wurde.

»Was ist denn?«, fragte Nadine gereizt.

Hufnagel fühlte sich ertappt. »Und?«

»Und was?«, gab seine Kollegin ebenso genervt zurück. »Damit kommen wir auch nicht weiter.«

Frau Deutscher unterbrach Nadine. »Sie nicht, aber ich. Ich habe mir Ihre Worte noch einmal durch den Kopf gehen lassen. In der Zeit, als Carmen bei uns war, gab es einen Jungen namens Michael Kuhfuss. Er war so ein Problemfall. Wegen seines Namens wurde er von den Kindern gemobbt. Er war ein wenig ent-wicklungsverzögert, was wiederum die anderen zum Hänseln anstachelte.«

Nadine horchte auf. Endlich hatte sie eine Spur. »Haben Sie die Adresse des Jungen?«

»Habe ich. Nur die Sache hat einen Haken.«

Wusste ich's doch, grübelte Nadine. *Wäre auch zu schön gewesen, um wahr zu sein.* »Und welchen?«

»Der Junge ist tot!«

»Tooot???«, zog Nadine das Wort wie einen Kaugummi in die Länge. *Das ist jetzt aber nicht ihr Ernst.* Der jungen Frau entglitt der Blick.

17. Der kleine Michael

»Ja, das hatte man mir so zugetragen. Woran er gestorben ist, entzieht sich leider meiner Kenntnis. Ich erinnere mich nur, dass es ein Jahr, nachdem er den Kindergarten verlassen hatte, passiert ist«, erklärte Frau Deutscher mit traurigem Blick.

Nadine schaute skeptisch. »Wieso blieb er nicht in der Kita? Gab es dafür einen besonderen Grund?«

Frau Deutscher gab sich grüblerisch und blickte die junge Frau nachdenklich an. »Es war Zeit für die Schule.«

»Ach so, die Grundschule«, gab Nadine kleinlaut von sich.

»Nein. Michael sollte eine Sonderschule besuchen. Zumindest meinte das Frau Tal. Sie beschrieb ihn als verhaltensauffällig, unruhig und aggressiv. Daher schlug sie den Eltern auch einen Kinderpsychologen vor.«

»Wirklich?«, mischte sich Hufnagel ein. »Was passierte dann?« Nach und nach verlor er die anfängliche Nervosität.

»Nichts«, antwortete die Kindergartenleiterin.

»Nichts? Aha ... Danke, Frau Deutscher, wir überprüfen das. Wissen Sie, wo man den Jungen begraben hat?«, erkundigte sich Nadine.

Frau Deutscher nickte und erzählte, dass die letzte Ruhestätte des Burschen auf der Höri sei. Genau genommen in Horn.

In Nadines Kopf begann es zu rattern. Blitzschnell fasste sie einen Entschluss. Sie bedankte sich bei Frau Deutscher für ihr Erscheinen und gab zu verstehen, falls man noch etwas wissen wolle, komme man erneut auf sie zu.

Nachdem die Frau gegangen war, schlüpfte Nadine in ihre Jacke und erklärte den Kollegen, dass sie geschäftlich außer Haus müsse. Hübner pfiff sie allerdings zurück und sagte, dass sie mit ihren Alleingängen mal wieder Selzers Zorn auf sich ziehe.

»Tzzz. Mann, Hübi. Ich fahre jetzt nach Horn zum Grab des Jungen. Zufrieden?«, konterte sie patzig. In Wirklichkeit suchte Nadine einen Grund, um an die frische Luft zu kommen. Ein Abstecher auf die Höri kam ihr geradezu gelegen, zumal endlich die Sonne schien.

Hübner schaute streng. »Nadine, mir ist das doch egal. Aber hier kann nicht jeder machen, was er will. Verstehe zwar nicht, warum du dahin musst, aber es ist deine Entscheidung. Einen Anruf bei der Friedhofsverwaltung und du wüsstest Bescheid.«

Nadines Freude erstarb schlagartig. Die Bemerkung hatte ihr noch gefehlt.

»Wissen Sie was, ich begleite Sie!«, meinte Hufnagel und lächelte zuversichtlich. »Ich kenne mich in Horn bestens aus. Zu zweit werden wir rasch fündig.« *Außerdem gibt es dort ein wunderbares Lokal mit regionaler Küche,* liebäugelte Hufnagel schon mit einem Restaurantbesuch. Gleichzeitig verspürte er ein latentes Hungergefühl.

Nadine entspannte sich. Insgeheim gab sie Hübner recht. Zumal sie erst kürzlich, aus dem gleichen Grund, mit ihrem Vorgesetzten angeeckt war.

Nachdem die beiden das Büro verlassen hatten, lehnte sich Hübner an die Stuhllehne und schüttelte den

Kopf. *Weiber!* Während bei seiner Kollegin *Muss der seinen Senf immer dazugeben?* umhergeisterte.

***

Die Finsternis machte sich breit.

Ihr Kopf schmerzte. *Wieso kehrt keine Ruhe ein? Warum brummt er nur?* Alles tat ihr weh. Selbst die Haare.

Wie aus dem Nichts hörte sie Stimmen, die sie fernab von sich wahrnahm. Eine? ... Nein! ... Es waren zwei. Sie redeten und sie wurden lauter, sodann beschimpften sie sich. Danach kehrte die Stille zurück, bis alles wieder von vorne begann.

Unvermutet ging eine Tür auf. Sie spürte einen Luftzug. Ihr wurde kalt, sie fror. Nicht vor Kälte, sondern aus Angst. Was geschah mit ihr?

Ein paar Schuhe berührten unliebsam ihren Kopf. Sie rochen nach Wald. Sie rümpfte die Nase und bemühte sich, den Geruch auszumachen. Es gelang ihr nicht. Ihre Augen wollten nicht so wie sie. Die Dunkelheit machte ihr zu schaffen. Sie versuchte zu sprechen, doch außer ein paar gepressten Tönen bekam sie kein Wort heraus. Ihre Kehle war trocken. Sie hatte Durst. Die Frau öffnete den Mund und begann zu röcheln.

»Geben Sie sich keine Mühe!«, maulte ein Mann. »Interessiert es Sie, warum Sie hier sind? Warten Sie es ab!« Er schnalzte mit der Zunge und grinste breit.

Die Liegende schluckte schwer und rang nach Luft. Sie schmeckte abgestanden, als hätte man lange nicht mehr gelüftet.

Der Fremde hockte sich zu ihr hinab und schaute sie herausfordernd an. Ihre Augen waren tränenunterlaufen, bettelten ihn an. *Lassen Sie mich gehen!*

Zudem zeigten sie ihre Furcht. Der Mann zeigte kein Mitleid, denn sie war die Letzte auf seiner Liste.

Die Gefangene versuchte zu sprechen. Lediglich ein gestottertes »Trinken!« brachte sie über die Lippen. Die Angst saß ihr im Nacken.

Der Fremde schüttelte verächtlich den Kopf. »Wozu? Hatten Sie jemals Mitleid mit Ihren Schülern? Sie mit Ihrer übergenauen Art. Kaum war jemand anders, haben Sie ihn regelrecht bekämpft. In Ihrem Rachefeldzug zerrten Sie denjenigen zum Schul-sozialarbeiter oder drangsalierten die Eltern mit ständigen Mails. Jaja, ich weiß schon, in Ihrer ach so leistungsstarken Klasse hatten die Schwächeren nichts zu suchen. Die haben Sie in Grund und Boden gemobbt. Und das als Lehrerin.« Er war zornig und fügte dem hinzu: »So etwas lässt man auf unsere Jugend los. So ein Abschaum.«

Sie schluckte gegen die aufkommende Übelkeit an. Der Kloß in ihrer Kehle wollte nicht weichen. *Wer ist der Mann? Der Vater einer meiner Schüler?* Ihre Gedanken schweiften ab und sie fragte sich, was jetzt wohl kommen möge.

Plötzlich ging die Tür.

Jemand hatte sie von außen geschlossen.

Sie war wieder alleine.

***

Nachdem die Kollegen der Kripo den Ort Horn auf der Halbinsel Höri erreicht hatten, parkten sie den Dienstwagen auf einem öffentlichen Parkplatz und stiegen aus. Da Hufnagel sich hier bestens auskannte, lief er zielgerichtet über die gut befahrene Straße und zeigte Nadine voller Stolz eines seiner Lieblingsrestaurants, das Hotel Gasthaus Hirschen.

»Waren Sie hier schon mal?«, fragte er sie und fuhr sich währenddessen dezent über den Bauch. Dass Hufnagel Hunger hatte, behielt er für sich. Der Gedanke an ein Nachmittagshäppchen machte ihm zu schaffen.

Nadine verneinte und meinte, dass sie hier nur selten herkäme. Für die Strecke benötige man einen Pkw und den fahre sie nur im Dienst. Privat bevorzuge sie die Konstanzer Ecke, wobei sie nicht ausschließe, wieder einmal hierherzukommen. Hufnagel zeigte sich zufrieden und schielte neidvoll zum Lokal, das auf der Spitze der Höri am westlichen Bodensee lag.

Die beiden liefen an der Hauszeile entlang. Direkt hinter dem Gasthaus erstreckte sich eine aparte Hotelanlage, die im Sommer bei Gästen sehr begehrt war. Ein paar Meter weiter steuerte man auf eine Kirche zu, auf deren Friedhof der kleine Kuhfuss begraben sein sollte. Die erhöhte Lage von St. Johann sowie der Blick über den Untersee bis hin zur Insel Reichenau und Konstanz machte die katholische Kirche zu einem beliebten Ausflugsziel. Darüber hinaus befand sich auf dem idyllischen Friedhof die Ruhestätte von Hans Leip, der den Text für das Lied *Lilli Marleen* verfasst hatte. Später war es vertont worden und erlangte Weltruhm.

Der malerische Friedhof schlängelte sich rundherum der Kirche.

Dass Nadine das Aufsuchen des Grabes nur als Vorwand nutzte, verriet sie nicht. Endlich hatte die Sonne den Nebel weichen lassen. Ein Spaziergang an der frischen Luft war ihr jetzt lieber statt eines Nachmittags im Büro. Erwartungsvoll lief sie ein paar der Grabstätten ab, die sich terrassenförmig nach unten hin ausbreiteten. Viele davon waren gepflegt. Auf manchen befanden sich nur vertrocknete Schnittblumen, während andere liebevoll bepflanzt waren. Die Tatsache, dass die Sonne schien, ließ den Ort in einem romantischen Licht erscheinen. Der Bodensee, der nur einen Steinwurf entfernt lag, untermalte mit seinem Glitzern das Bild.

»Na Fräulein, das gefällt Ihnen wohl«, sprach eine leicht gebückte Greisin mit Kopftuch und Korb über dem Arm sie an.

Nadine erschrak zunächst. Sie hatte die Frau nicht kommen sehen.

»Mhm, ein hübscher Friedhof, wenn man das überhaupt von einem sagen darf. So etwas kenne ich nur aus alten Filmen. Dass es hier noch freie Gräber gibt?«, bemerkte sie nachdenklich und ließ ihren Blick über die Anlage wandern.

Die Frau mit Kopftuch lächelte verschmitzt und zeigte ihre vom Alter vergilbten Zähne. Gleichzeitig hantierte sie in ihrem Korb herum und schien nach irgendetwas zu stöbern. »Ja ja, ich habe meinen Hans besucht. Gott hab ihn selig. Er ist nun schon so lange fort. Hoffentlich folge ich ihm bald«, gab sie tief durchatmend von sich. »Und Sie, wen besuchen Sie?« Ihr wachen Augen schauten neugierig zu Nadine.

Nadine tat sich schwer und begann zu drucksen: »Ich suche das Grab eines kleinen Jungen. Finde es aber nicht.« Suchend sah sie sich um und lief im Schritttempo weiter.

Die alte Dame folgte ihr unauffällig. Wie es schien, hatte sie Zeit. »Wissen Sie, wenn Sie täglich hierherkommen, kennen Sie fast jedes Grab. Wie hieß der Bursche denn?«, fragte sie seufzend.

»Michael Kuhfuss.«

»Kuhfuss? Mhm, ja, ich erinnere mich. Der kleine Kuhfuss. Traurige Geschichte, sag ich Ihnen. Er muss so fünf oder sechs gewesen sein. Ein Netter war das. Zwar etwas einfältig, wenn man das so sagen darf. Aber lieb. Er war wohl nicht ganz so auf Zack wie die anderen. Deshalb gab es immer Schwierigkeiten mit ihm. Die meisten haben die Kleinen gehänselt. Tja und plötzlich hieß es, er wäre tot.«

Die Kleinen oder den Kleinen? »Woran ist er gestorben?«, erkundigte sich Nadine überrascht, derweil Hufnagel sich dazugestellt hatte.

Die Alte bewegte den Kopf. »Wie ich hörte, hat das Herz aufgehört zu schlagen. Mehr weiß ich nicht. Die Familie zog nach dem Vorfall weg.« Suchend schaute sie sich um. »Hier! Sehen Sie! Hier ist das Grab.« Sie streckte ihren Arm aus, wies auf ein Holzkreuz etwa einen Meter entfernt.

Das Grab lag in einer anderen Reihe. Nadine steuerte darauf zu.

Hufnagel folgte mit der alten Frau, die sich inzwischen als Frau Hauswald vorgestellt hatte.

»Unser Herrgott hat den Jungen viel zu früh zu sich geholt«, sagte Frau Hauswald. »Das ist nicht gerecht. Nein, wirklich nicht.« Unentwegt wackelte sie mit dem Kopf und flüsterte. Nadine verstand sie nicht. Sie hing längst ihren Gedanken nach, was derart intensiv war, dass sie alles um sich herum ausblendete. Sie starrte auf das verwitterte Holzkreuz mit der Inschrift *Michael L. Kuhfuss* und bemerkte nicht, dass sie dabei eine merkwürdige Figur machte.

Hufnagel stellte sich rechts von Nadine.

Das Grab wirkte im Vergleich zu den anderen ungepflegt. Unkraut hatte es fest im Griff. Es gab weder eine Blume noch einen Beweis dafür, dass jemand an den Kleinen dachte.

»Komisch, da stirbt ein Kind und niemand pflegt das Grab«, bemerkte Nadine noch immer in Gedanken.

Hufnagel verstand sofort, was seine Kollegin mit ihrer Bemerkung sagen wollte. »Das ist seltsam. Es kommt einem vor, als hätte man den Jungen vergessen. Als existierte er nicht.« *Ich hätte das niemals übers Herz gebracht. Das ist doch der letzte Ort, an dem man seinen Liebsten nahe sein kann.* Ungläubig wackelte auch er mit dem Kopf.

Nadine schaute die Dame mit dem Kopftuch fragend an. »Was bedeutet der Buchstabe L?« Zuerst sah sie auf das Kreuz, dann in das Gesicht der Alten, das von unzähligen Krähenfüßen überzogen war. Ihre stark verlaufende Stirnfalte sowie die dezenten Hamsterbacken bemerkte sie erst jetzt.

»Darauf habe ich nie geachtet. Wir nannten ihn Michael. Das L sagt mir nichts«, tat sie kopfschüttelnd ab.

Nadine schoss Fotos vom Grab sowie vom nahe gelegenen Bodensee, auf dem sich die Sonne silberfarben spiegelte. Im Anschluss verabschiedete man sich von Frau Hauswald und ließ sich ihre Personalien geben, für den Fall, dass man noch Fragen hätte.

Im selben Moment piepste Nadines Handy. Eine WhatsApp-Nachricht. Sie entsperrte das Telefon und las die Zeilen Hübners, der ihr mitteilte, dass der Ehemann der Getöteten die gewünschte Liste vorbeigebracht habe. Darüber hinaus interessiere ihn, bis wann man mit dem Eintreffen der beiden rechnen könne, da der Chef bereits nach ihnen frage.

Die Art des Schreibens fand Nadine provokant. Sie ärgerte sich über den unverschämten Ton Hübners. *Blödmann. Hätte ich einen anderen Beruf, bekäme der niemals meine Nummer.*

Unterwegs zum Auto rätselten Hufnagel und Andres über das L im Namen des verstorbenen Jungen. Sie blieben ratlos.

Da Hufnagels Magen buchstäblich sonst wo hing, schlug er Nadine die Betriebskantine einer nahe gelegenen Schreinerei vor, die er von früher her kannte. Auch Betriebsfremde könnten dort essen.

Die Kantine hatte den Charme einer großen Lagerhalle, was sie vermutlich auch einmal gewesen war. Einfache Holzstühle, möglicherweise von Azubis gefertigt, sowie quadratische Tische mit kleinen Vasen obenauf verliehen dem Raum etwas Provisorisches. Um die Mittagszeit war es gewöhnlich sehr laut. Nachmittags nicht. Ein paar Tischler hatten Kaffeepause. Ansonsten wirkte die Kantine verwaist.

Als die beiden den Raum betraten, schmetterte ihnen sogleich das Wort »Mahlzeit« entgegen, das Hufnagel sofort an alte Zeiten im Polizeirevier erinnerte. Aus Kostengründen hatte man die Kantine abgeschafft. Stattdessen gab es Teeküchen, die allerdings den Austausch zwischen den Kollegen nicht ersetzen konnten. Einige verwechselten *Mahlzeit* mit *Guten Morgen,* was Hufnagel gar nicht mochte. *Mahlzeit* suggerierte ein bald folgendes Essen. Wenn es ausblieb, wurde er sauer.

Die beiden Kripobeamten hatten Glück. Viele der Mitarbeiter waren noch in den Ferien, sodass es auch für Gäste Kassler mit Kartoffelbrei und Sauerkraut gab. Hufnagel stimmte es zufrieden.

∗∗∗

Die beiden Seniorinnen Maria Schulz und Charlotte Kaufmann hatten es sich etwa zur gleichen Zeit bei Kaffee und Kuchen im hauseigenen Wiener Café bequem gemacht. Für gewöhnlich sah man sie hier täglich sitzen. Das Café bot die ideale Abwechslung, zumal es jetzt im Heim eher beschaulich zuging. Ein Teil der Rentner und Rentnerinnen verbrachten die Feiertage bei ihren Familien. Das Haus wirkte gespenstisch still. Kein Getratsche, kein Gelache und auch keine Gespräche auf den langen Fluren. Obwohl Maria und Charlotte mit der einen oder anderen immer wieder aneckten, missfiel ihnen der Zustand.

»Nüscht los hier«, maulte Maria drauflos und stopfte ihre Kuchengabel samt Apfelkuchen in den Mund. Kauend sprach sie weiter: »Wat macht unser Fall, Charly? Man kriegt jar nix mehr mit. Passiert überhaupt noch wat?«

Charlotte wunderte sich über Marias Verhalten, obwohl sie es nicht besser kannte. *Muss das sein? Mit vollem Mund sprechen?*

»Maria, Rudolf schweigt sich aus. Nach unserem letzten Telefonat habe ich nichts mehr von ihm vernommen. Sollte ich ihn anrufen?« Sogleich beantwortete sie ihre Frage. »Ich sollte!«

Eine halbe Stunde später saßen die beiden auf Charlottes gemütlichem Sofa und gönnten sich ein

Gläschen Eierlikör, das ebenso zu ihrem Ritual gehörte wie der Besuch im Kaffeehaus. Danach wählte die Rentnerin die Nummer ihres Sohnes.

»Ah, hallo Rudi. Na, wie geht's denn so?«, fragte Charlotte gleich drauflos und hoffte, dass ihr Sohn sie nicht abwimmeln würde.

Dank hervorragendem Essen und einem gefüllten Magen war Rudi in Gesprächslaune. Die Seniorin konnte sich glücklich schätzen, zumal sie den Sohn noch vor Eintreffen in der Dienststelle erreicht hatte. Somit blieb das Mithören der Kollegen aus. Nadine hingegen hatte sich mit einem verständnisvollen Augenzwinkern sowie »Grüßen Sie Charlotte von mir« ins Gebäude begeben.

Hufnagel lief ein paar Schritte das Handy haltend auf dem Parkplatz auf und ab.

»Na, Mutter, wo drückt der Schuh?«, fragte er beinahe zu freundlich.

Charlotte wusste nicht, nahm er sie jetzt ernst oder vielmehr auf den Arm. »Alles klar bei dir, mein Junge?« Sie zeigte Maria achselzuckend ihre Skepsis. »Der ist komisch«, flüsterte sie ihr zu.

»Was sagtest du, Mutter?«

»Ach nichts, mein Junge. Nichts!«, tat sie die Frage ab.

»Tja, was soll und kann ich dir sagen?«, fragte Hufnagel mehr sich selbst als die Mutter. Die wiederum antwortete forsch: »Alles, was du weißt.« Gleichzeitig untermalte sie ihre Antwort mit einem Grinsen und ließ ihre Augenfalten tanzen.

Da Rudolf mit den letzten Stunden bestens vertraut war und nicht aus dem Nähkästchen plaudern wollte, unterrichtete er seine Mutter vom Ausflug nach Horn.

Er sah nichts Anstößiges dabei, zumal der Kleine verstorben war und nichts darauf hinwies, dass es einen Zusammenhang zwischen ihm und den beiden Mordopfern gab. Lediglich die Meldeadresse der Eltern war noch zu klären. Doch das war Routinearbeit, die eine Praktikantin erfüllen konnte. Das Betrauen derselbigen war nach Absprache mit der Kollegin jetzt Hufnagels Aufgabe.

»Also ich weiß nicht, ich weiß nicht. Irgendwie kommt ihr in dem Fall gar nicht weiter.« Ihrem Unterton nach vernahm man deutlich die Enttäuschung. Rudolf ahnte, was das zu bedeuten hatte. Wäre das passiert, als sein Vater noch gelebt hatte, hätte man den Täter längst gefasst. Hufnagel beließ es dabei, denn auf eine Diskussion diesbezüglich samt Vorwürfen hatte er keine Lust.

»Lass das, Mutter! Es gibt einen Tatverdächtigen.«

»Ich weiß nicht, ich weiß nicht«, kam es erneut von ihr. »Zwei Tote in Nachtwäsche. Was will *uns* der Täter damit sagen? Gibt es eine Verbindung zwischen den Opfern?«

»Mutter, *uns*? Na ja, dieses Mal bist du keine große Hilfe«, sagte er spöttisch und genoss die Genugtuung.

Charlotte fühlte sich auf den Schlips getreten. Es reichte schon, ihn nach Informationen anbetteln zu müssen, und dann hatte er auch noch recht. Im Fall der beiden ermordeten Frauen tappte die alte Dame genau wie die Polizei im Dunkeln. Im Inneren regte sie sich über seine Worte auf und dachte darüber nach, inwiefern sie etwas ausrichten könnte. Irgendetwas sollte sie unternehmen.

»Sag mal, Rudi, was kann ich tun?«

Hufnagel sinnierte und hatte eine Lösung parat. »Erkundige dich doch mal, wo die Familie des verstorbenen Jungen jetzt lebt!«

»Iiiiich? Wieso ich? Ihr habt doch ganz andere Möglichkeiten als ich«, meinte sie entsetzt.

Hufnagel war ihrer Meinung. Dennoch konnte sie die leichte Aufgabe ohne Weiteres erledigen. Zudem war sie wieder mit von der Partie.

»Schau auf die Uhr! Gleich ist Feierabend. Morgen ist *Heilige Drei Könige* und unsere Computer stehen bereits still. Wäre es da nicht klasse, wenn wenigstens einer von *uns* arbeiten würde?« Dass er noch zu tun hatte, verschwieg er.

Die drei Buchstaben des einnehmenden *uns* gingen der Rentnerin herunter wie Öl. Charlotte war glückselig.

18. Zorn der Vergangenheit

Wie ein Kind freute sich Charlotte über Rudis Auskunft, obgleich sie dürftig war. Erleichtert schlurfte sie durchs Wohnzimmer und bot ihrer Freundin ein Tässchen Kaffee an.

»Wat schon wieder? Ne, meine Jute, zu ville Kaffee ist nüscht für mich. Sonst kriege ick noch 'nen Herzkasper. Tee jinge och.«

Charlotte nickte. Sie ging in die Küche, die winzig war, dennoch ausreichte, um sich selbst zu versorgen, wenn man es denn wollte. Meistens nutzte Charlotte mit Maria das Angebot im Haus. Das Essen in der Seniorenresidenz *Wolkenlos* war, wie Maria gerne sagte, »Erste Sahne«. Immerhin zählte das Heim zu den teuersten Häusern des Landes. Die Lage zum Bodensee war unübertroffen. Zudem residierten die Herrschaften in einem altehrwürdigen Schloss. Dennoch hatte Maria hier keinen besonderen Stand, weil ihre proletenhafte Umgangsform den versnobten Heimbewohnern missfiel. Immerhin gehörte man zu den reichsten Rentnern Deutschlands. Erst ein Lottogewinn kurz vor der Rente hatte Maria das hiesige Leben ermöglicht. Das alte hatte sie nie ganz ablegen können.

Indes der Wasserkessel pfiff, plauderten die beiden. Kurz drauf saßen sie ihre Tassen haltend auf dem Sofa und nippten mit gespitzten Lippen am Porzellan.

»Tut jut, wat Warmet. Bin jespannt, wie es weiterjeht.« Maria schaute erwartungsvoll zu ihrer Freundin, deren Beine ausgestreckt aufeinanderlagen.

»Ich muss Sie enttäuschen, Mary. Es gibt nicht viel zu tun. Rudi bittet uns nur, die Meldeadresse von Familie

Kuhfuss herauszufinden.« Sie zog ihre Beine zu sich heran und stellte die Tasse auf den Tisch.

»Dit is allet?«, fragte Maria enttäuscht.

»Ja, leider. Machen wir uns nach dem Tee an die Recherche.«

»Na ja, wie Sie wollen. Dit dürfte in einer halben Stunde erledigt sein. Och jut, habe ick noch Zeit für den Spieleabend.«

Charlotte schaute Maria verwundert an. »Spieleabend? Sie? Ich dachte, Sie mögen keine Spiele.«

»Mag ick och nicht. Aber im Moment is dit dit einzige Highlight in dem alten Kasten.«

Meint sie mit Kasten die Seniorenresidenz? Charlotte schmunzelte. Mühevoll erhob sie sich vom Sofa und schritt bedächtig zu ihrem Schreibtisch. Sie klappte ihren Laptop auf und meldete sich an, derweil Maria sie skeptisch musterte. »Dit sollte nur ein Scherz sein.«

Doch Charlotte war längst in ihrer Welt angekommen, die des Suchens und Findens. Sie gab den Namen Kuhfuss in die Suchmaschine ein und erhielt über 200.000 Ergebnisse. Erst als sie einen Ort vorgab, wurden es weniger. Unzufriedenheit machte sich in ihr breit. Wie sollte man hier etwas finden? *Rudolf hat mich an der Nase herumgeführt.* Trotzdem wollte sie nicht aufgeben.

Maria beugte sich über Charlotte und legte die Hand auf deren Schulter.

»Mensch, Charly, kieken Sie mal, Kuhfuss ist ein Handwerkszeug.« Die Rentnerin tippte mit dem Finger auf das Display und erntete den vorwurfsvollen Blick der Freundin. »Ein Nageleisen? Damit zieht man Nägel raus. Dit hat aber nüscht mit unserem Kleenen zu tun.«

»Nein, Maria, das hat es nicht. Wie soll man bei der Vielzahl an Informationen den Aufenthaltsort einer Familie finden?«

Maria, die nicht viel von dem neumodischen Kram hielt und lieber in ein Telefonbuch schaute als in einen PC, antwortete schnoddrig: »Dit war doch klar. Ihr Sohn hat Ihnen einen Bären ufjebunden. Er will Sie wohl ruhigstellen.«

Charlotte empörte sich über Marias Worte. Nur klein beigeben wollte sie nicht. »Gut. Was schlagen Sie stattdessen vor?«, fragte die Seniorin genervt.

»Ick habe mal in einem Film jesehen, dit man wie ein Verbrecher denken muss. Dann kommt man dem Rätsel uff die Schliche.« Maria stellte sich aufrecht, begann unruhig mit den Armen zu fuchteln, als wollte sie eine Rede halten und wartete nur auf die Aufmerksamkeit ihrer Mithörer. »Ick globe, dass der Täter eine Mission erfüllen muss. Eine, die man herausfinden soll. Der ist uns immer einen Schritt voraus. Wat och logisch ist, sonst hätte man den bereits dingfest jemacht. Ick will damit sagen, er jenießt die Ufmerksamkeit.«

»Mhm, klingt nach einem gut durchdachten Plan.«

»Janz jenau. Der Schlingel ist nicht doof. Dit ist keen Milchbubi mehr. Der hat Kraft. Wie könnte der sonst eine Frau von A nach B schleppen? Und noch wat, die Morde sind keen Zufall. Die Nachthemden sagen dit mehr als deutlich.«

»Maria, so gesehen stimme ich Ihnen zu. Er hat die Tötungen regelrecht inszeniert.«

»Wat hat der? Inszen... wat?«

»Er hat die Frauen zur Schau gestellt, also in Szene gesetzt«, erklärte Charlotte.

»Jenau, dit hat er.« Maria machte eine Pause und schaute ihre Bekannte eindringlich an. »Noch wat: Der Mörder ist einjebildet.«

»Eingebildet? Wie kommen Sie denn zu dieser Auffassung, Verehrteste?«

»Na klamüsern Sie doch mal! Er globt, er wäre überlegen. Der wertet doch die Frauen ab. Wieso würde er sie sonst so killen? In Wirklichkeit fühlt er sich minderwertig. Die Frage ist nur, warum? Irgendetwas muss ihn dazu jebracht haben.«

Charlotte konnte nicht glauben, was sie gerade aus Marias Mund vernahm. Die Einschätzung vom Verhalten des Mörders ließ sie hellhörig werden. *Ist das jetzt auf ihren Mist gewachsen?*

»Maria, Sie überraschen mich«, tat Charlotte verwundert. »Also wenn ich das mal zusammenfassen darf, dann will der Killer erreichen, dass man auf ihn aufmerksam wird.«

»Bingo!« Maria wies mit dem Zeigefinger auf Charlotte.

»Und aus welchem Grund? Er hätte die Frauen doch auch *nur* umbringen können, ohne sie in diese weißen Nachthemden zu stecken.«

»Hätte schon. Dit wollte er aber nicht. Bei 'nem janz normalen Mord hätten die Bullen Fragen jestellt, in etwa wie: Hatte dit Opfer irjendwelche Feinde oder wann und wo hat man es zum letzten Mal jesehen? So wie dit anscheinend jerade der Fall ist. Ne, der will, dit man sich mit seiner Tat auseinandersetzt. Ihn quasi verstehen lernt.«

Charlotte hing ihren Gedanken nach. Die Idee, sich in den Täter hineinzuversetzen, die war ihr bislang nicht gekommen. Warum auch? Immerhin war das Enträtseln von Morden für sie doch nur ein Hobby. Und das Aufklären eines solchen oblag immer noch der Polizei. Dennoch ärgerte sie sich über sich selbst.

»Ick globe, man muss da anders hinkieken, dann wird einem klar, wat der einem sagen will.« Maria rümpfte voller Stolz die Nase.

Jetzt geht sie zu weit. »Maria, meinen Sie nicht, dass das die Polizei längst tut?«

»Keene Ahnung. Ick denke nur laut.«

»Gut, spinnen wir mal weiter«, formulierte Charlotte beleidigt.

»Dem Mörder ist bewusst, dass Ihr Rudi und Co sich mit den Morden auseinandersetzen müssen. Und jenau dit ist dem zu wenig. Der will mehr. Man soll ihn verstehen lernen.«

Marias Worte überraschten Charlotte mehr, als ihr lieb war. Bislang hatte sie immer das Puzzle zusammengesetzt. In ihrem kurzen Statement hatte sie mehr über den Täter und sein Motiv erfahren, als sie jemals geglaubt hätte. Maria war es gelungen, Charlottes Denken in eine andere Richtung zu lenken.

»Gehen wir davon aus, dass er die Morde plant, dann muss er gut antizipieren können und ...« Maria unterbrach Charlotte mitten im Satz: »Anti... wat?«

»Das Verb *antizipieren* entstammt dem Lateinischen und setzt sich aus den Worten *ante* ›vorher‹ und *capere* ›nehmen‹ zusammen. Was so viel bedeutet wie *vorhersehen* oder *vorwegnehmen*.«

»Also ick wees nicht, ob man einen Mord vorhersehen kann.« Maria runzelte die Stirn.

»Maria, das geht nicht. Ich meine, ein Ereignis zu antizipieren, heißt, anzunehmen, dass ein Ereigniseintritt wahrscheinlich ist.«

»Also dit ist mir zu hoch. Wie auch immer.« Maria schluckte.

»Gut, Miss Marple, was glauben Sie, mordet er alleine?«

»Wees ick nicht.« Maria klang genervt.

»Ick och nicht«, parodierte Charlotte sie lächelnd. »Die Morde sind speziell. Ich vermute, das ist die Handschrift eines Einzeltäters.«

»Und wat wollen wir jetzt unternehmen?«, fragte Maria merklich ermüdet.

Charlotte schaute auf ihre goldene Armbanduhr.

»Wir? Heute nichts mehr! Lassen Sie uns noch etwas Frische in unsere faltigen Gesichter bringen, bevor wir zum Abendessen gehen.

***

Während die einen gemütlich an ihrer geschmackvoll verzierten Tafel saßen, führten die anderen etwas Abscheuliches im Schilde.

Ihr schmaler Kopf lag auf den Unterarmen. Auf den ersten Blick hätte man meinen können, dass sie auf dem Tisch schlafen würde. Er blickte sie seit einer Weile an und blutrünstiger Hass lag in seinen Augen. Die beiden schwiegen. Sie aus Angst und er weil er nichts sagen wollte. Urplötzlich zog er eine Streichholzpackung aus der Jackentasche hervor und brach zwei der Streichhölzer heraus.

Ängstlich schaute sie zu ihm hoch. Sie zitterte, ihre Augen waren dunkel unterlaufen. Man sah ihr den wenigen Schlaf der letzten Tage trotz des spärlichen Lichtes an. Der Keller, in dem man sie gefangen hielt, stank nach Fäulnis sowie Urin. Hätte sie gewusst, was sich hier zuvor ereignet hatte, sie hätte um sich geschlagen und geschrien.

»Nehmen Sie einen!«, forderte der Fremde bedingungslos. »Ziehen Sie den Kürzeren, sterben Sie! Wenn nicht, lasse ich Sie gehen.«

Die Frau überlegte, haderte mit sich. Der Mann spielte mit ihr. Nur warum? War er imstande, sie zu ermorden? *Nein.* Der gesunde Menschenverstand ließ sie daran zweifeln. Und wenn doch? Dann hatte sie zumindest eine fünfzigprozentige Chance.

»Ich spiele nicht!«, entgegnete sie ihm mutig und schluckte schwer. Ihr Herz pochte vor Todesangst. Sie kämpfte dagegen an.

Er trat näher an sie heran, packte ihren Arm und fing an zu schreien: »Doch, das werden Sie! Wählen Sie, sonst wähle ich!« Er hielt ihr die Streichhölzer dicht vor die Augen, sodass sie zu schielen begann.

»Bitte lassen Sie mich gehen. Ich bitte Sie«, sagte sie voller Verzweiflung.

»Hören Sie auf mit der Mitleidstour! Das zieht bei mir nicht. Dass ihr Weiber immer gleich auf die Tränendrüsen drücken müsst. Sie hätten beizeiten daran denken müssen. Haben Sie sich jemals gefragt, wie sich Ihre Schüler fühlten, wenn sie in Klassenarbeiten zu wenig Punkte bekommen haben, nur weil Sie diejenigen nicht mochten?«

Die Fremde wurde hellhörig. »Sind Sie der Vater einer meiner Schüler? Wollen Sie mir verraten, wer es ist?«, fragte sie vorsichtig nach und legte eine Haarsträhne hinter ihr Ohr.

»Nein, das will ich nicht. Für Reue ist es zu spät. Ziehen Sie jetzt endlich!«, nötigte der Fremde die Lehrerin zum Handeln. Erneut fuchtelte er mit den abgebrochenen Streichhölzern vor ihrem Gesicht herum.

Sie hob ihren Arm, wollte eines der Hölzer ergreifen, zog ihn aber wieder zurück.

»Zum letzten Mal ziehen Sie!«, keifte er voller Zorn.

Die Ärmste tat, was er verlangte, und ließ vor Schreck das etwa zwei Zentimeter große Hölzchen fallen, das er sogleich aufhob und ihr stolz mit dem anderen präsentierte. Er hatte sie an der Nase herumgeführt. Die Streichhölzer waren von einer Länge. Der Entschluss, sie umzubringen, war vor geraumer Zeit gefallen.

Ein vorsichtiges Lächeln entsprang ihrem Mund. »Sie lassen mich leben?«, fragte sie nach, unterdessen er sie herausfordernd anstarrte und eine Antwort schuldig blieb. Kurz darauf kehrte er ihr den Rücken zu und ließ sie in Ungewissheit zurück.

Sie atmete tief durch und hustete dann, weil ihr die stickige Luft hier unten zu schaffen machte. Die Lehrerin grübelte darüber nach, wessen Vater er möglicherweise war. Sie kam zu keinem Ergebnis. Es kam vor, dass Lehrer Schüler mehr oder weniger mochten. Nur anmerken lassen durfte man es sich nicht. Die Gefangene benötigte Klarheit im Gespinst aus Hass und Liebe. Handelte es sich am Ende nur um ein Missverständnis und man meinte nicht sie, sondern jemand anderen?

Mit letzter Kraft schlug sie mit ihrem Fingerring gegen den Rippenheizkörper. Das Geräusch hallte durch den Raum. Irgendjemand musste sie doch hören.

Unerwartet ging die Tür und der metallische Laut eines Schlüssels ertönte.

Vor ihr stand der Fremde.

Sie bemühte sich, ihn in der Dunkelheit auszumachen, doch seine dunkle Kleidung ließ es nicht zu. Dass er großgewachsen war und vermutlich silbergraues Haar besaß, konnte sie in etwa erkennen. Zudem glaubte sie, einen kräftig gebauten Mann vor sich zu sehen. Seine Silhouette ließ sie zu dem Schluss kommen.

»Was ist?«, fragte er und atmete schwer.

Sie hatte sich inzwischen von ihrem Sitzplatz erhoben und trat einen Schritt vor, als hätte sie keine Angst, jeden Augenblick ermordet zu werden. *Sei mutig! Zeig ihm keine Furcht!*

»Sagen Sie mir bitte den Namen Ihres Sohnes!«, bat sie ihn.

Der Mann schaute sie herausfordernd an. »Damit kommen wir der Sache näher. Demnach wissen Sie, dass es sich um einen Jungen handelt. Das lässt vermuten, dass Sie nur etwas gegen das männliche Geschlecht haben. Genau das ahnte ich.«

»Verwechseln Sie mich mit einem anderen Lehrer?«

»Mich irren? Glauben Sie, ich würde Sie verwechseln, hierherbringen, um Ihnen etwas anzutun? Eine Unschuldige? Nein! Sie haben es verdient! ... Gut, dann helfe ich Ihnen mal auf die Sprünge.« Er holte tief Luft und sprach weiter: »Von Anfang an hatten Sie es auf meinen Sohn abgesehen. Er war Ihnen nicht ordentlich genug und arbeitete ungenügend mit. Ich denke nur an die vielen Mails, die Sie mir wegen irgendwelcher Kleinigkeiten geschickt haben. Sie sahen in ihm einen Sonderling, weil er alleine auf dem Schulhof herumgelaufen war. Ganz zu schweigen von dem Mitschüler, den er beschimpft hatte. Sie gaben einfach nie Ruhe. Dabei bräuchten Sie doch dringend Hilfe.«

Sie schwieg. Ihrem Gesichtsausdruck war deutlich zu entnehmen, dass sie jetzt wusste, mit wem sie es zu tun hatte. Das schlechte Gewissen übermannte sie. *Ich muss ihn irgendwie besänftigen.* »Das stimmt, Herr ...«, sie stockte kurz und überlegte wie er hieß. Der Name lag ihr sprichwörtlich auf der Zunge. Inzwischen waren Jahre vergangen. Ihre Art, Schüler zu maßregeln, behielt sie bis heute bei.

Die Pädagogin konnte Männer nicht ausstehen, weil sie von ihnen nur enttäuscht wurde. Ihr eigener Vater hatte die Familie wegen einer anderen Frau verlassen und ihre Jugendliebe hatte nach drei Jahren die Beziehung per Handy beendet. *Gruß – Kuss – Schluss.* Primitiv und dennoch hatte sie es getroffen. Aufgrund ihrer Vorurteile hatte sie mit dem Rektor der Schule einen Disput gehabt. Das ging solange gut, bis man sie gebeten hatte, sich an ein anderes Gymnasium versetzen zu lassen. Der Stadt Konstanz blieb sie jedoch treu.

***

Als Nadine am nächsten Morgen in ihrem Bett erwachte, schien die Sonne in ihr Zimmer. Ihre Mitbewohnerin Lea klapperte in der Küche mit Geschirr und sprach mit jemandem. Nadine vernahm eine männliche Stimme. Vermutlich stammte sie von Leas Freund. Aufatmend ließ Nadine sich ins Bett zurücksinken und beschloss, liegen zu bleiben. Sie hatte frei und ein ausgedehntes Wochenende stand ihr bevor. Zudem hatte sie keinerlei Pläne für die nächsten Tage. Nichts tun, danach stand ihr der Sinn.

Nach einer Stunde hielt sie es nicht mehr aus. Der Magen knurrte und Kaffeeduft stieg in ihre Nase.

Schlaftrunken kroch Nadine aus ihrem Bett. Sie zog sich etwas Bequemes an und schlurfte mit einem hellen »Moin Moin«, das sie kurz in der Küche zum Besten gab, über den Korridor. *Blöd, jetzt sitze ich drei Tag alleine herum. Lea hat's schön. Muss DER ausgerechnet heute hier auftauchen?* Die junge Frau beschloss, zu frühstücken und danach zu telefonieren. Mit irgendeinem, den sie kannte. Bloß nicht Marcel. Am Ende glaubte er, sein Bett wäre gemacht und er müsste nur noch hineinspringen. Dann hätte sie wieder das Nachsehen. Auf einmal schoss ihr Daniel in den Sinn. Er war genau der Richtige, um ein paar Worte zu wechseln. In letzter Zeit hatte es wenig Gelegenheit dazu gegeben.

Als Nadine das Frühstück beendet hatte, befüllte sie erneut die Tasse und verschwand kurz darauf in ihr Zimmer. Ohne Umschweife wählte sie Daniels Nummer. Hätte sie länger gewartet, sie hätte wieder mit sich gehadert.

»Daniel?« Nadine presste ihr Handy ans Ohr. »Was machst du gerade?«

»Zeitung lesen«, antwortete er mit anzüglichem Unterton. »Und du?«

Scheiße, was soll ich jetzt antworten? »Mit dir telefonieren.«

»Lass deine bescheuerten Witze. Du hast doch was auf dem Herzen.«

»Mhm, ich habe über die Morde nachgedacht. Dabei ist mir aufgefallen ...« Nadine befeuchtete ihre Lippen.

Daniel unterbrach sie. »Ich denke ständig darüber nach, komme nur auf kein Ergebnis.« Unterdessen er sprach, überflog er die Seite seiner Zeitung. »Wahre Schönheit findet man nur im Glauben«, las er langsam und laut daraus vor.

»Was hast du gesagt? Ist jemand bei dir?« Nadine wirkte irritiert.

»Quatsch. Das klingt toll. Ich denke nur laut. Sag mal, was hältst du von einem kurzen Treffen im Büro. Du langweilst dich, und ich tue es auch. Jetzt stört uns wenigstens keiner und wir könnten alles noch einmal überdenken.«

»Langeweile? Ich??? Ne, da täuschst du dich. Ich wollte nur quatschen ... Aber okay, warum nicht.« Insgeheim jubelte sie. Der Tag schien gerettet.

Nach sechzig Minuten standen die beiden im Büro und gaben sich grüblerisch.

Selzer ließ sich über den gestrigen Besuch auf der Höri aufklären. Genau wie seine Kollegin konnte er nichts Auffälliges daraus schließen, fand aber das links liegen gelassene Grab des Jungen ebenfalls merkwürdig. Mit der Recherche der Meldeadresse setzte er sich nicht weiter auseinander. Das war jetzt Sache seiner Leute.

Nachdenklich standen die beiden vor der Glaswand mit Fotos der Toten. Dass es sich bei dem Täter um ein- und denselben handeln musste, daran bestand kein Zweifel mehr. Die Art der Tötung sowie die in Nachthemden gekleideten Frauen sprachen eindeutig dafür.

Selzer wirkte unruhig, er ahnte bereits, dass es eine weitere Tote geben würde.

Nadine legte die Hand auf seine Schulter. »Komm, mach dich nicht verrückt.«

»Du hast gut reden. Von mir wird erwartet, dass ich die Fälle aufkläre. Ich darf mir keine Fehler erlauben.«

»Blödsinn. Irren ist menschlich. Wir machen alle Fehler. Sieh es mal so, wir haben zwar noch keinen

Mörder, aber wir sind auch erst am Anfang unserer Ermittlungen. Eine Turboaufklärung gibt es nicht, wie Hübner sagt ...«

Selzer ließ Nadine nicht ausreden. »Verdammt, es ist meine Aufgabe, dass ich Dinge sehe, die andere nicht sehen. Und was mache ich? Nichts. Unser einziger Verdächtiger ist keiner, und einen anderen haben wir nicht. Was ist, wenn noch ein Mord geschieht und wir wieder zu spät kommen?«

»Jetzt male den Teufel nicht an die Wand«, unterbrach sie ihn.

Selzer entspannte sich. Doch der Gedanke, einen dritten Mord nicht verhindern zu können, ließ sein Herz lauter pochen. Er blickte Nadine an. »Wir müssen noch einmal zum Anfang zurückkehren. Irgendwo haben wir den Faden verloren. Was haben wir übersehen?«

»Keine Ahnung, Daniel«, meinte Nadine resigniert. »Weißt du, was ich mich die ganze Zeit frage? Was treibt unseren Mörder an? Und warum tötet er?«

Während die beiden ihre grauen Zellen bemühten, dämmerte es allmählich und der Tag neigte sich dem Ende zu.

19. Nach dem Wochenende

Zum wiederholten Male hatte es in der Nacht geschneit. Der Schnee blieb liegen, ganz zum Ärgernis der Anwohner, welche bereits in den frühen Morgenstunden die Wege zu räumen hatten. Unterdessen die einen mit Widerwillen die Straßen freischaufelten, fluchten andere über das unangenehme Kratzen der Schippen. Die weiße Pracht hatte seine Tücken, ganz zur Freude der Knirpse.

Das backsteinfarbene Gebäude des Polizeireviers hatte die Pforten geöffnet. Noch wirkte es verwaist. Viele der Kollegen, gerade die mit Kindern, hatten ein paar freie Tage gehabt. Allmählich trudelte man ein. Damit einhergehend die Unlust eines ersten Arbeitstages.

Nadine schritt schnurstracks die Treppe hinauf. Auf ihrem Weg ins Büro begrüßte sie alle mit einem »Guten neuen Jahr« und lief weiter. Da sie nur über ein verlängertes Wochenende verfügt hatte, ging sie davon aus, dass ihr der Einstieg weniger schwerfallen würde.

Als die junge Frau die Tür vom Zimmer hinter sich geschlossen hatte, fragte Hübner, der bereits anwesend war, provokant drauflos: »Na, habt ihr was in Horn herausgefunden?«

Während Nadine die Jacke auszog, antwortete sie: »Nichts Brauchbares. Die Sache mit dem Jungen ist zwar erschütternd, treibt aber die Mordfälle nicht voran.« Ansonsten ließ sie sich nicht aus der Ruhe bringen.

Missmutig lehnte sich Hübner zurück.

Die anderen Kollegen kamen herein, jeder mit dem gleichen ungläubigen Blick, der verlauten ließ: »Mann, die ewigen Neujahrswünsche nerven.« Erst im Büro durfte man durchatmen.

Nadine schaltete ihren Computer an und stellte die Heizung auf die höchste Stufe. In den vergangenen drei freien Tagen hatte hier niemand geheizt. Im Anschluss gönnte sie sich einen Früchtetee und überflog die eingegangenen Mails.

Man hatte den Vormittag mit Telefonaten und Schreibkram hinter sich gebracht. Hufnagel und Hübner gingen in die Mittagspause, unterdessen Nadine und Daniel sich die Füße an der frischen Luft vertraten. Mitten im Gespräch klingelte das Handy von Selzer. Die Nachricht, die er erhielt, ließ sein Gesicht erstarren.

»Was ist passiert?«, fragte ihn die Kollegin mit wachen Augen und fühlte, dass es nichts Gutes verhieß.

Selzer schluckte schwer. Vielmehr war es ein Würgen. »Wir haben noch eine Tote.« Seine Stimme erstarb.

»Noch eine Tote?«, wiederholte Nadine fassungslos. »Schon wieder?«, fügte sie flüsternd an.

»Sag den anderen Bescheid!«, forderte Selzer. »Wir treffen sie an der Uni. Im Lesesaal liegt eine Tote. Lass uns gleich fahren!«

»Uni? Lesesaal? Makaber ... Geht klar.« Nadine griff zum Handy, alarmierte die Kollegen.

Nach zwanzig Minuten betraten sie das Universitätsgelände, in dem der Betrieb nach der Weihnachtspause begonnen hatte. Bislang kannte Nadine den imposanten Bau nur von einem Spaziergang her. Aus der Presse wusste sie, dass man einen Großteil der Bibliothek vor etwa sieben Jahren geschlossen hatte, weil bei vorausgegangenen Sanierungsarbeiten Asbestfasern gefunden worden waren. Etwa 1,5 Millionen Medien waren ausgelagert worden. Im Herbst 2016 konnte nach einer aufwendigen Sanierung das Kommunikations-, Informations-, Medienzentrum, kurz genannt KIM, den Nutzern erneut zur Verfügung stellen. Helle, weitläufige Räumlichkeiten mit markanter Architektur luden sie aufs Neue ein.

Nadine staunte, als sie den futuristisch gestalteten Eingangsbereich mit riesigen Deckenleuchten und übergroßen Anzeigetafeln erblickte. Quietschgelbe Treppengeländer, anthrazitfarbene Sitzsäcke und dunkelblaue Wippstühle samt bunten Tischen erinnerte sie eher an eine Spielwiese für Kinder statt an einen Lesesaal für Studierende. Die verschiedenfarbigen Glasscheiben verstärkten nur den Eindruck.

Noch ging es hier beschaulich zu. Ein paar Studenten liefen aufgeschreckt umher. Der grausame Fund hatte sich längst herumgesprochen. Die ersten Funkstreifenpolizisten waren eingetroffen und grenzten mit rot-weißen Absperrbändern den Tatort ab.

Allmählich kam Unruhe auf. Ein paar Meter hinter der Absperrung standen Studenten und diskutierten aufgeregt miteinander, indes weiter vorne es die Dozenten taten.

Unterdessen waren auch Hübner und Hufnagel am Tatort erschienen. Um ihn nicht zu kontaminieren, zogen sie Gummihandschuhe über.

»Wo liegt die Tote?«, erkundigte sich Hufnagel und schaute sich interessiert um. »Imposantes Gebäude«, meinte er kurz mit Blick zur Kollegin. »Der gleiche Täter?«

Nadine hob die Schultern und blickte zu den weiß gekleideten Kollegen der Spurensicherung, die sich ein Bild vom Tatort machten. »Dazu kann ich noch nichts sagen, ich habe die Tote bislang nicht gesehen.« Gleichzeitig schritt sie mit Hufnagel zum Fundort der Leiche, die in einem separaten Raum, mit dem Kopf auf dem Tisch liegend, saß. Dem Augenschein nach war sie jünger, hatte dunkelblondes, schulterlanges Haar und trug wie ihre Vorgängerinnen ein weißes Nachthemd. Zudem war sie barfüßig.

Nadine beugte sich über die Tote, bemerkte ein Buch, das sie mit dem Oberkörper bedeckte. »Sehen Sie!«, wies sie Hufnagel an. »Worauf liegt sie da?«

Hufnagel tat es ihr gleich und vermutete im dunklen Buch eine Bibel.

»Ob hinter den Morden ein- und derselbe Täter steckt?«, überlegte Nadine.

»Mit Wahrscheinlichkeit, ja«, hörte sie direkt neben sich eine ihr bekannte Stimme sagen. Es war Doktor Ron Hendrick, der Rechtsmediziner, der soeben mit einem Koffer in der Hand eingetroffen war. »So, nun lassen Sie mich mal meine Arbeit machen.« Hendrick verwies Hufnagel und Andres zur Seite, da die Lesekabine, in der die Tote lag, kaum Platz für zwei hatte.

Widerwillig folgte man der Anweisung und beobachtete argwöhnisch sein Handeln. Hendrick mochte es nicht, wenn man ihm über die Schulter sah, und schon gar nicht, wenn er eine Leiche gerade erst zu sehen bekam. Sein Blick diesbezüglich war eindeutig.

Doch Nadine ließ nicht locker. »Wie kommen Sie zu der Annahme?«

Hendrick, der gebeugt über der Toten stand, bewegte den Kopf gemächlich nach links oben und schaute Nadine böse an. »Junge Frau. Ich sagte Ihnen doch, dass ich meine Arbeit erledigen möchte.« Er schnaufte übertrieben laut. »Also, um Ihre Neugierde zu befriedigen ... Drei Tote. Jede trägt ein Nachthemd. Dazu religiöse Bezüge. Nach meiner Meinung wurde auch dieses Opfer hier erstochen. Aber alles zu seiner Zeit. Dem Anschein nach wurde sie es. Vermutlich liegt der Tod nur ein paar Stunden zurück.« Hendrick schaute Nadine eindringlich an. »Darf ich dann jetzt?« Gleichzeitig schüttelte er seinen blonden Schopf und widmete sich der Arbeit.

Nadine formte mit den Lippen eine Schnute. Sie war stinksauer über Hendricks Ton. Beleidigt schritt sie auf Hübner und Selzer zu, die dicht beieinanderstanden und diskutierten. Hufnagel hörte den beiden interessiert zu.

»Wissen wir schon, wer die Tote ist?«, fragte Nadine in die Runde.

Die Kollegen schüttelten gemeinschaftlich den Kopf.

»Wie auch, Nadine? Sie hatte keine Papiere bei sich«, meinte Hübner und lächelte schadenfroh. »Das letzte Hemd besitzt bekanntlich keine Taschen.«

Hufnagel legte die Stirn in tiefe Falten und missbilligte Hübners Antwort. Ihn zurechtweisen wollte er nicht. Hübner war nun einmal ein ungehobelter Zeitgenosse. »Wie ist sie hier reingekommen?«, zerbrach Hufnagel sich den Kopf.

Jemand mischte sich ein. Es war einer der Polizisten, der den Fundort vor unliebsamen Besuchern abgesperrt hatte. »Nach Aussage der Uni-Mitarbeiter hat sie niemand gesehen. Wobei dieser Teil der Bibliothek wohl auch für die Öffentlichkeit zugänglich ist.«

»Danke!«, antwortete Nadine. »Fragen Sie bitte noch mal, ob jemandem etwas Ungewöhnliches aufgefallen ist.« Sie lächelte den unerfahrenen Uniformierten an und ignorierte dessen forsches Auftreten. Im Anschluss wandte sie sich wiederholt den anderen zu.

»Wie verfahren wir nun?«, erkundigte sich Hübner und schaute erwartungsvoll erst zu Selzer, dann zu den Kollegen.

Der Chef starrte ihn missmutig an. Anscheinend missfiel auch ihm vorhin die unpassende Bemerkung. »Okay, kümmern Sie sich bitte um die Neugierigen.« Er wies mit dem Kopf zu den Schaulustigen, die sich in der Zwischenzeit hinter dem Absperrband versammelt hatten. Selzer wollte keine Unruhe aufkommen lassen, denn Nervosität behinderte nur die Ermittlungen.

Hübner drehte sich um, schluckte schwer und kam der Anweisung nach.

Die Blicke, die man ihm hinterherwarf, waren eindeutiger Natur. Jedoch die Gedanken behielt jeder für sich.

»Lassen wir die Spusi ihre Arbeit machen. Soweit ich das erkennen kann, ist die Leiche zum Abtransport fertig«, erklärte Selzer aufgrund eines bestimmten Handzeichens seitens des Rechtsmediziners. Da Selzer und Hendrick sich von früher her kannten, war ihm die Geste vertraut.

Hübner hatte seine Arbeit gemacht und kehrte zu den Kollegen zurück.

»Ich habe mit der Direktorin des Medienzentrums gesprochen und ihr erklärt, dass wir diesen Bereich des Lesesaals vorübergehend schließen werden«, meinte er und erntete das wohlwollende Nicken Selzers.

Nadine nahm Selzer beiseite. »Was denkst du?«, fragte sie, ließ den Blick durch die Halle schweifen, in der soeben zwei dunkel gekleidete Herren vom Beerdigungsinstitut erschienen.

»Mit Sicherheit handelt es sich um ein- und denselben Täter. Seine Handschrift ist eindeutig.« Selzer verzog kurz den Mund. »Wenn ich das Arschloch zu fassen bekomme, sorge ich dafür, dass er Zeit seines Lebens hinter schwedischen Gardinen landet.«

Im gleichen Moment kam Hendrick und überreichte Selzer eine Plastiktüte. »Hier für die KTU«, gleichzeitig streifte er die Einmalhandschuhe ab.

Selzer übergab die Asservatentüte Nadine, die sie sogleich mit ausgestrecktem Arm gegen das Licht hielt. »Sag ich doch, eine Bibel.«

Hendrick mischte sich ein. »Nichts Besonderes. Nur eine handelsübliche, bekommt man überall im Internet«, meinte er abschätzig.

»Danke! Oder sie stammt hier aus der Bibliothek«, kam es gereizt von Nadine. »Wenn soweit nichts mehr ist, bringe ich das zu Schröder in die KTU.« Sie blickte Ron Hendrick mit zusammengekniffenen Augen an und wandte sich sogleich Hübner zu. »Wo finde ich die Direktorin?«

Hübner schaute geradeaus und zeigte mit dem Kopf auf eine etwa fünfzigjährige Frau mit grauem, schulterlangem Haar, moosgrünem Blazer und dunkler Hose. Sie stand unmittelbar hinter dem Absperrband und unterhielt sich gerade mit einem älteren Herrn, dessen Haarpracht wild durcheinanderlag.

»Wartet bitte auf mich! Ich muss noch etwas erledigen.« Ohne eine weitere Erklärung lief Nadine zur Direktorin und wechselte mit ihr ein paar Worte. Im

Anschluss informierte sie die Kollegen, dass Frau Leutscher, die Direktorin des KIM, eine Liste aller Mitarbeiter erstellen würde, die heute Dienst hatten. Darüber hinaus bekäme man eine Aufstellung der Nutzer, die sich in letzter Zeit für Theologie interessiert hatten.

Erst dann fuhr man ins Präsidium.

Dort angekommen, begab sich Nadine Andres geradewegs zur KTU. Die Zeit saß ihr im Nacken. Die Tatsache, dass man David Moser drei Nachthemden gestohlen hatte, in die jetzt die Toten gehüllt waren, machte sie stutzig. Für das letzte Mordopfer fehlte ihr noch der Beweis.

Als Nadine Schröders Büro betrat, wippte er andächtig mit dem Kopf und dirigierte eine Arie aus Mozarts Don Giovanni. Der schlaksige Mann war in seiner Welt gelandet und bemerkte die Kollegin nicht. Erst als sie Schröder dezent am Arm schüttelte, horchte er auf und wirkte desorientiert.

»Mann, musst du mich so erschrecken?«, schimpfte er drauflos und rückte die Brille zurecht, die soeben verrutscht war. Zudem fühlte er sich sichtlich gestört und stellte den CD-Player auf stumm.

»Sorry, Schröder, war keine Absicht«, entschuldigte sich Nadine und wedelte mit dem Asservat vor dessen Augen. »Kannst du mir das bitte sofort untersuchen?« Sie öffnete den Reißverschluss ihrer Jacke. Im Zimmer war es warm.

Der Mann von der KTU nickte mit einem gekünstelten Lächeln. Viel lieber hätte er der Musik gelauscht und wäre der täglichen Arbeit nachgegangen, als einem Schnellschuss Folge zu leisten. Ihm war klar, stand Nadine im Büro, bedeutete das *so schnell wie möglich*. Allerdings konnte er einer neuen Herausforderung nicht widerstehen. Sie stachelte den Ehrgeiz an. Und die größte Genugtuung war, vor Nadine zu brillieren.

»Ach, noch was, Schröder. Schau dir bitte auch das Nachthemd von Opfer Nummer drei an! Wenn mich nicht alles täuscht, ist es das gleiche wie bei Opfer eins und zwei.«

Schröder willigte ein und versprach Nadine, sich augenblicklich zu melden, sobald man ihm das Nachthemd brächte.

Zufrieden schloss die Polizistin hinter sich die Tür. Sie vernahm noch das Klicken von Schröders CD-Player und schritt bedächtig, die Musik hörend, über den Flur.

Ohne ein Zögern ging er an die Arbeit. An der Bibel war nichts Auffälliges zu entdecken. Es handelte sich hierbei um eine schwarz eingebundene Standardausgabe der deutschen Bibelgesellschaft. Er hoffte, wenigstens einen Fingerabdruck darin zu finden. Nur zu alt durfte er nicht sein. Helfen sollte ihm dabei das Ninhydrin-Verfahren, das nach seiner Meinung das beste chemische Verfahren auf dem Gebiet war. Dazu sprühte er eine zweiprozentige Lösung Ninhydrin gleichmäßig auf eine der Bibelseiten und erhoffte sich eine rot-violette Färbung. Hatte er Glück, reagierte die Lösung mit den Eiweißsubstanzen der Schweißrückstände, die der Mensch produzierte. Schröder vertraute darauf, dass ein sichtbares Ergebnis in ein paar Stunden vorliegen würde. Auf das Erwärmen des Trägermaterials wollte er allerdings verzichten, obgleich es den Vorgang beschleunigte. Der Abdruck wäre dann unvorteilhaft und dürfte kein eindeutiges Bild vom Fingerabdruck zeigen. Schröder blieb keine Wahl, er musste sich gedulden.

Der Mord an der Lehrerin hatte sich in Windeseile an der Universität herumgesprochen. Nicht nur das. Die Mundpropaganda ereilte auch die einschlägigen Schulen von Konstanz und führte zu einer Vermisstenmeldung einer nicht erschienenen Gymnasiallehrerin. Elke Wöchner, Fachlehrerin für Mathematik und Physik am Alexander-von-Humboldt-Gymnasium, hatte nach den Weihnachtsferien ihren Dienst nicht angetreten. Sie war weder telefonisch noch persönlich erreichbar, sodass der Leiter der Schule sich bei der Polizei gemeldet hatte. Da die Ordnungshüter von einer Gefahr für Leib und Leben der Gesuchten ausgehen mussten, versuchte man, Frau Wöchner ausfindig zu machen. Ohne Erfolg. Ein Foto der Vermissten brachte schließlich die Mordkommission mit auf den Plan. Bei der Toten, die man ein paar Stunden zuvor im Lesesaal der Universität gefunden hatte, handelte es sich mit großer Wahrscheinlichkeit um Elke Wöchner. Daraufhin benachrichtigte man die Eltern, um die Tochter zu identifizieren.

In der Zwischenzeit verabredete sich Nadine mit dem Leiter des Gymnasiums und fragte ihn, ob ihm irgendetwas Außergewöhnliches an der Lehrerin aufgefallen sei. Die Tatsache, dass sie bei den Schülern nicht beliebt war und erst seit Kurzem an der Schule weilte, ließ Nadine hellhörig werden. Weiterhin bat sie den Direktor um eine Aufstellung der Namen aller Schüler und Schülerinnen, die Frau Wöchner unterrichtet hatte. Die gleiche telefonische Unterredung führte die Kripobeamtin mit dem Direktor des

Gymnasiums, an dem die Lehrerin zuvor tätig gewesen war.

Das Schicksal der Pädagogin nötigte das Sekretariat der Gymnasien zur Eile, sodass Nadine die gewünschte Liste alsbald in den Händen hielt. Sie verteilte die A4-Seiten unter den Kollegen und bat sie, nach bekannten Namen zu suchen. Sie selbst forstete den größten Teil der Unterlagen durch und markierte mit einem Textmarker diejenigen, die sie bislang kannte. Unter anderem *Carmen Sauer*, die Ermordete vom Weihnachtsmarkt. *Vanessa Kübel*, ihre beste Freundin. *Sebastian Florens*, der Freund von Carmen Sauer. Sowie *David Moser*, mit dem die Studentin ein Verhältnis gehabt hatte. Moser galt noch immer als tatverdächtigt. Mit einem Male erschienen alle Zeugen wieder auf der Bildoberfläche, fast so, als erwartete man das heiß ersehnte Finale. Skepsis machte sich bei Nadine breit.

»Bingo!« Hufnagel warf die Arme in die Luft. »Kollegen, bleiben Sie sitzen oder halten Sie sich an den Stühlen fest!« Er räusperte sich und forderte die Aufmerksamkeit aller. Erst als er drei Augenpaare auf sich ruhen sah, gab er sein Wissen preis. »Leander Mannteufel ging in das Heinrich-Suso-Gymnasium und war somit Schüler von Elke Wöchner.«

Nadine erhob sich und ging zu Hufnagels Schreibtisch. Sie wollte sich mit eigenen Augen davon überzeugen. Da stand es, schwarz auf weiß. Leander Mannteufel war von der fünften bis zur achten Klasse Schüler bei Frau Wöchner gewesen. Darüber hinaus war sie seine Klassenlehrerin gewesen.

Hufnagel, der sich aus Zigaretten nichts machte, verspürte das Verlangen nach einer solchen. Eine Zigarre, die er sich manchmal gönnte, hatte er nicht.

269

Von daher griff er zu einer anderen Möglichkeit, um sich zu beruhigen. Der Schreibtischschublade entnahm er einen Schokoriegel und ließ ihn genüsslich auf der Zunge zergehen.

Selzer übernahm das Reden. »Bleiben wir an der Sache dran. Könnte dieser Mannteufel unser Täter sein?«

»Das ist jetzt aber nicht dein ernst, oder?«, widersprach ihm Nadine erbost. »Der Junge ist Anfang zwanzig und sicher nicht imstande zu morden. Daniel, er ist behindert.«

Hübner mischte sich ins Gespräch. »Stimmt, das steht auch im Protokoll. Geistig ist er fit, körperlich nicht. Seine linke Hand zuckt wohl immer wieder.«

»Moment!« Nadine überflog im Computer kurz die Autopsieberichte von Carmen Sauer sowie von Katharina Tal. »Er kann es nicht gewesen sein. Laut Hendrick wurden die Morde von einem Rechtshänder begangen.«

Selzer musste lachen. »Glaubst du, was du da sagst? Die linke Hand zittert, nicht die rechte. Lass das nur niemanden hören. Laden wir ihn vor!«

Nadine fühlte sich hundeelend. Wäre sie mit Daniel alleine gewesen, hätte er sie beiseitegenommen und über den Fehler aufgeklärt. Doch vor versammelter Mannschaft war ihr das peinlich. In Hufnagels Person sah sie nicht das Problem. Hübner, der Kotzbrocken, schien ihr weitaus gefährlicher. Bei nächster Gelegenheit bekäme sie wieder alles aufs Brot geschmiert. *Erde verschlinge mich*, dachte sie und erhoffte sich ein tiefes Loch. Dennoch konnte sie nicht glauben, dass Leander Mannteufel zu einer derart abscheulichen Tat imstande gewesen sein sollte.

270

»Gehen wir noch mal auf Anfang. Okay, er kannte die Lehrerin sowie Carmen Sauer. Doch mit Katharina Tal hatte er keine Berührung gehabt. Sein Name wurde nicht auf Frau Deutschers Liste erwähnt.« Nadine wuchs buchstäblich wieder zur Höchstform auf und wollte den Männern beweisen, dass sie eine gute Polizistin war. Was Selzer gesagt hatte, konnte sie unschwer auf sich sitzen lassen.

»Sie meinen, wir suchen nach jemandem, der alle drei Frauen kannte und abgrundtief hasste.« Hufnagel ließ sich die Sache noch einmal durch den Kopf gehen.

Nadine nickte verhalten, dann rasch. Sie war sich ihrer Sache sicher.

20. Unter Verdacht

Inzwischen neigte sich der Tag dem Ende zu. Nadine fühlte sich wie gerädert. Für einen Montag war etliches passiert. Viel lieber hätte sie eine Besprechung nach der anderen erduldet oder einen Berg Akten gesichtet, statt Unterlagen für einen weiteren Mord auf dem Tisch liegen zu haben. Drei Mordfälle dicht beieinander bedeuteten kein pünktliches Nachhausegehen.

Unruhig klopfte Nadine mit den Fingern auf den Schreibtisch. Sollte sie oder sollte sie nicht? Sie sollte. Beherzt wählte sie Schröders Nummer, der nach dreimaligem Klingeln erst abnahm.

»Und Schröder? Hast du schon was für mich?«

»Sorry, Nadine, heute nicht. Vor morgen früh kann ich dir nichts sagen. Hast du das vergessen?«

»Oh ne, Schröder, lass mich nicht hängen. Irgendetwas musst du doch haben. Bitttteee!«

»Nadine, du nervst!«, knurrte er in den Hörer. »Okay, ein Häppchen bekommst du. Das Nachtkleid, das das Opfer aus der Uni trug, passt eindeutig zu den anderen. Genauer gesagt, es ist das gleiche.«

Nadine gab sich zufrieden. »Na bitte, geht doch«, meinte sie mit spitzer Zunge. »Nachtkleid klingt nach letztem Jahrhundert.«

»Wieso, wie würdest du dazu sagen?«

»Nachthemd.«

»Ehrlich gesagt ist mir das schnurzpiepegal, Nadine. Das ist Wortklauberei, sag, was du willst. Lass mich meine Arbeit tun. Morgen hast du das Ergebnis auf dem Tisch«, erklärte er schulmeisterhaft und fügte hinzu:

»Jetzt ist Feierabend!« Kurz darauf legte er beleidigt auf und ließ Nadine beleidigt zurück.

Mann, ist der sensibel. Mhm, ich sollte mit Leander Mannteufel sprechen. Oder wäre vorladen besser?

Ohne nachzudenken, erklärte Hübner, dass er heute noch einen dringenden Termin hätte, dem er nachgehen müsse. Dass er sich zum Skat mit Freunden treffen wollte, erwähnte er nicht. Angeblich warteten häusliche Pflichten wie zu Abend essen und die Töchter zu Bett bringen auf ihn. Dass er den Feierabend genoss, wohingegen seine Frau, wie so oft, bei den Kindern blieb, darüber äußerte er sich nicht.

Dass Hufnagel den Dienstschluss entgegensehnte, war bekannt. Ihn um Überstunden zu bitten, wagte hier niemand. »Was schlagen Sie vor, Frau Andres? Ich werde heute nicht nach Hause gehen und tun, als wäre nichts passiert«, meinte er.

Nadine schaute zu Selzer, dann zu Hufnagel. Auch für sie war die jetzige Situation beklemmend. Jemand trieb in der Stadt sein Unwesen und schlachtete eine Frau nach der anderen ab. Keineswegs wahllos, wie man unschwer erkennen konnte. Nein, der oder die, das schien sicher, mordeten gezielt.

Die junge Frau stand auf, warf ihr langes blondes Haar über die Schultern und stellte sich fragend vor die Glaswand. Unterdessen ordnete Hübner den Schreibtisch und erkundigte sich nach der Ausgangspost, die er auf dem Weg zum Parkplatz in der Poststelle hinterlegen wollte. Wie es schien, plagte ihn das schlechte Gewissen. Kurz darauf verließ er das Büro.

Geh nur! Nadine war wütend.

Selzer und Hufnagel stellten sich neben Nadine und nahmen sie in die Mitte.

Selzer betrachtete regungslos die Fotos der ermordeten Frauen. »Die einzige Gemeinsamkeit«, er schaute seitlich zu seiner Kollegin, »ist, dass sie alle ein Nachthemd trugen und erstochen wurden.«

»Es gibt einen Zusammenhang, und genau den müssen wir finden«, überlegte Hufnagel.

Nadine trat einen Schritt an die Tafel heran.

»Fassen wir zusammen: *Punkt eins:* Carmen Sauer, Studentin der FH, kannte Katharina Tal. Sie war ihre Erzieherin im Kindergarten gewesen. *Punkt zwei:* Die Sauer kannte zudem Leander Mannteufel. Beide studierten miteinander. *Punkt drei:* Mannteufels Gymnasiallehrerin war Elke Wöchner, die wiederum auch Carmen Sauer unterrichtet hat.« Während sie sprach, nahm sie einen dicken Filzstift zur Hand und verband die Namen mit einem Pfeil. »*Punkt vier:* Hier fehlt mir die Verbindung zwischen Katharina Tal und Leander Mannteufel.«

Die Kollegen stimmten ihr kopfnickend zu.

»Es gibt noch etwas, was wir herausfinden müssen«, meinte Hufnagel. »Alle drei Frauen standen der Kirche auf irgendeine Weise besonders nahe. Die erste fand man als Schneeengel auf. Ein Engel, der wohl keiner war. Die zweite wurde in einem Beichtstuhl gefunden. Vermutlich der Sünde wegen und die dritte saß über einer Bibel. Wahrscheinlich weil sie die verachtet hat.« Hufnagel biss sich gedankenversunken auf die Unterlippe und befeuchtete sie mit der Zunge. »Wir waren der Sache dicht auf den Fersen. Alle trugen das weiße Nachthemd als Symbol für Reinheit und

Unschuld. De facto waren sie es nicht. Der Mörder will uns damit etwas sagen.«

Selzer presste seine Hände in die Hosentaschen und dachte über Hufnagels Worte nach. Ein hörbares Brummen schien dies zu unterstreichen.

»Respekt, Herr Hufnagel. Ihre Theorie ist nicht von der Hand zu weisen. Ich schlage Folgendes vor: Du, Nadine«, er blickte sie an, »du, versuchst mit Leander Mannteufel noch heute zu sprechen. Vielleicht könnt ihr die Sache kurz am Telefon klären. Wir sollten ihn nicht unnötig aufregen. Danach schauen wir weiter. Und Sie, Herr Hufnagel«, seine Augen wanderten zu Hufnagel, »nehmen Kontakt zu dieser Kindergartenleiterin auf. Erkundigen Sie sich, ob sie einen Leander Mannteufel kennt. Rufen Sie die Dame an!«

»Sie meinen Frau Deutscher.« Hufnagel hatte den Namen längst im Kopf. Ihre Erscheinung ließ selbst ihn, einen gestandenen Mann und treuen Gatten, ins Wanken geraten. Niemand vermutete das. Die wenigen Blickkontakte, die er mit ihr gehabt hatte, waren von harmloser Natur gewesen.

»Okay, mache ich, Chef, doch zuvor muss ich wohin.« Nadine drehte Selzer den Rücken zu und verschwand für ein paar Minuten. Danach machte sie sich unverzüglich an die Arbeit.

Selzer wollte in die Rechtsmedizin, um seinen ehemaligen Kontrahenten Hendrick nach ersten Ergebnissen zu befragen. Was beide miteinander verband, darüber schwieg er sich aus.

Nachdem Nadine die Telefonnummer von Leander Mannteufel herausgefunden hatte, rief sie ihn an. Da er nicht ans Telefon ging, hinterließ sie ihm eine Sprachnachricht auf der Mailbox, mit der Bitte, sich umgehend zu melden. Hufnagel hatte da mehr Glück. Frau Deutscher, die soeben zu Hause eingetroffen war und sich an den netten Herrn von der Kripo erinnern konnte, zeigte sich sofort gesprächig.

»Sagen Sie, Frau Deutscher«, begann Hufnagel noch mit schwacher Stimme, die er durch ein laut hörbares Räuspern stabilisierte. »Ist Ihnen ein Leander Mannteufel bekannt? Möglicherweise war er einer Ihrer Sprösslinge?«

Am anderen Ende der Leitung wurde es verhalten still.

»Geht's wieder? Sie sollten Ihre Stimme schonen. Wissen Sie, wenn Sie so wie ich mit Kindern zu tun haben, geraten die Stimmbänder ganz schön in Mitleidenschaft.« Mitten im Gespräch rief eine Männerstimme Frau Deutscher beim Vornamen. »Ich muss telefonieren«, zwang sie denjenigen zur Ruhe und war wieder bei ihrem Gespräch. »Wo waren wir gleich stehen geblieben, Herr Hufnagel? Übrigens ein schöner Name. Hufeisen bringen bekanntlich Glück.«

Hufnagel rollte mit den Augen. »Ich fragte Sie nach Leander Mannteufel.«

»Leander Mannteufel, na klar, den kenne ich. Der war in unserer Kita, bis er wechselte. Sein Bruder war übrigens der kleine Kuhfuss.«

Hufnagel blickte überrascht. »Bitte was? Einen Leander Mannteufel haben Sie nie erwähnt.«

»Ja, das ist richtig«, antwortete Frau Deutscher naiv. »Ich sah darin keinen Grund.«

»Frau Deutscher, das hätten Sie ansprechen müssen! Gerade weil es der Bruder von dem toten Jungen war. Gibt es noch etwas, was für uns von Interesse wäre?« Hufnagel hakte noch einmal nach.

»Neee, eigentlich nicht«, antwortete Frau Deutscher unbedarft. »Nur, dass die beiden Zwillinge waren.«

Hufnagel schrie auf. »Wiiiie bitte? Zwillinge? Ich höre wohl nicht richtig. Und das sagen Sie uns erst jetzt?« Hufnagel schluckte den Kloß, den er soeben im Hals verspürte, ruckartig herunter und bedankte sich bei Frau Deutscher. Nachdem er aufgelegt hatte, setzte er schleunigst die Kollegin in Kenntnis. Mit einem Male rückte alles in ein anderes Licht.

Nadines Telefon klingelte und ließ sie gleichzeitig zusammenzucken.

»Andres, Mordkommission Konstanz«, gab sie kurz von sich.

Jemand schnaufte hörbar am anderen Ende der Leitung.

»Hallo? Mit wem spreche ich denn?«

»Frau Andres? Ich bins«, eine schwache Männerstimme meldete sich.

»Sind Sie das, Herr Mannteufel?«

»Ja. Sie baten um einen Rückruf?« Der Mann am anderen Ende der Leitung klang wie ein in den Stimmbruch gekommener Teenager.

Nadine verschlug es die Sprache. Sie schnappte nach Luft. Hatte sie womöglich einen Mörder an der Strippe? Und wenn ja, konnte jedes weitere Wort diesen zur Flucht annimieren.

»Danke, dass Sie zurückrufen. Sagen Sie mal, wohnen Sie noch bei Ihren Eltern?« Nadine versuchte, so normal wie möglich zu klingen und das Gespräch in ein ruhiges Fahrwasser zu lenken.

»Nein?«, kam es eher fragend statt antwortend. »Ich lebe in einer WG.«

»Aha, na ja, mit Anfang zwanzig wollte ich auch nicht mehr daheim wohnen. Ich selbst wohne auch in einer. Nicht das Schlechteste sage ich Ihnen. Der Grund meines Anrufs ...« Nadine sortierte sich und suchte nach den richtigen Worten. Dann sprach sie einfach drauflos und fand, dass Mannteufel ein aufmerksamer Zuhörer war. Er unterbrach sie nur, wenn er den Zusammenhang nicht verstand. Leander war nach ihrer Einschätzung klug, dennoch wirkte er verunsichert. Nur sein ständiges »Ich weiß nicht genau« sowie »Da bin ich mir nicht sicher« nervten die Kripobeamtin. Weiterhin konfrontierte sie den Studenten mit den mutmaßlichen Todeszeitpunkten aller Opfer.

»Es tut mir leid, aber ich kann Ihnen da nicht weiterhelfen. Ich war mit Freunden in Österreich zum Skifahren. Wir sind gestern erst zurückgekommen.«

Skifahren mit einer zitternden Hand? Jetzt hab ich dich!
»Soviel mir bekannt ist, haben Sie ein Handicap. Wo genau in Österreich war das denn? Ich nehme an, Ihre Freunde können das bestätigen?«

Mannteufel nickte, sagte nichts.

»Herr Mannteufel? Sind Sie noch da?«, bohrte Nadine nach.

»Wir waren in St. Anton. Meine Hand zittert nicht immer. Das Skifahren tut ihr gut. Wenn ich merke, dass es nicht mehr geht, höre ich auf.«

Mhm, und wenn er unterdessen nach Konstanz gefahren ist? Sie klemmte den Hörer zwischen linke Schulter und Wange und suchte im Routenplaner ihres Computers die kürzeste Entfernung für eine Autofahrt. Doch die enttäuschend knapp dreistündige Strecke ließ sie nachdenklich werden. Jeweils drei Stunden hin und zurück dazu ein Mord, das passte zeitlich nicht zueinander.

»Besitzen Sie einen Führerschein?«, wollte sie wissen.

»Nein, mit der Hand ist das unmöglich.«

Gegen Ende des Gesprächs ließ Nadine sich die Daten von Mannteufels Freunden geben. Die Überprüfung seines Alibis verschob sie auf morgen.

***

»Ron, was denkst du? Steckt hinter den drei Morden der gleiche Täter?«

Hendrick, der mit einer Pinzette an der Leiche vom Mittag zugange war, pflichtete Selzer kopfnickend bei.

»Seine Handschrift ist eindeutig. Ich hatte auch schon Verstorbene auf dem Tisch liegen, da versuchte der Täter, zaghafte Messerstiche vorzutäuschen. In Wirklichkeit war es ein kräftiger Kerl und wollte wohl den Anschein erwecken, es wäre eine Frau. Oder Linkshänder, die sich als Rechtshänder versuchten. Der Fantasie sind keine Grenzen gesetzt. Unser Mörder ist Rechtshänder, wie du bereits weißt.«

Selzer blickte auf das kreidebleiche Gesicht von Elke Wöchner, die mit einem grünen Laken bedeckt war.

»Und sonst?«

»Fünf Messerstiche, teilweise bis zu 16 Zentimeter tief. Einer davon hat das Herz getroffen. Ein weiterer die Lunge. Der Mörder hat mit erheblicher Wucht zugestochen. Zwei Rippen wurden dabei durchtrennt. Wenn du mich fragst, hatte das Opfer nicht die geringste Chance, sich zu wehren. Ich habe keinerlei Abwehrverletzungen feststellen können.«

»Er muss die Frau sehr gehasst haben, sonst hätte er sie nicht so zugerichtet«, erklärte Selzer und wollte diesen Ort so schnell wie möglich verlassen. Zudem machte ihm der Geruch von Formaldehyd zu schaffen.

Als Selzer mit einem unangenehmen Bauchgefühl ins Büro zurückgekehrt war, warteten bereits die anderen mit Informationen auf ihn. Man tauschte sich rasch aus, bevor man sich auf den Heimweg machte.

Am nächsten Morgen bat Selzer die Kollegen zu einer umgehenden Lagebesprechung an den runden Tisch. Nachdem sich jeder einen Kaffee aus der Maschine gelassen hatte, verteilte er generalstabsmäßig die Aufgaben. Aufgrund der vorliegenden Hinweise zu den drei Mordfällen hielt er dies für angebracht.

Zunächst unterrichtete er Hübner über die Zwillinge Michael und Leander. Weiterhin informierte er über das Alibi von Leander Mannteufel, das noch zu überprüfen war, und erwähnte die Autopsie vom letzten Opfer. Der Bericht läge im Laufe des Tages vor.

Hübner hatte den Entschluss von gestern, früher zu gehen, längst bereut. Die Ergebnisse, die inzwischen vorlagen, hätte er gerne selbst herausgefunden und missgönnte seiner Kollegin den Triumph. Daher blieb ihm nur die Flucht nach vorne und er erklärte sich bereit, Mannteufels Alibi zu überprüfen.

Nadine gab sich zufrieden mit Hübners Ent-scheidung. Auf diese Weise war er für ein paar Stunden außer Haus und so konnte sie ungestört dem Geheimnis der Zwillinge auf den Grund gehen. Längst zermarterte sie sich das Hirn und stellte sich unentwegt die gleiche Frage. *Wieso hieß der kleine Kuhfuss nicht Mannteufel? Doch* zuvor musste sie dringend mit Schröder reden, weil er sie gestern wie auf heißen Kohlen hatte sitzen lassen.

Unterdessen Nadine darüber nachdachte, mit Schröder zu telefonieren, saß er bereits seit einer geschlagenen Stunde über dem Ergebnis. Das Warten hatte sich gelohnt. Auf einer der Buchseiten zeigte sich eine rot-violette Färbung, das Zeichen für einen Fingerabdruck. Jetzt galt es, diesen abzugleichen. Zuerst nahm er sich die sichergestellten Fingerabdrücke am Messer, mit dem man Carmen Sauer erstochen hatte, vor. Es gab keine Übereinstimmung mit den Abdrücken von der Bibel. Auch waren es nicht die von Elke Wöchner, die er im Buch vorfand. Einen Trumpf hatte Schröder noch in der Tasche. Er wusste, dass man Fingerabdrücke auch isolieren konnte und dass die fettige Mischung aus Schweiß und Hautpartikeln keinen Strom leitete und somit als Isolator wirkte. Daher hatte er das Messer, mit dem man Carmen Sauer erstochen hatte, in ein Polymerbad getaucht und verwendete es als Elektrode. Später hatte er das Bad dann unter einige Volt starken Strom gesetzt. Aufgrund der Spannung hatte sich das Polymer in ein leichtes Grün verfärbt und hatte unter dem bereits bekannten Fingerabdruck einen weiteren, von einem nicht identifizierbaren Daumen gezeigt. Diesen galt es jetzt zu finden.

Schröder wusste, dass ein Fingerabdruck als Vergleich hohen Qualitätsanforderungen genügen musste. Alle Merkmale des Papillarlinienmusters jedes Fingers mussten erfasst werden, damit ein Fingerabdruck als passend gewertet werden konnte. Zu den deutschen Standards zählten mindestens acht Faktoren, die gleich zu sein hatten. Bei den sogenannten Minutien sollten die Verzweigungen sowie die Endungen der Papillarlinien übereinstimmen.

Obwohl Schröder kein Spezialist für Fingerabdrücke (genannt Daktyloskop) war, war er in der Lage, alle Merkmale der Minutien zu prüfen. Im Laufe der Jahre hatte er sich hierzu ein profundes Wissen angeeignet. Die angebotenen Weiterbildungen nutzte auch er. Fachleute rieten ihm allerdings, so viel Erfahrungen wie möglich zu sammeln, da eine Software nicht die Sachkenntnis eines Experten ersetzen konnte. *Learning by doing*, lautete die Devise.

Schröder schmunzelte vor sich hin. Denn der Inhaber des gefundenen Fingerabdrucks aus der Bibel war ein sogenannter *Fettfinger*, was dazu führte, dass der Abdruck problemlos sichtbar wurde und jedem Vergleich standhielt. Der Mann aus der KTU kam der Sache auf den Grund. »Heureka! Ich hab's«, schrie er plötzlich auf, als mitten im Satz die Bürotür aufging und Nadine mit großen Augen vor ihm stand.

»Was hast du?«, wollte sie sofort wissen.

Schröder setzte sich aufrecht, hob den Kopf und schaute sie herausfordernd an. »Du erinnerst dich an den nicht identifizierbaren Daumenabdruck an der Tatwaffe? Den, der nicht David Moser zuzuordnen war?«

Nadine stutzte. *Was will der von mir?* Mit einem Male fiel der Groschen. »Ja, und was ist mit dem?«

»Den gleichen Abdruck fand ich in der Bibel. Sieh nur!« Schröder wies mit dem Zeigefinger auf eine rot-violette Färbung.

»Und?«

»Und? Jetzt musst du nur noch eins und eins zusammenzählen. Ich würde sagen, ihr könnt diesen

Moser freilassen. Der war es bestimmt nicht. Außerdem ist er Linkshänder. Die Messerstiche wurden von einem Rechtshänder verübt, wie auch dieser Daumenabdruck von einem stammt.«

»Linkshänder? Davon war nie die Rede«, bemerkte Nadine.

»Stand aber in meinem Bericht, Nadine. Vielleicht hast du ihn nicht richtig gelesen.«

Mist, nein, das habe ich nicht. Genau wie die anderen. Wir wollten wohl, dass Moser der Mörder ist. Immerhin war es kurz vor Weihnachten. Scheiße. Hoffe nur, dass wir den Killer bald finden. »Muss ich wohl ...«, fügte sie entschuldigend hinzu. »Hast du eine Idee, wer es sein könnte?«

»Nein, der Inhaber des Fingerabdrucks ist nicht aktenkundig. Es liegt nichts gegen den Täter vor. Ein Phantom. Wenn du mich fragst, seid ihr ihm schon dicht auf den Fersen. Denk darüber nach!«

»Danke, Schröder!«

Nachdenklich verließ Nadine das Büro und grübelte über Schröders letzten Satz nach. Oft waren Mörder bereits in Erscheinung getreten. Man musste ihnen nur noch auf die Schliche kommen. Meist waren es die Unscheinbaren, die Harmlosen, die, denen man niemals einen Mord zugetraut hätte. Familienväter, der nette Mann von nebenan oder das Ehepaar, das nach außen hin eine tadellose Ehe führte. In einen Menschen hineinschauen vermochte niemand.

Das Zimmer war leer. *Wo sind die nur?*, grübelte Nadine und beschloss, noch einmal Kontakt mit Leander Mannteufel aufzunehmen. Sie musste dringend mit ihm über seinen Bruder reden.

Dieses Mal hatte Nadine mehr Glück. Leander Mannteufel nahm den Telefonhörer sofort zur Hand und erzählte die Geschichte seines Zwillingsbruders. Ein Herzfehler hatte den Kleinen aus dem Leben gerissen. Auf die Frage hin, warum er einen anderen Namen trug, meinte er, dass seine Eltern anfangs nicht verheiratet gewesen waren. Die Jungen führten zunächst den Familiennamen der Mutter.

Nachdem Nadine aufgelegt hatte, stand sie auf und ging ein paar Schritte durchs Büro. *Wie hatte Schröder so treffend gesagt? Zähle eins und eins zusammen. Zudem seien wir dem Mörder dicht auf der Spur.*

21. Die Spur erhärtet sich

Daniel meinte: *»Wahre Schönheit fände man nur im Glauben.«* Nadine grübelte über seine Worte nach. Interessehalber schaute sie ins Internet und erfuhr, dass Gläubigkeit Offenheit symbolisierte für *mehr*. Für eine größere Wirklichkeit, für die Existenz Gottes. Von daher kamen Gaben und Aufgaben. Sie las, dass man mit dem Verstand erkennen und durch Arbeit einiges erschaffen konnte. Sowie durch Gefühle in der Lage war, Empfindungen wahrzunehmen. Wie etwa *schön* und *bedrohlich*. Nach religiösem Verständnis bedeutete Glauben *auf etwas vertrauen* oder aber *sich auf etwas verlassen können*.

Und wenn das Auf-sich-verlassen-Können bei dem Täter missbraucht worden war und er die Opfer als Zeichen dessen in diese Hemden gesteckt hatte? Dann sollten wir herausfinden, welches Unglück ihn dazu befähigt hatte, derart grausam zu töten.

Allmählich erhärtete sich bei der Polizistin eine Idee. *Und wenn, hm, und wenn nicht der junge Mannteufel hinter den Morden steckte, sondern ... Sondern? Moment! Das könnte passen ... Er war permanent zugegen, wirkte unschuldig. Gab Auskunft und wusste stets Bescheid. Und? Und was, Nadine? Sein Motiv? Was kann ihn dazu bewogen haben? Ich muss schleunigst mit den anderen reden.*

Sie griff zum Telefon, bat ihre Kollegen umgehend zu sich.

Selzer war ins Gespräch mit einer Kollegin vertieft, als Nadine ihn anrief. Hufnagel hingegen hatte sie wohl beim Toilettengang gestört. Im Hintergrund vernahm man Wasser plätschern. Anscheinend wusch er sich die

Hände und hatte zum Telefonieren das Handy zwischen Wange und Schulter geklemmt. Zumindest klang er gestresst. Nur bei Hübner hatte Nadine kein Glück, dort stellte sich immer die Mailbox an. Sie hinterließ ihm keine Nachricht und zog es vor, zunächst mit den anderen über ihre Idee zu sprechen, um sich nicht erneut zu blamieren. Am Ende verrannte sie sich in eine aberwitzige Vorstellung und wurde zum Gespött der Kollegen. Sobald Hübner davon Wind bekam, hatte er nichts Besseres zu tun, als den Stab an den nächsten weiterzugeben, ähnlich einem Staffellauf.

Selzer hechtete durch die Tür und fragte aufgeregt: »Was ist los, haben wir schon wieder einen Mord?«

Nadine verneinte und bat ihn um Geduld, bis Hufnagel käme.

Nachdem er zerknirscht und mit hochrotem Kopf ebenso durch die Tür gepresscht gekommen war, stellte er die gleiche Frage wie sein Chef. Einen weiteren Mord wollte und konnte niemand mehr verkraften.

»Nein, das nicht«, versuchte Nadine, die Sache zu entschärfen. »Ich habe so ein Gefühl. Hören Sie mir bitte zu!«

Selzer schaute seine Kollegin von oben bis unten an. Er taxierte sie, als hätte sie etwas ausgefressen und man rechnete mit ihrer Entschuldigung. Mit den Händen in den Hosentaschen postierte er sich vor ihr, unterdessen Hufnagel voller Erwartung die Arme vor die Brust geschlungen hatte.

»Nun«, begann Nadine, »wer kannte Opfer Nummer eins und hatte Zugang zur Fachhochschule?«

Man dachte nach.

»Sprichst du vom Hausmeister?«, gab sich Selzer grüblerisch.

Nadine nickte, schrieb dessen Namen unter das Foto von Carmen Sauer.

»Okay! Und wessen Kind ging in die Kita, in dem Opfer Nummer zwei Erzieherin war?«

Erneut antworteten die Kollegen eindeutig.

»Und jetzt zur dritten Toten. Die Lehrerin«, führte Nadine fort. »Wen hat sie unterrichtet? ... Na, fällt euch etwas auf?« Sie schaute zu Selzer und spürte, wie seine Gedankengänge eins und eins zusammenzählten.

»Du meinst ...?«, fragte Selzer nachdenklich.

»Genau, das meine ich. Er schwebte wie ein Schatten über uns, den wir wohl nicht sehen wollten. Wir haben uns von der Geschichte mit dem entwicklungsverzögerten Sohn blenden lassen. Jemandem wie ihm traut man keinen Mord zu.«

»Das klingt vernünftig, Frau Andres«, bemerkte Hufnagel, dennoch wirkte er nachdenklich. Und das Motiv?«

»Das kann man nur mutmaßen, Herr Hufnagel. Es muss mit den Söhnen zu tun haben. Wir sollten die wahren Hintergründe über Michael herausfinden, erst dann erkennen wir die Zusammenhänge. Fakt ist, alle Morde stehen in Verbindung mit den Jungen. Ich befürchte, dass die getöteten Frauen die Kinder in irgendeiner Weise gequält haben müssen.« Nadine schaute betrübt über die Fotos hinweg.

»Bemerkenswerter Ansatz. Psychische Gewalt ist schwer zu bestimmen und kaum greifbar oder nicht von außen ersichtlich. Fast immer bildet sie die Vorstufe und notwendige Voraussetzung für körperliche Gewalt.«

»Ich grüble mal laut«, sagte Hufnagel. »Angenommen, es ereignete sich in dieser Form und man konnte den Frauen nicht habhaft werden. Vielleicht weil sie einen

Stab von Pädagogen hinter sich hatten oder weil sie von anderer Seite geschützt wurden. Dann wäre es vorstellbar, dass man im Laufe der Jahre immensen Hass aufbaut. Oder Mannteufel verkannte die Möglichkeiten, die man Betroffenen in solchen Fällen bot.«

»Reden Sie von einer Therapie?«, wollte Nadine wissen.

»Genau«, antwortete Hufnagel und Selzer setzte den Gedankengang fort, in dem er sagte: »Über die Jahre angestauter Hass wischt man nicht wie einen Fleck weg. Das bedarf Hilfe, die sich nicht jeder holen kann oder weiß, dass es sie gibt. In unserem Fall war seine Therapie wohl das Morden. Jetzt fühlt sich der Täter erleichtert.«

»Klingt nachvollziehbar. Daniel, was schlägst du vor?«

»Statten wir dem Kerl einen Besuch ab! Er rechnet nicht mit uns und dürfte um die Zeit am Arbeitsplatz anzutreffen sein. Ach, sag bitte Hübner Bescheid, wo er uns finden kann.«

Nadine folgte der Anweisung und teilte Hübner alles telefonisch mit. Im Anschluss kontrollierten sie ihre Pistolen, zogen die Halfter enger und ihre Schutzwesten über. Lagen sie mit der Vermutung richtig, war ihr Vorhaben gefährlich. Darüber hinaus hatte der Schulbetrieb nach der Weihnachtspause begonnen.

Nach zwanzig Minuten standen Selzer, Hufnagel und Andres im Foyer der Fachhochschule. Sie drängten sich, angeführt von Selzer, durch die Eingangshalle. Anscheinend hatte man Pause, sodass unzählige Studentinnen und Studenten durch die Flure schwirrten.

Es roch nach Menschenmenge, Parfüm und nach abgestandenem Schweiß. Selzer wandte sich seiner Kollegin zu und deutete mit dem Kopf nach vorne. Nadine reckte den Hals. *Da ist er*, dachte sie und klopfte Hufnagel dezent auf die Schulter.

Selzer wies mit der Hand nach rechts. »Hier entlang! Wir müssen irgendwie an diesen Massen vorbei.« Gleichzeitig schoben sie sich weiter voraus.

Fünf Meter vor dem Hausmeister blieb man schließlich stehen.

Ein Ruck ging durch Nadine und ihr Blick stellte sich scharf. Bei den vielen Menschen würde es schwierig sein, mit Mannteufel zu sprechen. Sie schlug vor, ihn in ein separates Zimmer zu bringen.

Mannteufel, der soeben mit ein paar Studenten darüber diskutierte, dass man in Wintermonaten die Fenster zu schließen hatte, damit die Rohre nicht einfroren, klang aufgebracht. Als er die drei Kripobeamten kommen sah, schaute er sich hektisch um.

Die drei gingen auf den Mann zu, blieben stehen und baten die jungen Leute, die Unterredung zu beenden. Widerwillig zogen sie ab, allerdings nicht, ohne Fragen zu stellen.

»Herr Mannteufel, wir müssen dringend mit Ihnen sprechen. Können wir das hier irgendwo ungestört tun?«, fragte Selzer mit ernster Miene. Währenddessen schaute er sich besorgt um. Zu viele Leute standen herum.

Mannteufel nickte, doch sein Blick war kalt. »Ich habe Ihnen bereits alles gesagt«, erklärte er barsch. »Was wollen Sie noch?«

»Überlassen Sie das uns«, stellte Selzer unmissverständlich klar. »Kommen Sie!«

Die junge Frau spürte einen Kloß im Hals. »Haben Sie nicht gehört, was er hat verlauten lassen?«, wiederholte Nadine gereizt. »Sie sollen mitkommen!«

Plötzlich packte Mannteufel Nadine am Hals und begann sie zu würgen. Gleichzeitig zog er die Polizistin an sich heran und schleifte sie ein paar Meter mit sich.

Nadine bekam es mit der Angst. Instinktiv ergriff sie Mannteufels muskulösen Arm und versuchte, sich aus der Umklammerung zu befreien. Doch der Mann war stärker und stabil gebaut. Mit einem Male fühlte sie etwas Kaltes an ihrem Hals, das sich wie ein Bohrer in das Fleisch drückte. Ein Schraubenzieher, den Mannteufel zuvor aus der Jackentasche geholt hatte.

Nadine kämpfte mit sich und schaute Daniel mit weit aufgerissenen Augen an. »*Bitte hilf mir!*«, flehte sie.

Daniel blieb besonnen und biss die Zähne zusammen. Im Inneren kochte er vor Wut und legte vorsichtshalber die Hand an das Pistolenhalfter. Nach seiner Einschätzung durfte man Mannteufel nicht reizen, damit die Situation nicht unnötig eskalierte. Man musste mit allem rechnen. Der Mann hatte nichts mehr zu verlieren. »Bleiben Sie ruhig«, bat ihn Selzer, fixierte das Gesicht.

Eine Studentin, die all das mitbekommen hatte, setzte unterdessen einen Notruf ab.

Erneut quetschte der Hausmeister den Schraubenzieher an Nadines Hals. »Hören Sie, besorgen Sie mir ein Auto, dann lasse ich Ihre Kollegin frei. Wenn nicht, ist es mir scheißegal, wenn noch eine dran glauben muss.« Mannteufel wirkte nervös und schaute sich gehetzt um.

Die Polizistin schwitzte, fürchtete sich, bemühte sich aber um Haltung. Ihr blieb nur eine Chance. Sie musste besonnen bleiben und dem Mann gehorchen.

Selzer streckte die Arme aus und hielt sie schützend vor den Mann. »Lassen Sie uns darüber reden! Machen Sie nichts Unüberlegtes! Ich besorge Ihnen ein Fahrzeug. Nehmen Sie das Werkzeug runter!« Er sah ihn scharf an.

Mannteufel baute sich vor ihm auf und presste die junge Frau erneut an sich. »Reden Sie nicht so viel! Wenn das Auto hier ist, bekommen Sie die Kleine zurück.« Er begann zu schwitzen. Die Schläfen wurden nass.

Während Selzer die linke Hand ausgestreckt hielt, wählte er mit der rechten die Nummer der Konstanzer Polizei und beorderte einen Wagen zur Fachhochschule. Ein ausführlicheres Gespräch vermied er bewusst.

Nadine trat auf der Stelle und begann, mit Mannteufel zu reden. »Woran starb Ihr Sohn? An Herzversagen?«, fragte sie mit zittriger Stimme und schaute angstvoll hinauf in seine Augen.

Mein Sohn. »Das fragen Sie mich? Fragen Sie die Leute, die daran schuld waren.« Mannteufels Augen verwässerten sich, dazu rang er nach Luft.

»Sie meinen Carmen Sauer und Katharina Tal?«, bohrte Nadine nach und erntete sogleich Selzers unmissverständlichen Blick, der wohl sagen wollte, dass sie das zu lassen hatte. In dieser Situation schien es unpassend. Doch Nadine sah das anders. Wenn sie Mannteufel in die Ecke drängen konnte, um zu erfahren, was seine Beweggründe waren, konnte sie sein Verhalten verstehen lernen und ihn zur Umkehr bewegen. Hoffte sie.

Der Hausmeister schaute auf die Armbanduhr. »Wie lange dauert das noch mit dem Auto?« Erneut drückte er das Metall in Nadines Hals. Sie begann zu bluten.

Ein Zucken durchfuhr sie, ihr wurde bewusst, mit dem Mann war nicht zu scherzen. Sie schluckte, presste Luft in ihre Kehle hinab. Tränen benetzten ihre Wangen, hektische rote Flecken zeichneten das Gesicht. Für einen kurzen Moment schloss Nadine die Augen, wünschte sich an einen anderen Ort. Nur nicht den.

Hufnagel versuchte, die Lage zu mildern. »Hören Sie, meine Kollegin will Ihnen helfen. Ich verstehe Ihre Situation. Nehmen Sie mich statt ihrer! Sie ist noch jung und hat das Leben vor sich.«

Mannteufel drehte den Kopf zu Hufnagel, der einen Meter von ihm entfernt stand. »Das war mein Sohn Michael auch. Er war noch ein Kind. Haben Sie eine Ahnung, wie man ihn im Kindergarten gequält hat? Kinder sowie Erzieher? Sie konnten ihn nicht in Ruhe lassen, nur weil er schwerfällig war, nicht gleich alles begriff. Carmen war die Schlimmste. Die Kleine sorgte dafür, dass die Kinder nichts von meinem Sohn wollten.« Mannteufel schaute sich um und ließ den Blick auf Hufnagel ruhen. »Wir sollten den Jungen in eine Sonderschule stecken ... Eine Hilfsschule, überlegen Sie! ... Wie wäre sein Leben wohl verlaufen in dieser Gesellschaft? Von Anfang an wäre es chancenlos.«

Hufnagel, der ein solches Problem nicht kannte, kam ins Grübeln. »Und Leander? Wie erging es ihm?«

»Hören Sie, ich will jetzt nicht über mein Leben reden. Dafür ist es längst zu spät. Die Frauen sind alle tot. Zu Recht. Jede erhielt, was sie verdiente. Als Michael verstarb, ging Leander zur Schule. Er hatte mehr Glück als sein Bruder.«

Selzer bekam einen Anruf, darin teilte man ihm mit, dass ein vollgetankter Wagen vor der Fachhochschule stehe. »Danke! Wir kommen gleich.«

»Was ist los? Steht das Auto vor der Tür?«, fragte Mannteufel unruhig nach.

Selzer nickte.

»Gut, ich nehme die Kleine mit und lasse sie beim nächsten Parkplatz raus.«

»Nein! Die Spielregeln gebe ich vor«, betonte Selzer. »Keine Ahnung, wie die Sache hier ausgehen wird. Beantworten Sie mir erst ein paar Fragen! Dann lasse ich Sie gehen.«

»Glauben Sie, dass Sie dazu in der Lage sind?« Er bohrte den Schraubenzieher erneut in Nadines Fleisch und zeigte Selzer, wer das Sagen hatte.

Nadine gab ihrem Chef ein unmissverständliches Zeichen, dass sie dessen Meinung teilte.

Selzer pokerte hoch. Er sah darin eine letzte Chance, um herauszufinden, warum die Frauen sterben mussten. Zudem würde man einen Verbrecher, wie Mannteufel einer war, nicht davonkommen lassen. Wenn nötig, machte man Gebrauch vom finalen Rettungsschuss und das Rätsel bliebe ungelöst.

»Okay. Fragen Sie!«, willigte Mannteufel letztendlich ein.

»Warum die Maskerade mit den weißen Nachthemden?«

»Warum? Weiß ist die Farbe der Unbescholtenheit. Treu und ehrlich, wie es keine der Frauen je war. Sie können Moser laufen lassen. Der Trottel hat mit den Morden nichts zu schaffen.«

»Wie kamen Sie zu den Nachthemden?«, fragte Hufnagel merklich erregt.

Mannteufel rümpfte die Nase. »Als Hausmeister findet man jederzeit einen Weg. Mosers Zimmer war selten abgeschlossen.«

»Und wie gelangten seine Fingerabdrücke auf die Tatwaffe?«, erkundigte sich Selzer und blickte sich ständig um. Trotz Fragen durfte ihm die Situation nicht aus dem Ruder laufen.

»Untergejubelt. Bei dieser Fete. Als Moser mir das Besteck aufgehoben hat. Noch was?« Mannteufel wurde spürbar nervös.

»Warum starb die Lehrerin?«, presste Nadine mit letzter Kraft hervor.

Mannteufel packte sie erneut am Hals. »Sie wollte keine Ruhe geben und hat meine Familie drangsaliert. Sie sah in Leander einen künftigen Amokläufer, weil er gerne mal alleine auf dem Schulhof herumspazierte.«

»Deshalb musste sie sterben?«, fragte Hufnagel angewidert nach.

Mannteufel schnaufte schwer und schaute ihn eindringlich an. »Wissen Sie, mit *einer* Teufelin wäre man klargekommen. Wenn sich das aber durch das ganze Leben zieht, geben Sie irgendwann auf. Hätte sich Michael all das nicht zu Herzen genommen, könnte er noch leben. Solche Pädagogen lässt man nicht auf Kinder los.«

Obwohl Hufnagel nicht verstehen konnte, warum die Frauen sterben mussten, hatte er Mitleid mit dem Mann. Hätte er sich Hilfe geholt, wäre es nie so weit gekommen. Zudem fragte er sich, ab wann das Jugendamt sowie staatliche Behörden hätten greifen müssen. Gleichzeitig war er froh, dass aus seiner Tochter eine rechtschaffene Frau geworden war, die ihren Beruf liebte. Noch war sie zu jung, um eine

Familie zu gründen, doch das Schicksal der Mannteufels wünschte man niemandem. »Und Ihre Frau? Wusste sie von alledem?«

Mannteufel verzog das Gesicht und schaute mürrisch. »Lassen Sie meine Frau aus dem Spiel! Sie ist an dem Tod unseres Jungen zugrunde gegangen. Heute ist sie nur noch Haut und Knochen. Für uns hat das Leben keinen Sinn mehr.« Die Stimme des Mannes klang melancholisch und man fühlte dessen Hilflosigkeit.

Wie aus dem Nichts tauchte Hübner hinter dem Halunken auf. Niemand, außer Selzer hatte ihn bemerkt. Er hegte die Hoffnung, dass das Ganze ein glimpfliches Ende finden würde. Um Nadine nicht zu schaden, vermied er jeden Blickkontakt mit ihr.

Unterdessen schlich Hübner an Mannteufel heran.

Selzer unterstützte ihn, indem er Mannteufel ablenkte. »Wie haben Sie Frau Wöchner ungesehen in den Lesesaal bringen können?«, fragte er und ließ Hübner nicht aus den Augen.

Mannteufel lachte. »Hören Sie mir nicht zu?«, entgegnete er aufgebracht. »Ich komme überall herein. Ich habe mir während der Umbaumaßnahmen einen Nachschlüssel angefertigt, als ich an der Uni aushelfen musste.«

Er hat die Sache von langer Hand geplant, überlegte Selzer. *Dieser Mann überließ nichts dem Zufall. Er muss das Verhalten der Frauen genauestens studiert haben. Wann und wo sie sich aufhielten und wie er sie am besten als Tote präsentieren konnte.*

Im gleichen Moment zog Hübner die Waffe, entsicherte sie und hielt sie Mannteufel an die Schläfe.

Der Hausmeister schaute überrascht, behielt aber die Fassung.

»Sie lassen jetzt sofort die Frau los!«, forderte Hübner unmissverständlich und starrte auf den Mann.

Mannteufel fühlte das kalte Metall auf der Haut. Er reagierte nicht.

»Haben Sie nicht gehört, was ich sagte? Lassen SIE die Frau los!« Hübners Stimme bebte.

Unterdessen fuchtelte Selzer aufgeregt mit den Armen herum und versuchte, die Schaulustigen wegzubewegen. Nur mühsam schob sich die Menschentraube auseinander. Man hatte Angst. Die Situation wirkte befremdlich.

Die Einsatzkräfte der Polizei hatten alles unter Kontrolle. Bewusst vermied man einen Schusswechsel, um nicht unnötig Blut zu vergießen. Hübner war jetzt auf sich gestellt und musste die Nerven behalten. Hektisch blickte er sich um, trat immerzu auf der Stelle und hoffte auf ein baldiges und unblutiges Ende.

Nadine kämpfte unterdessen mit den Tränen. Allmählich begann die Angelegenheit zu eskalieren. In den Klauen ihres Peinigers war sie hilflos. Sie rang nach Luft. Würgte und dachte angespannt nach. Sie musste die Lage in den Griff bekommen. Immerhin ging es um ihr Leben. Obwohl ihr die Angst im Nacken saß, schlug sie Mannteufel mit letzter Kraft in die Weichteile, sodass er von ihr abließ. Geschickt entzog sie sich der Umklammerung und rannte hinüber zu Selzer.

Mannteufel, der damit nicht gerechnet hatte, schaute sich um, kehrte den anderen den Rücken zu und wollte wegrennen. Hübner stellte ihm nach und bedrohte den Mann erneut mit der Pistole.

Mannteufel lachte nur. Grell und gehässig, blickte sich um und ließ den Schaubenzieher fallen. Danach rannte er zum Ausgang und hörte, wie ihm Hübner hinterherrief: »Bleiben Sie stehen! Ich schieße!« Mannteufel ignorierte die Worte und schritt provokant Richtung Ausgangstür.

Plötzlich fiel ein Schuss hallend durch das Gebäude.

Die Menschen schrien auf und gerieten in Panik.

Mannteufel fiel zu Boden.

Hübner lief zu ihm, während die anderen folgten. Bewusst hatte er nur auf dessen Beine gezielt.

Mannteufel stöhnte und hielt sich die Hände auf die blutende Wunde. Schmerzverzerrt sah er ins Leere. »Warum lassen Sie mich nicht sterben? Das Leben hat doch keinen Sinn mehr.«

Nadine schaute hinunter zu Mannteufel. »Für Sie vielleicht nicht. Sie haben durch ihren Hass alles um sich herum vergessen. Denken Sie an Leander!«, schrie sie vor Wut.

Kaum dass sie den Namen erwähnt hatte, kam der Sohn hinzu. Erschrocken kniete er sich zu seinem Vater hinab. »DU? ... Du hast all die Frauen auf dem Gewissen? Warum?« Dem Blick entnahm man die Entrüstung.

Mannteufel sagte nichts und rang mit den Schmerzen. Stattdessen ergriff er die Hand des Sohnes und fing an zu weinen.

»Vater? Das hättest du niemals tun dürfen. Hörst du, niemals!« Derweil Leander sprach, kämpfte er mit den Tränen.

»I-ich, ich tat es für euch«, begann er zu stammeln, schüttelte den Kopf und verlor kurz darauf das Bewusstsein.

»Für uns? Wie kann er das sagen? Ich habe ihn nicht darum gebeten.« Im gleichen Augenblick erstarb Leanders Stimme. *Wieso hat er das getan?* Er schaute sich um. Sah in die fassungslosen Gesichter der Kommilitonen. Was sie wohl dachten? Was schon, dass sie es gewusst oder gar geahnt hatten. Nein, das eher nicht. Allerdings mochte man seinen Vater an der FH nicht besonders, gehörte er doch zur Sorte Mensch, die an allem etwas auszusetzen hatte. Der junge Mann hatte sich längst daran gewöhnt oder wollte es vielmehr nicht mehr sehen.

22. Wenn Zorn zerstört

Leander fühlte sich schlecht. Der eigene Vater ein Mörder? Er hätte es wissen müssen. Aber wollte er das auch? Anfangs hatte er noch geglaubt, dass der Mord an der Mitstudentin Carmen Sauer eine Beziehungstat gewesen war. Und dass man David Moser zu Recht verhaftet hatte. Als sich die Morde jedoch häuften und es sich bei den Opfern ausgerechnet um Frauen handelte, die er gekannt hatte, hätte Leander hellhörig werden müssen. Das Verhalten des Vaters ihm gegenüber wurde merklich kühler. In den letzten Wochen hatte er nur wenige Worte mit ihm gewechselt ebenso wie mit der Mutter.

Nachdenklich beobachtete Leander den Abtransport des Vaters, den man ärztlich versorgt hatte und auf einer Krankenliege aus dem Haus fuhr. Die Blicke der Kommilitonen schienen durchmischt von Angst und Unverständnis. Keiner wagte, im Beisein der Polizei zu sprechen. Ihre Gedanken kreisten um das schreckliche Ereignis.

Leander wurde übel. Er kämpfte mit sich, um sich nicht zu übergeben.

Nadine ging zu ihm. Sie bat ihm Hilfe an, die er ablehnte.

»Sie hätten ihn sterben lassen sollen. Das wäre für alle Beteiligte das Beste gewesen. Wie soll man mit solch einer Schande weiterleben?«

»Ihr Vater wird sich für die Taten verantworten müssen. Wie hoch das Strafmaß sein wird, entscheidet das Gericht. Auf alle Fälle sieht es nicht vielversprechend aus.« Sie schaute sich kurz um und erklärte, dass Herr Mannteufel unmöglich die Morde alleine geplant haben könne. Außerdem schließe sie nicht aus, dass er sie gemeinsam mit der Gattin organisiert habe.

Leander verschlug es die Sprache. Er lachte auf. »Wie bitte? Meine Mutter? Niemals.«

Nadine blieb besonnen.

»Ich verstehe nicht, was das Ganze hier soll. Meine Mutter ist keine Mörderin.«

Die Polizistin bat den Studenten mit aufs Revier, um ihn diesbezüglich zu befragen.

Etwa eine Stunde danach saß Manuela Mannteufel mit ihrem Sohn im Büro der Kriminalpolizei. Zuerst verhörte man sie, hinterher ihn.

Wie ein Häufchen Elend saß die zu Vernehmende vor Nadine. Indes sie sprach, heulte sie unentwegt, schluchzte laut und konnte kaum mehr sprechen. Ihren Worten nach vernahm Nadine ein tiefes Bedauern. Sie habe nicht gewollt, dass eine der Frauen sterben müsse. Ihr Mann habe sie dazu gezwungen. Getötet allerdings habe *er* die Frauen. Sie selbst habe ihm bei der Organisation der Taten behilflich sein müssen. Für ihr Verhalten übernehme sie die volle Schuld, erklärte Manuela Mannteufel erschüttert. Auf die Frage hin, ob ihr dabei niemals Bedenken gekommen seien, sagte sie, dass sie ihrem Mann nicht hatte widersprechen wollen. Nach dem Tod des Zwillings habe das Leben für sie ohnehin aufgehört. Die Jahre danach habe sie kaum mehr wahrgenommen. Sie konnte weder Gut von Böse unterscheiden.

Nadine hatte Mitleid mit ihr und ließ sie durch eine Polizistin abführen.

Das Verhör von Leander übernahm Selzer. Allerdings konnte man ihm keine Mitwisserschaft nachweisen, zumal er für alle Morde ein Alibi besaß. Wie es schien, hatte er von alledem nichts gewusst.

Die Morde an Carmen Sauer, Katharina Tal und Elke Wöchner galten als aufgeklärt.

Erschöpft schmiss Nadine sich an jenem Abend auf ihren Bürostuhl. Sie fühlte sich müde und ausgebrannt. Darüber hinaus schmerzte seit Tagen der Rücken.

Hufnagel schielte zu ihr hinüber und freute sich über die gelungene Aufklärung. »Was glauben Sie, wird man die Frau ins Gefängnis stecken?«

Nadine überlegte und schaute ihren Kollegen durchdringend an. »Sie bekommt auf alle Fälle eine Strafe für Beihilfe. Ich würde sagen, fünfzehn Jahre, vielleicht auch weniger. Kommt drauf an, was man ihr attestiert. Auf mich wirkte sie psychisch instabil.«

»Wenn ich Sie richtig verstehe, sehen Sie in Manuela Mannteufel ein Opfer statt einer Täterin?«, meinte Hufnagel die Stirn in Falten gelegt.

»Das ist eine schwierige Frage. Auf alle Fälle gehört sie wie die Getöteten zu den Verlierern. Ihr Leben hat ohnehin vor Jahren aufgehört zu existieren.«

»Da stimme ich Ihnen zu. Viele von uns haben ein ähnliches Schicksal erlitten und werden aufgrund dessen nicht zu Mördern.« Hufnagel rümpfte die Nase.

Nadine überlegte. »Wir sind Menschen und keine Roboter. Jeder denkt, fühlt und empfindet anders. Ohne zu töten. In uns wohnt ein Gerechtigkeitsempfinden.«

»Tja, Frau Andres, ich würde gerne sagen, dass sie mir leidtut. Doch wer hat Mitleid mit den Opfern? Was ist mit ihren Familien?«

»Egal, wie man es dreht, es ist scheußlich. Ein Spiel ohne Gewinner.« Nadine lächelte bitter. »Hätten wir nur die Zeichen erkannt, wäre uns womöglich der sinnlose Mord an Elke Wöchner erspart geblieben.« *Überflüssig waren alle Morde*, dachte sie.

Selzer störte die Unterredung der beiden, indem er ins Büro trat.

»Was ist los? Ich vermisse Ihre erfreuten Gesichter«, sagte er mit einem Grinsen.

Hufnagel sah den Chef fragend an, zuckte mit den Schultern. »Erfreut? Es stimmt mich traurig, wenn ein Mann seine Ehefrau zum Werkzeug macht. Ich verstehe das nicht. Wieso half er ihr nicht?«

»So sehen Sie das?«, fragte Selzer provokant. »Heißt es nicht in der Bibel, du sollst nicht töten?«

Hufnagel und Andres nickten.

Unvermutet riss jemand die Tür auf und kam pfeifend hinein.

»He, warum derart schweigsam? Eigentlich hatte ich mit einem Glas Sekt gerechnet«, meinte Hübner sichtlich schockiert.

»Später, Tilo, später«, antwortete Nadine und schenkte ihm ein kurzes Lächeln.

Was ist denn mit der los? Sie nennt mich sonst nie beim Vornamen, überlegte Hübner.

»Danke! Ohne dich wäre die Geschichte nicht derart glimpflich ausgegangen.« Nadine stand auf und reichte Hübner die Hand.

»Das hätte jeder von uns getan. Nichts für ungut. Gibst halt mal einen Fleischkäs aus«, entgegnete er lächelnd.

Nadine gab sich nachdenklich. »Und wie steht's jetzt damit? Hunger hätte ich. Ihr auch?«

Man nickte ihr zu. Gleichzeitig gaben die Kollegen sämtliche Details für einen schmackhaften Fleischkäse Nadine mit auf den Weg. Warm sollte er sein, mit einer Gewürzgurke, einem Streifen Speck sowie mittelscharfem Senf, serviert in einem Brötchen. Nach einem kurzen Telefonat mit der Metzgerei hatte sie vier Stück bestellt.

***

Seit den dramatischen Ereignissen waren zwei Wochen vergangen. Nadine hatte erst Tage später zu spüren bekommen, wie ihr der Fall an die Nieren gegangen war. Die Rückenschmerzen schwächten ihr Wohlbefinden. Dennoch war sie froh, dass sie trotz Minusgrade keine Erkältung durchleben musste. Obgleich die Ermittlungen längst abgeschlossen waren, litt sie unter Einschlafstörungen. Manchmal wachte sie nachts auf und hing ihren Gedanken nach.

»Nicht schon wieder«, schimpfte sie dann. Sie wusste, würde sie sich umdrehen, konnte sie nicht mehr schlafen. Also stand sie auf, ging in die Küche und machte sich eine heiße Milch mit Honig. Angeblich konnte man danach besser schlafen. Aber die Geister der toten Frauen ließen sie nicht in Ruhe. Ihre Schatten klebten an Nadines Zimmerdecke. Dunkel und düster. Mal waren es Engel, dann wieder Bibeln und sogar Kreuze.

Sie zuckte zusammen und schaute auf ihren Wecker, in der Hoffnung, dass die Nacht alsbald zu Ende wäre. Schweißgebadet erwachte sie gegen sieben. Ihr Mund war trocken und die Halsschlagader pochte. Nach einem kurzen Augenschließen und dreimaligen Durchatmen schlug sie die Decke zurück und entschied, sich nicht weiter mit ihren Schlafstörungen zu beschäftigen. Stattdessen ging sie joggen.

***

Am gleichen Tag, später

Im Seniorenheim Wolkenlos hatte man einer Festnahme längst entgegengefiebert. Obwohl Maria und Charlotte wenig zur Auflösung der drei Morde beitragen konnten, fühlten sie sich maßgeblich an der Aufklärung beteiligt. Charlotte war der Meinung, hätte sie ihren Sohn nicht immerfort mit der Nase auf das eine oder andere Detail gestoßen, wäre der Fall nicht so flott gelöst worden. Sie war der Annahme, im Hausmeister Mannteufel den Mörder gesehen zu haben. Nur hatte keiner auf die Seniorin hören wollen.

»Ach, Charlottchen, bin ick froh, dass man den Täter jeschnappt hat. Nicht auszudenken, wenn der wahllos weiterjemordet hätte. Mann sind dit Zeiten.« Sie schüttelte sich, als würfe sie Ballast ab, und schaute auf ihre Freundin.

»Jaja, Maria, wie recht Sie haben. Einfach nur abscheulich. Dabei habe ich Rudi von Anfang an gesagt, er soll auf den Hausmeister der Hochschule achtgeben. Der kam mir gleich verdächtig vor. Die jungen Leute können halt alles besser«, sagte sie unter einem deutlich hörbaren Stöhnen. »Wissen Sie was, es ist Zeit für ein gepflegtes Schnäpschen. Den haben wir uns verdient. Was meinen Sie?«

Gegen ein edles Tröpfchen hatte Maria keinesfalls etwas einzuwenden. Wie sagte sie gleich? »Ein Schnäpschen am Morgen, vertreibt Kummer und

Sorgen.« Wobei ihr die Tageszeit mehr oder minder egal zu sein schien. Alte Leute hätten dafür ausreichend Zeit, behauptete sie. Wobei sie nicht die Lebenszeit meinte, sondern vielmehr die freie.

Mitten im Gespräch klopfte es dezent an der Tür.

Da Charlotte samstags fast nie auf Besuch hoffte, glaubte sie an eine Heimbewohnerin. Mit ihrem Sohn hatte sie nicht gerechnet.

»Was machst du denn hier?«, fragte sie erstaunt nach und ließ ihn eintreten.

Rudolf zog die Jacke aus und legte sie über einen Stuhl.

»Ich wollte nur schauen, wie es dir geht. In letzter Zeit haben wir kaum etwas voneinander gehört.« In der Zwischenzeit hatte er Marias Anwesenheit bemerkt. »Ich meinte von euch«, gab er sich höflich.

Die Mutter wirkte verunsichert. *Der will mich wohl veräppeln.* »Wir hätten gerne geholfen, Rudi. Es sollte anscheinend nicht sein«, entgegnete Charlotte merklich beleidigt. »Hat der Täter mittlerweile gestanden? Kennst du das Motiv?«, bohrte sie Frage für Frage nach.

Rudolf lief durchs Zimmer, schaute sich um und blickte hinunter zum Park. Die Sonne schien und ließ den Schnee wie Eiskristalle blitzen. Für einen winzigen Moment bekam er weiche Knie und erfreute sich an der winterlichen Pracht. Er mochte die Jahreszeit mit all ihren Facetten, wohingegen die Kälte der letzten Wochen ihm gehörig zugesetzt hatte. Rudolf öffnete das Fenster und sog die kalte Luft in seine Lungen. Klar und frisch. Rein und friedlich.

»Bist du nur gekommen, um aus meinem Fenster zu schauen?«, erkundigte sich Charlotte misstrauisch.

Rudi drehte sich erstaunt zu ihr um und verneinte. »Ich wollte mich bedanken. Ohne euch läge die Akte dreier Morde noch auf dem Tisch.« Dabei starrte er sie mit wachen Augen an.

Charlotte tat verwundert. »Machst du Scherze? Wir konnten überhaupt nicht helfen«, widersprach sie und schaute Maria entgeistert an.

Rudi wehrte mit der flachen Hand ab. »Spielt das eine Rolle? Ihr wolltet es. Nur das zählt.«

»Weißt du was? Wenn du schon mal da bist, erzähl uns bitte alle Details!«, bat ihn die Mutter mit einem sanftmütigen Lächeln, das Rudi an ihr liebte. Für einen winzigen Moment entglitt er in die Kindheit.

Man nahm am Wohnzimmertisch Platz und plauderte eine Weile, bis Rudi keine Geduld mehr hatte und gehen wollte. Die letzten Worte der Mutter gegenüber galten dem sonntäglichen Mittagessen im Kreise der Familie.

Die Normalität hatte sie zurück.

ENDE

Nachwort

Die Geschichte ist reine Fiktion. Mord nicht. Können normale Menschen zum Mörder werden? Der überwiegende Teil von uns ist zu derart extremen Zielsetzungen oder leidenschaftlichen Verstrickungen, in denen es um Liebe und Tod geht, nicht ohne Weiteres fähig. In unserer friedlichen Privatwelt kommt das Töten nicht vor. Ungeachtet dessen gibt es die andere Welt, in der geprügelt, geschossen und gemetzelt wird. Wir erfahren von ihr aus dem Fernsehen und dem Internet, durch Reportagen sowie Filme.

Das Buch ist für all jene, die Hass alltäglich zu spüren bekommen. Sei es wegen ihrer Andersartigkeit, ihres Glaubens oder ihres Denkens. Ferner für diejenigen, die dem trotzen und mutig entgegentreten.

Angenommen der Kummer zerfrisst **DICH**,
wie würdest **DU** damit umgehen?
Ihn zulassen oder sich **IHM** zur Wehr setzen?

**Diese Entscheidung trifft jeder für sich selbst.
Das *Für* und *Wider* sollte man dennoch abwägen.**

**Liebe Leserin,
lieber Leser,**

herzlichen Dank, dass Sie dieses Buch gekauft haben. Ich hoffe, dass Sie beim Lesen genauso viel Spaß hatten wie ich beim Schreiben. Zu jeder Jahreszeit hat ein Urlaub am Bodensee seinen eigenen Charme – erleben Sie es selbst!

Wenn Ihnen meine Krimis gefallen, habe ich noch eine Bitte an Sie. Als verlagsunabhängige Autorin kümmere ich mich auch um das Marketing meiner Bücher. Daher bin ich auf Ihre Unterstützung angewiesen. Sie helfen mir, wenn Sie meine Bücher bewerten, über sie sprechen und sie weiterempfehlen. Twittern Sie über das Buch, erwähnen Sie es auf Facebook, Google+ oder anderen Plattformen.
Ich belohne meine treuen Leserinnen und Leser bei jeder Neuerscheinung, indem sie das E-Book für einige Zeit zu einem sehr günstigen Preis erwerben können. Sie erfahren von diesen Aktionen auf meinen Seiten im Internet sowie unter: www.janettejohn.de

In jedem Fall freue ich mich und wünsche Ihnen alles Gute!

Herzliche Grüße vom Bodensee

Ihre Janette John